Peter Marquardt

Heiter bis wolkig

wetterwendische Geschichten für alle Tage

Eine Sammlung skurriler Kurzgeschichten
und Gedichte für zuhause und unterwegs.

Bibliografische Information der Deutschen Nationalbibliothek: Die Deutsche Nationalbibliothek verzeichnet diese Publikation in der Deutschen Nationalbibliografie; detaillierte bibliografische Daten sind im Internet über dnb.dnb.de abrufbar.

ISBN: 9783746079189
1.Auflage 2018
Copyright: © 2018 Peter Marquardt

Schriften: - Tragik Marker © Miss Meyer
- Zoink Fat © Marty Yawnick
Buchumschlaggestaltung: Isabell Valentin, www.isabellvalentin.de

Herstellung und Verlag: BoD – Books on Demand, Norderstedt

Schauen Sie bitte auch unter: www.peters-maerchenkiste.de

Inhaltsverzeichnis

Über die Schwierigkeit, ein Autor zu werden.

Lieber Leser,

betrachten Sie den Verfasser dieses Buchs bitte bestenfalls als jemanden der Schriften erstellt, ergo als einen Schriftsteller. Keinesfalls jedoch, wie hier im Verzeichnis angegeben, als Autor.

Das macht keinen Unterschied, sagen Sie?

Oh doch.

Haben Sie schonmal was von einem Schriftstellerhonorar gehört? Sie schütteln den Kopf? Sehen Sie!

Ein Autorenhonorar ist Ihnen aber sicher ein Begriff. Oder wie wäre es mit einer Schriftstellerlesung. Ich bin mir nicht sicher, ob es das Wort überhaupt gibt. Eine Autorenlesung jedoch kennt jeder.

Nun kann ich Ihnen versichern, dass ich bis zu dem Zeitpunkt, an dem ich diese Zeilen hier niederschreibe, weder ein Autorenhonorar erhalten, noch an einer Autorenlesung teilgenommen habe. Ich bin kein Mitglied einer Autorenakademie, lese keine Autorenmagazine und war trotz meiner nunmehr achtundsechzig Lebensjahre nie auf Treffen junger Autoren gewesen.

Ein Autor hat sich durch Fleiß und Beherrschung seines Handwerks, alle die oben erwähnten Privilegien redlich verdient. Er hat etwas Ordentliches studiert, möglichst Literatur. Er kann Figuren entstehen lassen, wie er will, sie so steuern, dass sie immer das tun, was er von ihnen verlangt und er weiß im

Voraus, wie alles enden wird.

Ist das nicht grandios? Das ist ein bisschen wie göttliche Schöpfung.

Lassen Sie uns doch so einen Schöpfungsvorgang, an einem Selbstversuch, gemeinsam erleben.

Für eine x-beliebige Geschichte ist es notwendig, dass der Autor gleich zum Anfang seines Romans, einen Herrn mittleren Alters, in einem schwarzen Anzug, welcher für diesen freundlichen Tag viel zu warm ist, über eine Fahrbahn gehen lässt. Auf der gegenüberliegenden Seite angekommen, greift der Mann sich an die Nase. Sie blutet.

Das kann durchaus der Beginn einer Geschichte sein und bietet eine Menge Raum für einen Spannungsbogen. Wer ist er? Warum geht er über die Straße? Was will er dort? Warum blutet er? Alles Fragen, die bis dato offen sind und auf ihre Beantwortung warten.

So vermag die Story, Verzeihung, die Geschichte ihren Lauf zu nehmen, da der Autor jetzt bereits, zu diesem frühen Zeitpunkt, alle seine Figuren und deren Handlungen fest im Griff hat.

Da ich, wenn auch nur Schriftsteller, oben genannten Anfang hervorragend finde, lassen Sie uns für den geplanten Selbstversuch genauso beginnen.

Vielleicht folgen Sie mir einfach, wenngleich nur gedanklich, zu diesem Versuch der Literaturschöpfung. Wir begeben uns also auf die gleiche Straße die das Geschöpf, unseres fiktiven Autors, zu überqueren hat.

Hervorragend, ich sehe, Sie sind bei mir geblieben. Das ist gut, denn so sind Sie direkt dran an der Geschichte. Sehen Sie dort die Straße? Drei Spuren in jede Fahrtrichtung. Rechts gleich eine Kreuzung mit einer Ampelanlage. Auf der Hauptstraße rauscht der Verkehr ohne Unterlass. Fahrzeuge wechseln scheinbar grundlos die Fahrspur. Immer wieder hupt eins empört.

Erinnern Sie sich bitte, das hier ist ein Beispiel, welches Ihnen die Vorzüge eines Autors, gegenüber jedem anderen Schreiberling bildlich darstellen soll.

Als Erstes muss ich mir den Kerl im schwarzen Anzug suchen, den ich über diese Straße schicken will. Solange er keinen Namen hat, nennt ihn der Autor, seinen Protagonisten.

Vielleicht entdecken Sie ihn ja als Erster. Ich jedenfalls sehe ihn nicht. Kein Mann im schwarzen Anzug in Sicht.

Merken Sie etwas? Ich finde meinen eigenen Protagonisten nicht. Jetzt ist also Momentschöpfung gefragt.

Welcher der Passanten eignet sich zu unserem Protagonisten?

Schauen Sie mal dort rechts, da an der Bushaltestelle, die Blondine mit den Riesenmöpsen. Wir könnten sie über die Straße schicken.

Nein? Sie haben recht. Möpse sollte man nicht sagen und eine blutende Blondine am Anfang einer Geschichte kann bestenfalls auf einen schlechten Krimi hindeuten.

Andrerseits kommt auch niemand in einem Anzug dahergelaufen. Schon gar nicht in einem Schwarzen.

Sehen Sie den Herren dort? Den mit dem breitkrempigen Hut?
Ich werde ihn fragen, ob er für uns über die Straße gehen will.
Haben Sie was dagegen?

Gut, ich versuche es.

»Verzeihen Sie, wenn ich Sie anspreche, aber würden Sie für
mich über jene Straße dort gehen?«

»Izwinite paschalusta, ja ne gavarju po-nemetski«

»Danke, schönen Tag noch.«

Haben Sie es gehört? Ein Russe.

Sprechen sie russisch?

Nicht? Ich auch nicht.

Merken Sie was? So komme ich hier mit meiner Geschichte
kein Stück weiter. Da wird ständig mit Gott und seiner Schöpfung gehadert und unsereins kriegt keinen Kerl in einem
schwarzen Anzug hin. Ich werde meinen Kirchenaustritt über-
denken müssen.

Schauen Sie, dort rechts. Wie wäre es mit diesem pickligen
Typen mit dem roten Basecap? Wollen wir den über die
Straße gehen lassen? Der ist blond, sportlich, schlank, groß;
und wenn der drüben auf der anderen Seite ein wenig aus der
Nase blutet, wird es ihn kaum umbringen. Außerdem steht auf
seinem T-Shirt: ›Was uns nicht umbringt, macht uns stark!‹

Ich werde ihn fragen.

»Guten Tag verzeihen Sie, wenn ich Sie anspreche, aber
würden Sie für mich über jene Straße dort gehen?«

Der Kerl starrt mich an, als wäre ich eine Erscheinung.

»Sach ma Alter, spinnst du? Ick will hierlang jehn, da drüben scheint ja nich mal Sonne.«

Er schiebt sich an mir vorbei und stopft mit einem Ruck die Hände in die Taschen. Das schafft er, obwohl ihm die Hose wenigstens fünf Nummern zu groß ist und in den Kniekehlen hängt. Ein Wunder der Schwerkraft, dass sie nicht runterrutscht.

Ich dreh mich um und starre ihm hinterher. ›Autor ist eben doch schwieriger, als man gemeinhin glaubt‹, denke ich. Dann durchzuckt eine neue Idee mein Hirn. »Ich gebe Ihnen einen Fünfer dafür«, rufe ich ihm nach.

Er stakst weiter, als hätte er es nicht gehört.

Ich drehe mich wieder um. Irgendwer muss über diese verdammte Straße gehen, damit meine Geschichte in Fahrt kommt.

Warum geht der Kerl mit dem schwarzen Anzug, für den Autor ohne zu murren rüber, während ich nicht einmal für Geld einen pickligen Basecapträger hinbekomme?

Bemerken Sie nun den Betrug in dieser Autorenliste?

»Hast du jesacht nen Fünfer?«

Ich schnelle herum.

Der Picklige mit dem Basecap steht dicht vor mir. Er hat den Schirm nach hinten gedreht, was im grellen Sonnenlicht seine Pickel überdeutlich hervortreten lässt.

Ich erschrecke. »Einen Fünfer?!«

Wo sollte ich, verdammt noch mal, so plötzlich einen Fünfer hernehmen?

Ich bin Schriftsteller und kein Autor. Unsereins hat nicht einfach einen Fünfer in der Tasche. Andererseits ist dies hier eine Geschichte. Ich muss den Fünfer nur erdichten und den könnte ich ihm ja geben.

Ich greife also in die Hosentasche und hole tatsächlich einen imaginären Geldschein heraus.

Er sieht ihn sich an. »Nur über die Straße und dit an der Ampel hier?« Misstrauisch mustert er mich.

Ich nickte. »Nur über die Straße, an dieser Ampel.«

Mit spitzen Fingern, die übrigens dreckige Nägel haben, zieht er mir den Fünfer aus der Hand und betrachtet ihn argwöhnisch. Dann knurrt er etwas Unverständliches, steckt den Schein ein und geht auf die Ampel zu.

»Aber drüben hau ick sofort ab. Ick komme nich wieder zurück«, ruft er über die Schulter.

»Geht klar!«, sage ich.

So, lieber Leser, das wäre geschafft. Er wird jetzt rübergehen und drüben Nasenbluten haben. Ob mit oder ohne schwarzen Anzug. Gott hat seine Schöpfung schließlich auch korrigiert, sonst gäbe es ja heute noch Dinosaurier.

Sie fragen, warum er Nasenbluten haben wird?

Was weiß denn ich? Das hat mir der Autor bis zu diesem Moment, wo sein Typ drüben ankommt, schließlich auch nicht erklärt. Spannungsbogen nennt man so etwas. Glaube ich jedenfalls.

Lassen Sie uns einfach beobachten, wie er rübergeht.

Schauen Sie mal, die Ampel wird Grün. Es geht los.

»Vorsicht, der Radfahrer!«

Ein dicklicher Mann auf einem Rad, der seinen Wanst in eine bunte Kunststoffhaut mit magentafarbenem »T« Aufdruck gepresst hat, und einen gerippten, blau lackierten Sturzhelm auf dem Kopf trägt, dessen Riemen ihm kaum um das Doppelkinn reichen, rammt den jungen Mann unversehens und stößt ihn zu Boden.

Im Weiterstrampeln schreit er nach hinten: »Hast du keene Ogen im Kopp, du dämlicher Depp?«

»Aber es ist doch grün«, empört sich mein Fünferträger, während er sich wieder auf die Beine müht.

Ein zweiter Radfahrer hält unmittelbar vor ihm. »Du hattest deine Füße mindestens sieben Zentimeter auf dem Radweg.«

»Aber ick hatte doch jrün.«

»Das ist absolut wurscht. Der Radweg ist auch bei Grün da, wo er nun mal immer ist und gefahren wird bei jeder Farbe. Schließlich sind die Farben, für die Andren da.«

Er sagt dies in einem Tonfall, dass man davon ausgehen muss, dass er Lehrer von Beruf ist.

In der Zwischenzeit war es wieder rot geworden. Der freundliche Radfahrer überquert mit seinem Rennrad, das standesgemäß weder über Bremsen noch Licht verfügt, die Straße, wobei er einen Slalom um die grade anfahrenden Autos macht. Das wiederum löst ein Hupkonzert aus, welches er grimmig grinsend mit einem gestreckten Mittelfinger quittiert.

Der Fünferträger mit dem Basecap kommt auf mich zu. »Tut mir leid, hat nich jeklappt. Hier ist ihr Schotter zurück.«

Ich bin ein wenig ratlos und Sie als Leser erkennen nun

sicherlich den Irrtum, dem Sie hier aufgesessen sind, dass in diesem Buch alles von einem Autor geschrieben wurde und dass es zwischen Autoren und Schriftstellern keinen Unterschied gibt.

Mir allerdings geht es endgültig gegen die Ehre. Selbst als Schriftsteller. Immerhin konnte ich ja nicht ahnen, dass ich ausgerechnet an so ein Weichei gerate. Ich muss sehen, dass ich ihn umstimme.

»Nein nein, ist schon ok. Versuchen Sie es doch noch einmal. Vielleicht ein paar Meter weiter. Das machen schließlich viele hier und dann zack rüber auf die andere Seite, und das war´s.«

Er schaut auf die Straße, auf mich und erneut auf die Straße. Einige Leute gehen wenige Meter von der Ampel entfernt herüber und erreichen ohne nennenswerte Zwischenfälle die andere Seite.

Er nickt, nimmt mir den Fünfer wieder aus der Hand und macht sich erneut auf den Weg.

So, nun wird es klappen.

Kann es sein, dass Sie jetzt ein wenig hinterhältig grinsen? Sie hoffen wohl, er wird bei dem Versuch überfahren? Ich aber sage Ihnen, das ist der typische Hunger nach Sensationen bei Lesern. ›Oho, ein Buch mit einhundertsieben Toten. Ist doch gar nichts, ich habe neulich eins mit hundertachtzig Leichen gelesen!‹

So ticken Sie doch alle als Leser, habe ich recht?

Mein Protagonist kommt dort rüber, auch wenn ich keiner von

diesen Autoren bin.

Der rotkäppige Fünferträger steht inzwischen an der Straße, schaut nach links und rechts und geht los.

Als er die Mitte erreicht hat, schaltet die Ampel um und die Autos fahren an. Allen voran ein schwarzer BMW, der sich mit quietschenden Reifen von der Kreuzung katapultiert.

Der Fahrer des BMWs muss vor unserem Protagonisten auf die Eisen treten. Der Wagen schlittert und bricht seitlich aus.

»ABS kaputt«, sagen Sie.

»Oder ausgeschaltet«, sage ich.

Dicht neben dem pickligen Fünferträger kommt das Auto zum Stehen. Der Fahrer springt heraus.

Eindeutig ein Ausländer, schießt es mir durch den Kopf. Anscheinend Muslime.

Was grinsen Sie so? Sie hoffen schon wieder auf eine Sensation, stimmt's? Ein Terrorist vielleicht. Wäre ja grade ein Thema.

Vergessen Sie es. Ich bin hier der Schöpfer. Na ja, zumindest versuche ich es.

»Was liegt an Mann, bist du meschugge? Bist du zugedröhnt? Kannst doch hier nicht rüber, wenn ich komme, Mann!« Er schreit es, scheint aber selbst ziemlich erschrocken zu sein.

Mein Mann bleibt scheinbar ruhig, was er sagt, lässt mir allerdings das Blut einfrieren. »Wenn ihr Kanaken nicht wie die Jeisteskranken rasen würdet, könnte een ordentlicher, deutscher Staatsbürger och unjehindert über die Straße loofen.«

Der BMW Fahrer schnappt hörbar nach Luft. »Warum sagst du

Kanake zu mir? Los, sag schon, warum laberst du solche Scheiße? Soll ich dir was zeigen, du Blasslaken?«

Er greift in seine Tasche und holt einen Pass mit dem Emblem der Bundesrepublik Deutschland heraus. Er nimmt ihn und schlägt ihn dem Rotbekappten zweimal ins Gesicht.

Die Kappe verrutscht und Blut tropft ihm aus der Nase. »Wir Deutschen haben Regeln, ist das klar? Für alle sind Regeln gültig. Selbst für dich Blasslaken.«

Inzwischen ist ein zweiter Fahrer ausgestiegen, der mit seinem Wagen nicht vorbei kommt und geht auf die beiden zu.

Und hier, lieber Leser unterscheide ich mich wiederum von einem richtigen Autor. Ich weiß nicht, wie ich den nennen soll.

Der Typ ist so schwarz, dass man ihn selbst in der finstersten aller Nächte, noch als schwarzen Flecken ausmachen könnte.

»Was ist hier los?«, fragt er in akzentfreiem Deutsch, »können wir nicht endlich weiterfahren?«

Die beiden anderen sehen ihn verblüfft an. »Wir brauchen hier keene Auslända, die sich einmischen«, sagt der Picklige. Der BMW Fahrer nickt zustimmend.

Der Angesprochene nähert sich, bis sich die drei unmittelbar gegenüberstehen, und sagt fast flüsternd: »Hören Sie mal zu, Sie Witzbolde«, dabei holte auch er einen deutschen Reisepass aus der Innentasche seines Sakkos, »wenn ich meinen Flieger nicht bekomme, wird ihnen unser geliebtes deutsches Rechtssystem so viel Ärger bereiten, dass Sie den Rest ihres Lebens davon zehren können.« Die Augen funkeln gefährlich in dem schwarzen Gesicht.

Der BMW Fahrer zuckt merklich zusammen. »Was bist du? Scheißpolitiker oder was?« Zu dem Rotbekappten sagte er: »Los mein Freund lass uns hier verschwinden, Politik geht uns nix an.«

Kurze Zeit später hat der junge Mann endlich die andere Straßenseite erreicht. Der Strom der Autos rauscht ungehindert in den Intervallen der Ampel an mir vorbei. Ein bisschen traurig schaut er unter dem Schirm seiner roten Kappe zu mir herüber und zieht die Schultern hoch. Aus der Nase sickert ihm noch etwas Blut.

Ein Herr in einem schwarzen Anzug, welcher für diesen freundlichen Tag viel zu warm ist, bleibt an der Ampel stehen. Er dreht sich zu mir und nickt grüßend. Ein wenig mitleidig, wie ich finde.

So lieber Leser, ich hoffe, dass Ihnen diese kleine Einführung in die Welt des Geschichtenerfindens, genau so viel Freude bereitet hat wie mir. Und dass Sie trotz der mannigfaltigen Herausforderungen, denen ich mich als Schriftsteller zu stellen habe und die ich wahrscheinlich nicht immer bestehen werde, mir, zumindest in diesem Buch, bis zu dessen Ende die Treue halten werden.

Mit herzlichen Grüßen

Ihr Schriftsteller

Peter Marquardt

Der schwarze Hund

Mein neues Buch war erschienen und Sybille war der Meinung gewesen, dass dies ein willkommener Anlass sei, eine Buchneuerscheinungsparty zu feiern. Sie liebt Partys, vor allem solche, deren Mittelpunkt sie selber ist. Das gibt mir immerhin die Gelegenheit im Hintergrund zu bleiben. Ich weiß, dass das falsch ist. Ich sollte Reden halten, Lesungen veranstalten, Interviews geben und all die anderen Dinge tun, die mir keinen Spaß machen. Sie liebt all das so, wie ich es verabscheue. Eine perfekte Beziehungsgrundlage finde ich. Na ja, sie ist immerhin einige Jahre jünger als ich. Das schmeichelt trivialerweise meiner Eitelkeit. Ich gestehe es, aber ich bereue nichts. Außer vielleicht, wenn Django Brutalo in der Nähe ist. Sybille hatte ihn, wie jedes Mal, auch zu dieser Party eingeladen. Django Brutalo, mit bürgerlichem Namen hieß er Johannes Kraft, ist Schriftsteller wie ich und schreibt üble Actionromane, gewürzt mit erotischen Fantasien oder was er dafür hält. Scheinbar lieben die Frauen sowas. Ja, ich muss zugeben, der Kerl sieht auch noch verdammt gut aus. Ich mag ihn trotzdem nicht. Sobald er in ihre Nähe kommt, baggert er Sybille an, und sie gurrt wie eine verliebte Taube. Natürlich gefällt mir das nicht. Und natürlich habe ich meinem Unmut darüber bereits Luft gemacht. Mit dem durchschlagenden Erfolg, dass er heute strahlend und wie selbstverständlich, mit einem riesigen Blumenstrauß auftauchte, meine Freundin Sybille umarmte und sie rechts und links auf die Wange küsste. Danach ließ er mir, die Ehre eines Kopfnickens, zur Begrüßung zuteilwerden.

»Weißt du, dass dein Freund Django ständig versucht, mich auszuhorchen, woran du grade schreibst?«, hatte Sybille mir erst kürzlich verklickert.

»Wieso mein Freund Django? Er ist ja wohl eher dein Freund. Was hast du ihm erzählt?« Mir fiel ein, dass es in der letzten Zeit recht ruhig um den Liebling der Frauen geworden war.

»Höre ich da Eifersucht aus dir sprechen, mein Liebster?«, fragte sie schnippisch.

Ich war sicher, dass sie ihm nie etwas Wichtiges erzählen würde, na ja, fast sicher. Was die Eifersucht anbelangt, sollte ich mir wegen dieses Möchtegernplayboys ernstliche Gedanken machen?

Um ehrlich zu sein, ich tat es.

Die Buchneuerscheinungsparty lief. Django hing wie immer mit seiner langen Nase unanständig tief in Sybilles Dekolleté. Ich versuchte, mich unbefangen mit einigen Kollegen und Freunden zu unterhalten. Die Kolleginnen und Freundinnen scharrten sich wie immer um Django und ich schielte mit zunehmendem Ärger zu den beiden herüber. Ob er sie wieder aushorcht, oder will er sie endgültig ins Bett kriegen? Wie es aussah, beides. Der Kerl hatte immerhin seit einiger Zeit nichts veröffentlicht. Waren ihm die Ideen ausgegangen? Vermutlich. Mir wäre es lieber gewesen den heutigen Abend mit Sybille allein zu verbringen. Morgen erwartete mich immerhin eine lange hinausgeschobene Operation. Mein Augenlicht war in letzter Zeit schlechter geworden und der Arzt sagte, das wäre ein grauer Star und ich bräuchte neue Linsen. »So ein Eingriff ist heute kein großes Ding mehr«, hatte Doktor Müller gesagt und mir dabei jovial auf die Schulter geklopft. »Das macht doch heutzutage schon der Pförtner der Klinik, mein Lieber. Aber keine Angst, bei Ihnen mache ich eine Ausnahme, da greife ich selber zum Skalpell.« Er hatte über seinen Witz gelacht. Jedenfalls hoffte ich, dass es einer war, und mich zur Tür hinausbugsiert.

Morgen war es nun soweit. Ich musste mir eingestehen, dass ich doch Angst hatte. Oder war es schon Panik?

Ich angelte mir einen weiteren Whisky und zog mich in mein Büro zurück. Hier war es wunderbar ruhig. Nichts von der Party drang bis hierher. Ich stellte mir vor, wie es wäre, nichts mehr sehen zu können. Ein Schauder lief mir bei dem Gedanken den Körper herunter. Als ich die Tür hinter mir schloss, umgab mich bleierne Finsternis. Den Whisky in der einen Hand haltend, tastete ich mit der anderen behutsam in die Richtung, in der ich den Schreibtisch vermutete. Als ich trotz aller Vorsicht mit dem Kopf an den Bücherschrank knallte, wurde mein inneres Auge von einem Feuerwerk geblendet. Unwillkürlich stieg in mir die Frage auf, welcher Art Qualifikation so ein Pförtner in einem Krankenhaus haben musste, bevor er eine getrübte Linse tauschen durfte. Jetzt stieß ich mir das Knie am Schreibtisch. Ich ließ mich auf den Stuhl fallen und schaltete die Schreibtischlampe ein.

Einen Moment lang blendete das plötzliche Licht. Dennoch

atmete ich erleichtert auf, als ich das Zimmer wieder deutlich wahrnehmen konnte. Der Computer, die Ablage für die Unvollendeten, meinen geliebten Füllfederhalter. Ein Geschenk von Sybille. Die Kollegmappe für Notizen.

Ich blätterte durch ein Manuskript, das unfertig seiner Vollendung entgegenwartete. Gedankenverloren nippte ich an dem Whisky.

Horus, in der frühen Mythologie Ägyptens, galt nicht nur als Himmels- oder Weltengott, sondern auch als Beschützer der Kinder. Das hatte mich auf die Idee für ein Buch gebracht. Nicht, dass ich eine besondere Vorliebe für alles Göttliche hätte. Nein, es war einzig der Gedanke, der mich faszinierte, dass vor viertausend Jahren die Menschen ihre Kinder für so bedeutsam gehalten hatten, dass sie sich einen Gott erschufen, der diese Kinder beschützen sollte. Ich glaube, seitdem hatte es nie wieder Götter für den Schutz von Kindern gegeben. Bis heute nicht.

Ich schaltete meinen Computer ein und wartete, bis sich Windows hochgequält hatte. Es gibt dabei immer ein kurzes akustisches Signal. Ein fremdes Geräusch mischte sich unter dieses Signal. Ein unangenehmer Geruch von Schweiß und kaltem Zigarettenqualm stieg mir in die Nase. Erschrocken drehte ich mich um. Wie aus dem Erdboden gewachsen, stand eine Gestalt hinter meinem Stuhl.

Ich hatte von dem Schlag eigentlich nichts gespürt. Er kam unvermittelt und ohne die üblicherweise beschriebene Erscheinung des Sternesehens, bevor es um einen dunkel wird.

Das Aufwachen war das Fiese. Ich hielt die Augen geschlossen, da ich durch die Lider hindurch gleißendes Licht wahrnahm. Sengende Hitze umgab mich. Etwas wischte mir feucht und warm über das Gesicht. Es roch nach faulem Fleisch. In meinem Schädel dröhnten Schmerzen. Das Wischen endete abrupt. Ein Schatten legte sich mir über die Lider.

»Du kannst deine Augen jetzt öffnen.«

Die Stimme war nicht unfreundlich, aber fordernd.

Langsam folgte ich der Aufforderung. Über mir stand ein Hund. Ein großer Hund. Er war schwarz, hatte eine langgestreckte, fast zierliche Schnauze. Die Zunge, mit der er mir wahrscheinlich grade über das Gesicht geleckt hatte, hing seitlich heraus. Lange schmale Ohren standen aufrecht am Schädel empor. ›Die Ohren sind zu lang‹, war mein erster Gedanke.

»Wenn du wieder dahin zurückwillst, wo du hergekommen bist«, sagte der Hund, »solltest du nur kurz hier verweilen.« Beim Reden bewegte sich sein Unterkiefer, als würde er auf Kleister kauen.

Ein Intercity raste mir grade die Schädeldecke entlang, und zwar von innen. Ich stöhnte auf und griff mir mit beiden Händen an den Kopf.

»Du hast einen Brummschädel«, stellte der Hund fest. »Ich könnte dir helfen.«

Der Zug raste grade durch mein Sprachzentrum. Ich nickte

deshalb nur.

Daraufhin legte er mir eine Pfote auf den Kopf und der Zug entfernte sich auf donnernden Rädern, bis er gänzlich in der Ferne verschwunden war.

»Wo bin ich hier?«

»Hr-dj«, sagte der Hund und es klang, als würde er niesen.

»Gesundheit.«

»Ich habe nicht geniest«, entgegnete er, »du bist in Hr-dj, oder vielleicht sagt dir Kynopolis etwas.«

Ich richtete mich vorsichtig auf und starrte auf den Hund. Er war groß und dünn. Die Rippen standen ein wenig hervor. Trotz des schlanken edelen Kopfes wirkte sein Gebiss furchteinflößend.

Statt die Frage zu stellen, wie ich dort hingekommen war, spürte ich, wie Zorn in mir aufkeimte.

»Hast du eben Kynopolis gesagt? Willst du mich verarschen? Wenn diese Stadt überhaupt jemals existiert hat, ist sie vor mehr als dreitausend Jahren zerstört worden, und zwar derart, dass sie bis heute als Legende gilt. Und wieso rede ich mit einem Hund?«

»Weil du es kannst«, entgegnete der Hund. Er machte eine Bewegung seitwärts und sein Kopf, der mir bis dahin Schatten gespendet hatte, gab die Sonne frei. Geblendet schloss ich die Augen. »Ich kann reden, weil ich ein Mensch bin. Hunde sprechen, soweit ich weis, niemals.« Ich schrie es fast.

»Es sei denn«, entgegnete der Hund ohne sich im geringsten von meiner Aufregung anstecken zu lassen, »sie sind Götter.

Götter können mit Menschen reden.«

Etwas drehte sich in meinem Kopf. »Hab ich so noch nicht gehört«, entgegnete ich, »hast du auch einen Namen, oder reicht Gott?«

Er setzte sich mir gegenüber. Erneut fiel ein Schatten auf mein Gesicht und ich sah in wieder an. Die braunen Augen, mit denen er mich musterte, strahlten Klugheit und Intelligenz aus. Die lange Schnauze war dicht vor meinem Gesicht.

»Schreibst du nicht an einer Geschichte, die in Ägypten spielt? Eine Geschichte, in der mein Freund Horus eine Rolle spielt?«

Ich nickte. Sein Atem stank immer noch nach faulem Fleisch.

»Und du kennst meinen Namen nicht?«

Schwang da eine Drohung mit?

Ich überlegte fieberhaft. ›Kynopolis hat er gesagt? Die Hundestadt?‹ Ein irrwitziger Gedanke schoß mir durch den Kopf: »Du bist Anubis? Bin ich tot?«

»Nein, noch nicht.«

»Du bist der Gott der Totenriten. Also, der Ehemalige«, verbesserte ich mich.

Er nickte zufrieden, als wollte er sagen, na wenigstens das weis er. »Ich hoffe, du bist nicht enttäuscht.«

Doch war ich und er schien es zu wissen. Dieser Hund hatte überhaupt nichts göttliches. Außerdem stank er aus dem Maul.

»Alle Götter sind nur so stark, wie die Kraft der Verehrung, die man ihnen entgegenbringt. Das gilt übrigens auch für eure neuen Götter«, rechtfertigte er sich. Wahrscheinlich hatte er sich über das ›Ehemalige‹ geärgert.

»Und an euch, die alten Götter, glaubt niemand mehr? Sehe ich das richtig?«, hakte ich ein wenig schadenfroh nach.

Er wiegte bedenklich den Kopf. »Ein paar Archäologen, Historiker, und heimliche Verehrer, halten viele von uns grade so am Leben. Nicht zu vergessen, die Transferierten. Es sind ihrer nur wenige, jedoch sie werden mehr. Aber wir beschweren uns nicht. Wir haben über dreitausend Jahre unter den Menschen gelebt und ihre Entscheidungen mitgetragen; allerdings selten beeinflusst«, schob er hinterher.

»Da ist es ja gut, dass wir heute nur noch einen Gott haben, der uns beisteht und alles vergibt«, sagte ich.

Es ah aus, als würde Anubis die Zähne fletschen. Vielleicht grinste er auch nur. »Für einen Geschichtenschreiber bist du reichlich naiv. Euer Christengott ist ein Gott der Vergebung. Heißt das nicht, du kannst Schuld auf dich laden, er wird dir vergeben? Das aber bedeutet doch, dass das Opfer immer der Dumme ist. Für mich übrigens nicht.«

Er machte einen Schritt zur Seite und gab mir so den Blick auf die Umgebung frei. Jemand war mit einer Art Schirm neben mich getreten und beschattete meinen Kopf damit.

Wenige Meter von mir entfernt ragte ein Gebäude empor. Ich musste dessen Anblick erst einen Moment in mich aufnehmen, bis ich erfasste, dass es sich um eine Art Tempel oder Palast handelte. Er stand auf einer Anhöhe. Breite, sich nach oben verjüngende Stufen führten hinauf und endeten vor einem riesigen Eingangstor. Dieses Tor wurde von zwei etwa fünf Meter hohen Statuen des Anubis flankiert. Jedenfalls trugen sie die gleichen Köpfe, wie der Hund, der neben mir saß. Mindestens fünfzig Menschen schleppten, schoben oder rollten zu Füßen des Bauwerks, große Steine heran. Das Merkwürdige an ihnen war ihre Kleidung. Im Gegensatz zu denen, die mit langen ledernen Peitschen, diese Menschen zum schnelleren Arbeiten ermunterten, und Wickelröcke um die Hüften geschlungen hatten, trugen die Steineschlepper, richtige Hosen. Ich meinte, sogar zu erkennen, dass einige von ihnen Jeans anhatten. Ihre Hemden waren allesamt von den Schlägen der Peitschen zerrissen und vom Blut ihrer Träger fleckig schwarz gefärbt.

»Tja«, sagte der göttliche Hund neben mir, »ich habe mich entschlossen mir einen neuen Tempel bauen zulassen.« Es klang fast entschuldigend.

»Die Transferierten müssen diese Arbeit übernehmen. Sie sind klug und haben bereits verschiedene Neuerungen eingeführt. Ich denke zur Zeit über den Bau von neuartigen Rädern nach, mit denen man diese Blöcke transportieren kann. Wie ich schon sagte, es werden immer mehr von ihnen.«

Ich versuchte aufzustehen. Leichter gesagt als getan. Kaum hatte ich meinen Oberkörper in eine aufrechte Position gebracht, begann sich alles um mich zu drehen. Gott sei Dank setzten die Kopfschmerzen nicht wieder ein. Die Platte eines Tischs neben mir, als Stütze nutzend, stand ich langsam auf. Noch ein wenig schwankend hielt ich mich fest, bis ich sicher war, allein stehen zu können. Schon wartete der nächste

Schrecken. War das möglich? Das Möbelstück, dass ich als Stütze benutzte, war mein eigener Schreibtisch. Was machte der hier? Der Tisch, mit meinem Computer.

Hatte ich ihn nicht grade angeschaltet gehabt? Der Bildschirm war jetzt schwarz. Mit dem Halter für diverse Bleistifte, Kugelschreiber und dem Füllfederhalter. Mit der Ablage für meine Ideenbank. Dort legte ich unvollständige oder Fragmente von Geschichten und Romanen ab, die, wie angefangene Puzzel darauf warteten, dass die fehlenden Teile erschienen, damit sie dann als Ganzes in dem Schrank meines belletristischen Schaffens, einsortiert werden konnten. So ein Puzzel, war zum Beispiel die Fortsetzung der Geschichte um die kleine Elli Poldini, die ich im vorigen Jahr veröffentlicht hatte. Oder die von dem Jungen im Rollstuhl. Vor Jahren hatte ich ihn beobachtet. Er wohnte gleich bei uns in der Nachbarschaft. Soweit mir bekannt war, erlitten er und seine Eltern einen Unfall an einem Bahnübergang. Die Schranken schlossen wohl nicht, obwohl ein Zug kam. Seitdem war der Junge ein Waise und außerdem an den Rollstuhl gefesselt. Es gab noch keine konkrete Idee, aber die Ausgangssituation, so traurig sie sein mochte, war geschaffen. Klar war für mich auch, das wird ein Fantasyroman. Einer mit viel Optimismus. Da ich seinen richtigen Namen nie erfahren hatte, taufte ich ihn Johannes Klein.

Dann waren da einige Kurzgeschichten, manche mit einem Ende, andere ohne. Eins hatten sie jedoch alle gemeinsam, sie waren nicht fertig und gehörten noch nicht in den Schrank.

Diese Ablage, stellte ich mit einigem Schrecken fest, war weg. Genaugenommen, war die Ablage da, nur war ihr Inhalt weg.

»Was macht mein Schreibtisch hier?«

»Das hat nichts zu bedeuten, das ist nur so eine Art Duplizität«, sagte Anubis. »Sei froh, sonst hättest du nichts zum Festhalten gehabt.«

Der Hund drehte wieder den Kopf zu mir herüber. Er hatte die ganze Zeit die Arbeiten an seinem Tempel beobachtet. Die Folge war, dass die mit den Peitschen besonderen Fleiß an den Tag legten. Bei den Anderen, die die Steine schleppten, erschien das weniger ausgeprägt. Ihr Ehrgeiz hielt sich in Grenzen.

»Versteh mich nicht falsch, es steht mir kein Urteil über deine Zeit zu«, nahm Anubis das Gespräch wieder auf. »Wir hatten unsere Zeit gehabt und haben sie genutzt. Eine Neue ist nun angebrochen und deren Ende ist sehr weit offen.«

Mir schwirrte der Kopf von alldem und ich beschränkte mich auf die am nächsten liegende Frage: »Und was wird jetzt aus mir?« Ich sah mich geistigen Auges bereits Steine rollen.

Anubis gähnte ausgiebig und kratzte mit der linken Pfote seine Hüfte, als ob ihn dort ein Floh gebissen hätte.

»Du musst zurück, denn ich denke, du solltest noch einige Zeit am diesseitigen Ufer des Eridanus verweilen«, sagte er. Dabei spuckte er mir etwas in die Hand, die ich instinktiv schloss und ich merkte, wie ich erneut in einer Ohnmacht versank.

Als ich erwachte, lag ich am Boden meines Büros und starrte die Beine meines Schreibtischs empor. Ich tastete mir den

Kopf ab, der jetzt schmerzfrei war, bis ich die Beule am Hinterkopf berührte. Was mir der Götterhund in die Hand gespuckt hatte, rollte bei dieser Gelegenheit unter den Schrank. Was es wohl war?

»Bloß nicht dranfassen«, hörte ich eine Stimme. Neben den Beinen meines Schreibtischs ragten ein Paar weitere Beine empor. Schlank barfuß und braun gebrannt. Sie endeten in einer Art Wickelrock aus braunen und grünen Leinenstoff. Dann ein freier Oberkörper, ebenfalls schlank, fast dünn und darüber ein Hundekopf. Diesmal war der Gott in seiner menschlichen Gestalt erschienen.

»Ich dachte, du wärst so eine Art Traum gewesen«, brummte ich und richtete mich erneut an meinem Schreibtisch auf.

»Ich war eine Art Traum«, kaute der Hundekopf träge, »und ich beabsichtige auch wieder, zu einem zu werden. Du hast nichts dagegen, das ich mir deinen Freund hier mitnehme.«

Erst jetzt bemerkte ich, dass er Django Brutalo mit einem Arm festhielt. Djangos Kopf hing schlaff herunter. Die Beine waren leicht eingeknickt und er machte alles in allem den Eindruck mausetot zu sein.

»Ist er tot?«, fragte ich.

»Nein nein, keine Sorge, er ist nicht grade munter, wie ein Fisch im Wasser, aber er wird schon wieder. Dennoch würde ich ihn gerne mitnehmen. Du weißt doch, wir brauchen Menschen die an uns glauben. Noch mehr aber brauchen wir Diener, die auch etwas für uns tun.« Wieder zog er die Lefzen hoch, als wollte er knurren, es war wohl aber ein Grinsen.

Ich nickte verstehend. »Von mir aus nimm ihn mit und wenn du die Zeit findest, tritt ihm dreimal am Tag in den Hintern. Er hat meine Freundin angebaggert.«

»Was nützen euch die zehn Gebote, wenn sich niemand dran hält.« Anubis warf mir einen Packen Papiere auf den Schreibtisch. Ich erkannte sie sofort. Es waren die unfertigen Puzzel aus der Ablage. »Wo hast du die her?«

»Oh, mit diesem Papyrus wollte dein Freund hier, grade einen Eigentumswechsel vollziehen. Deshalb hat er dir auch die Beule verpasst. Hat wohl nicht damit gerechnet, dass du, während einer Feier zu deinen Ehren, in deiner Schreibstube hockst.«

»Tritt ihm stündlich in den Hintern«, sagte ich.

Django Brutalo, der Frauenversteher, wie er sich selbst gerne nannte, kam bereits zu sich. Zuerst blinzelte er ein paarmal, dann versuchte er, sein Gleichgewicht herzustellen. Als er bei dem Versuch einknickte, riss ihn Anubis wieder auf die Füße. Beim dritten Versuch klappte es.

»Was soll das?«, beschwerte er sich und bemühte sich, Anubis Hand abzuschütteln. Als ihm das nicht gelang, wollte er sie wegschlagen. Dann aber sah er den Gott zu ersten Mal an und stieß einen Schrei aus. »Sind wir hier beim Karneval?«, kreischte er und versuchte, Anubis die vermeidliche Maske vom Kopf zu schlagen.

Keine Behandlung, die man Göttern zuteilwerden lassen sollte, auch keinen Alten.

Die Hundeschnauze schnappte zu und kräftige Fangzähne

bohrten sich in Djangos Unterarm. Der schrie erneut auf. Diesmal vor Schmerz.

»Hör zu Django«, sagte ich zu ihm, »der da ist echt. Wenn ich vorstellen darf, Anubis altgriechischer Gott, Hüter des Totenreichs und ein alter Kumpel von mir.«

Anubis starrte in meine Richtung, fletschte die Zähne und zog die Stirn kraus. Diesmal sah es nicht nach Grinsen aus.

»Vorsicht ›alter Kumpel‹, das kann leicht in Blasphemie ausarten. Ich bin sicher, wir sehen uns wieder.« Er stieß Django durch den Raum und beide Gestalten wurden von einer unsichtbaren Wand verschluckt.

Ein leichtes Schwindelgefühl erfasste mich. Ich nahm an, es war sein Werk. Langsam sank ich auf meinen Drehstuhl nieder. »Tschuldigung«, rief ich ihm nach.

»Wofür entschuldigen sie sich? Sie waren sehr tapfer.« Eine Frau in dem grünen Kittel einer Medizinerin beugt sich über mich. »Erinnern sie sich an mich? Ich bin ihre Anästhesistin. Sie waren bei der Lokalanästhesie leider zu… äh, lebhaft, will ich es mal nennen, also musste ich sie ein wenig ruhiger stellen. Aber es ist alles gut verlaufen. Morgen kann der Verband ab und dann können sie wieder sehen wie ein Adler.« Sie wendet sich zur Tür, um den Raum zu verlassen, dreht sich jedoch noch einmal um. »Haben sie eigentlich einen Hund?«

Als ich nicht antworte, weil mir grade tausend wirre Gedanken durch den Kopf schießen, sagt sie: »Da war vorhin ein Hund. So ein großer Schwarzer mit spitzen Ohren. Ich weiß nicht warum, aber ich hatte den Eindruck, er wollte zu ihnen. Na ja, das ging natürlich nicht Sie wissen ja, die Hygiene. Trotzdem ein sehr schönes Tier das sie da haben.«

»Ich habe keinen Hund«, murmelte ich und drehe mich auf die andere Seite.

Der Bürokrat

Ein Bürokrat, der hörte,
wie vieles Affen man schon lehrte.
So kam es, das der Bürokratengeist
alsbald in den Urwald reist,
den Affen das Schreiben und Lesen zu lehren,
um sie solchermaßen ausgerüstet,
zum Bürokratismus zu bekehren.
Oh wie der Bürokrat sich mühte,
mit welcher Bürokraft er seinen Geist versprühte.

Von solcher hohen Kraft gezwungen,
war das große Werk alsbald gelungen.
Die Affen lernten Schreiben und Lesen
und der Bürokrat wäre froh gewesen,
gäbe es da nicht eine Kleinigkeit,
denn keiner der Affen erklärte sich bereit,
sein neues Wissen zum Bürokratismus zu nutzen.
Es, wo es doch grad erst erworben,
Schon wieder erheblich zu stutzen.

Da halfen kein Fluchen und kein Schreien,
auch keine bürokratischen Stänkereien,
die Affen blieben bei ihrem ›nein‹.
Woran man übrigens erkennt,
Dass man den Affen besser keinen Dummkopf nennt.
Blamage fürchtend, blieb der Bürokrat bei den Affen im Wald.
Uns bleibt zu hoffen, viele folgen ihm bald.

Der Tote im See

An einem Sommermorgen stehen an einem Waldsee, mehrere
Polizisten in Uniform und zwei in Zivil in einem Kreis, in
dessen Mitte ein Toter liegt.

Ein weiterer Zivilist, ein Arzt, beugt sich über die Leiche. Da
sie eben erst aus dem See gezogen wurde, hat sich eine
Wasserlache um sie gebildet.

»Na Doktor, wie sieht es aus?«, fragt einer der Polizisten in
Zivil.

Der Arzt erhebt sich, er stöhnt ein wenig dabei und sagt, ohne
jemanden anzusehen: »Keine Ahnung, ich weis nur eins, der
hier ist mausetot.« Er zieht sich seine Gummihandschuhe aus
und verstaut sie in einer Tüte. »Und ehe sie weiterfragen, ich
weis nicht, woran er gestorben ist. Vielleicht ist er ertrunken,
vielleicht auch nicht. Vielleicht gestern, vielleicht vorgestern,
früher auf keinen Fall. Vielleicht bringen sie ihn einfach dahin,
wo er jetzt hingehört und vielleicht kann ich ihnen dann
morgen ihre Fragen beantworten. Bis dahin habe ich den da
nämlich vielleicht befragt.« Er wies mit dem Kopf in Richtung
der Leiche. Während er spricht, packt er seine Sachen
zusammen und geht grußlos davon.

»Ob dem jedes Mal einer abgeht, wenn er so einen Auftritt hin-
legt?«, brummt einer der Zivilbeamten.

»Zumindest hat er dann ein reges Liebesleben«, grinst der
andere.

»Das hab ich gehört!«, ruft der Arzt, der schon ein gutes Stück entfernt ist.

Die beiden Polizisten schauen sich verlegen an und tun so, als ob sie sich ihrer Arbeit zuwenden.

Unweit von ihnen, auf einem umgestürzten Baum, sitzt ein Mann und sieht dem Treiben am Ufer mit mäßigem Interesse zu. Hin und wieder stößt er aus seiner Tabackspfeife ein Rauchwölkchen aus.

Der Jüngere der beiden Beamten geht zu ihm herüber. »Sie haben den Toten gefunden und die Polizei gerufen?«

»Jup.«

»Haben sie den schon mal gesehen?«

»Nö.«

»Und da sind sie sich sicher?«

»Schaun sie sich den Kerl an, Herr Kommissar. Dat is einer von den Urlaubern, die nur hier herkommen, um uns die Fische zu verjagen. Ich geh seit Jahren hier her um zum Angeln. Da kennt man solche Pappenheimer.«

Der Polizist bedankt sich und steckt den Notizblock, ohne eine Notiz gemacht zu haben, wieder ein.

Wer war der Tote? Sie hatten seine Brieftasche gefunden. Sie enthielt neben einer üppigen Summe Bargeld, die einen Raub-überfall für unwahrscheinlich macht, auch seine Papiere.

Arthur Beckmann, 46 Jahre, verheiratet, mittelgroß, hatten sie sich notiert.

»Wir sind fertig«, ruft eine junge Frau von der Spurensiche-rung herüber.

»In Ordnung, bringt den Toten weg.«

Zwei Polizisten in Uniform decken die Leiche zu und hieven sie in einen Metallsarg. Das Zuschnappen des Verschlusses bildet den Schlusspunkt der Untersuchung vor Ort. Die Gruppe der Uniformierten, die noch immer dicht beieinanderstehen, löst sich jetzt auf. Alle streben auf einen Waldweg zu, wo mehrere Fahrzeuge parken.

Den wahren Hintergrund des Todes von Arthur Beckmann werden sie nie erfahren.

Was war tatsächlich geschehen?

Alles begann eine Woche zuvor. Beckmann kam an diesem Abend später als gewöhnlich nachhause. Außerdem, war er betrunken.

Ursache dessen, war eine Feier im Betrieb. Nur in kleinstem Kreis, Beckmann war befördert worden und das in eine Position, in der das ›gemeine Volk‹ nichts mehr zu suchen hatte. Einige Abteilungsleiter, ein paar Herren vom Vorstand. Es wurde eine Rede gehalten, Hände geschüttelt und gegenseitige Loyalitätsversicherungen abgegeben. Beckmann schwebte im siebten Himmel.

Er hatte als Gruppenleiter eine Erfindung zum Patent eingereicht, die der Firma Millionen einbringen würde und ihm einen Direktorenposten beschert hatte. Ein Gläschen hier, ein Gläschen da, als die Meisten gegangen waren, bestellte er sich ein Taxi.

Es war bereits nach 23:00 Uhr, als er zuhause ankam. Ein wenig schwankend stülpte er den Mantel an einen der vier

Haken der Flurgarderobe und rülpste leise. Sein Blick fiel auf den Spiegel. Er betrachtete sich mit einem breiten Grinsen. »Tja mein Lieber, so sehen Sieger aus«, sagte er zu seinem Spiegelbild und Salutierte vor sich, mit zwei Fingern an der Stirn.

Er war in Hochstimmung. Zumindest bis er bemerkte, dass das Spiegelbild keine seiner Bewegungen mitgemacht hatte. Der Kerl im Spiegel, der ohne Zweifel er selber war, hatte sich nicht gerührt. Er lächelte nicht mal. Auch Beckmann hörte schlagartig auf zu grinsen. »Mit dir stimmt doch was nicht«, sagte er, zu dem Spiegel.

Und dann wurde es richtig heftig. »Ich glaube eher, mit dir stimmt was nicht«, sagte sein Spiegelbild und zeigte mit dem Finger auf ihn. »Es ist noch nicht lange her, da hättest du jeden mit Verachtung gestraft, der so war, wie du heute bist. Deinen sogenannten Aufstieg verdankst du der Arbeit eines euerer Lehrlinge. Den hast du bestohlen und darfst dich nun Herr Direktor nennen. Auch meinen Glückwunsch, Herr Direktor.«

Beckmann war blass geworden. »Das geht dich einen Scheißdreck an.«

»Was regst du dich auf? Ich bin nur dein Spiegelbild. Was du zu mir sagst, sagst du de facto zu dir. Wenn du mich nicht leiden kannst, kannst du auch …«

»Du bist kein Spiegelbild«, unterbrach er es, »die verhalten sich nämlich immer so, wie man selbst.«

»Bist du dir da sicher?«

»Ganz sicher. Sonst würden Spiegelbilder ja nicht mehr spiegeln und dann könnten sie lügen und das können sie nun mal nicht.« Er grinste triumphierend, als hätte er eben einen Sieg errungen.

Das Spiegelbild schien einen Augenblick zu überlegen. Wobei es genau wie Beckmann, wenn er überlegte, die Stirn in Falten zog und sich mit Daumen und Zeigefinger ein Ohrläppchen rieb. »Du hast recht. Spiegelbilder lügen nicht.« Sofort nahm es dieselbe Stellung ein wie Beckmann. Als der versuchsweise erst einen, dann den anderen Arm hob, tat es ihm sein Spiegelbild gleich. Schließlich hörte Beckmann sich wieder selber aus dem Spiegel heraus reden. »So, das reicht aber jetzt, sonst fängst du als Nächstes an, Grimassen zu ziehen.« Genau das, hatte er grade vorgehabt. »Spiegelbilder reden aber auch nicht«, sagte er stattdessen.

»Aber dann spiegeln sie nicht ehrlich«, war die Antwort.

»Da hast du sicherlich recht. Trotzdem ist es mir lästig, mich ständig mit meinem Spiegelbild auseinandersetzen zu müssen.«

»Tja mein lieber, das liegt wohl an der Wahrheit. Die kann durchaus unangenehm sein, wenn sie einen selber betrifft. Egal, ob es dir behagt oder nicht, ich werde dich nicht wieder verlassen. Ich kann es nicht, selbst wenn ich es wollte. Du musst nur versuchen mit mir ins Reine zu kommen, dann merkst du mich gar nicht. Im Übrigen besitze einen nicht unerheblichen Vorteil für dich. Ich vermag ein wenig in die Zukunft sehen.«

Jetzt fingen Beckmanns Augen an zu leuchten. »Wenn das wahr wäre, das wäre ja famos. Dann kannst du von mir aus so soft reden und so viel du willst. Sage mir gleich mal, was mich morgen erwartet.«

»So wie du dir das vorstellst, geht das auch wieder nicht. Meine Fähigkeit vorauszusehen, erstreckt sich allerhöchstens auf die nächsten zwei Stunden. Je weiter voraus, desto ungenauer wird die Sicht. Bei zwei Stunden ist dann Ende.«

An Beckmanns Gesicht war seine Enttäuschung abzulesen. Schließlich überlegte er sich jedoch, dass zwei Stunden besser waren als nichts. »Na schön, sag mir wenigstens, was ich in einer Stunde mache.«

Ohne zu zögern, antwortete das Spiegelbild: »Na was schon du Dummkopf, da schläfst du. Im Übrigen würde ich dich bitten, dich damit zu beeilen, ich bin nämlich erschöpft. Immerhin ist das mein erster Tag, an dem ich spreche. Du kannst dir ja nicht vorstellen, wie anstrengend das ist.«

Eine halbe Stunde später schlief Beckmann tatsächlich und träumte von sprechenden Spiegelbildern.

Am nächsten Morgen stand er, trotz eines Riesenbrummschädels, wie gewohnt, in aller Frühe auf.

Rosi, seine Frau war bereits in der Küche und bereitete das Frühstück.

Beckmann rasierte sich. Dabei vermied er es, in Erinnerung an seine Erlebnisse mit dem Korridorspiegel, in die Nähe des Spiegelschranks zu kommen.

Rosis Stimme riss ihn aus seinen Gedanken. »Arthur, sei bitte so nett und hole nach dem Frühstück zwei Gläser Gurken aus dem Keller!«

Beckmann brummte ein: »Ist gut«, und rasierte sich behutsam weiter. Trotzdem schnitt er sich jetzt. »Au verdammt«, fluchte er. Auf seiner Wange zeichnete sich ein roter Strich ab, aus dem allmählich Blut zu tropfen begann. Er riss ein Stück Klopapier ab und drückte es auf die Wunde. Dann stellte er sich doch vor den Spiegel, um den Schaden zu begutachten.

»Guten Morgen mein Lieber«, sagte das Spiegelbild sofort, »das hättest du dir wirklich ersparen können.«

»Nein«, brummte Beckmann übellaunig, »und schrei nicht so rum, ich will nicht, dass Rosi dich hört.«

»Kein Problem. Niemand außer dir kann mich hören, und nur du siehst, wenn ich mich anders bewege oder mal gar nicht da bin, aber das passiert natürlich nie.«

Das Spiegelbild lachte Beckmanns gackerndes Lachen.

»Na hoffentlich«, brummte er.

»Du erinnerst dich doch an meine verborgene Fähigkeit? Ich hätte da eine Vorhersage für dich.« Der Spiegel wartete keine Antwort ab und sprach unbekümmert weiter. »Wenn du in den Keller gehst um die Gurken heraufzuholen, wirst du dir an der morschen Stiege, die du noch immer nicht repariert hast, ein Bein brechen. Keine Sorge, mehr passiert nicht. Eine Stunde später bist du schon im Krankenhaus.«

»Das lügst du doch!«

»Hast du was gesagt, Liebling?«, fragte Rosi aus der Küche und kam ins Bad, um nach ihm zu sehen.

»Nein, alles in Ordnung«, knurrte er wütend, »ich hab mich nur geschnitten.«

Nach dem Frühstück, das sehr einsilbig verlaufen war, lief Beckmann hinaus, riss seinen Mantel von Haken und stürmte aus der Wohnung.

»Arthur, die Gurken!«, rief ihm Rosi hinterher, doch das hörte er schon nicht mehr.

Beckmann lief planlos durch die Stadt. Er war verwirrt und spürte, dass er nicht mehr Herr über sich selbst war. Ein für ihn gänzlich unbekanntes Gefühl. Er, der immer alles im Griff hatte. Er, der es aus eigener Kraft bis in einen Direktions-sessel geschafft hatte, lief vor seinem eigenen Spiegelbild davon. Das musste ein Ende haben, und zwar sofort.

Entschlossen blieb er vor dem Spiegel eines Juweliers stehen und betrachtete sich. Endlich hatte er seine Selbstsicherheit wiedergefunden. Was war nur los mit ihm?

»Der Herr Direktor sollte sich ein wenig sputen. Es könnte sein, dass seine Anwesenheit daheim von Nöten ist.«, sagte sein Spiegelbild und es sah ernst aus.

Beckmann nahm sich nicht die Zeit nachzufragen. Mit einem Ruck war die eben erst wiedergefundene Souveränität wider verschwunden. Ein panikartiges Gefühl hatte sich seiner bemächtigt. ›Diese verdammte Kellerstiege.‹ Er rannte los.

Schon von weitem sah er den Krankenwagen vor dem Haus. Die blauen Lichter blitzten nervös und Rettungssanitäter in roten Anzügen wuselten hin und her. Jemand wurde auf einer Trage in den Wagen geschoben. Der Sanitäter schloss die Tür in dem Augenblick als Beckmann, ein wenig außer Atem, das Fahrzeug erreichte.

»Was ist passiert?«, keuchte er.

»Eine Frau Beckmann ist die Kellertreppe heruntergefallen. Sieht nach einem Oberschenkelhalsbruch aus. Kennen sie sie?«

»Nein, tut mir leid, leider nicht«, hauchte Beckmann tonlos. Er schwankte ein wenig. Dann ging er mit schleppenden Schritten auf das Haus zu.

Der Sanitäter schüttelte den Kopf und sah ihm nach.

»Wer war denn das?«, fragte sein Kollege, der eben in die Fahrerkabine kletterte.

»Ach irgend so ein Knilch. Schon am frühen Morgen besoffen.«

Beckmann hatte seine Wohnung erreicht, und fühlte sich wie betäubt. Er stand mit hängenden Schultern vor dem Flurspiegel und betrachtete sein Ebenbild. Es schwieg.

»Daran bist nur du schuld!«, schrie er in einem Anfall von Wut. Ehe es antworten konnte, vielleicht wollte es das auch gar nicht, schleuderte er sein Schlüsselbund in das Glas. Klirrend verschwand sein Bild in einem Scherbenhaufen. ›Die reinste Symbolik‹, dachte er. ›Mein Leben ist in einem Scherbenhaufen verschwunden.‹

Aber wenn schon Symbolik, wollte er diesen ganzen Dreck jetzt loswerden. Wo ging das besser, als beim Duschen? Er war es gewohnt, unter einem kalten Wasserstrahl einen klaren Kopf zu bekommen.

Er ging ins Schlafzimmer, zog sich aus und hängte den Anzug, den er heute Morgen aus dem Schrank genommen hatte wieder hinein.

»Ich kann doch aber wirklich nichts dafür…«, das Bild im Spiegel der Schranktür wollte weiterreden, aber es kam nicht dazu.

Wie ein Wahnsinniger schlug Beckmann mit seinen Fäusten auf das Glas ein und schrie. »Schweig endlich! Hast du noch immer nicht genug Unheil angerichtet?«

Der Spiegel zerbrach.

Lange stand er anschließend unter der Dusche. Er hatte die Augen geschlossen und das Wasser lief an ihm herunter, wie an einer der Brunnenfiguren im Park. Als er endlich aus seiner Starre erwachte, waren seine Lippen dunkelblau angelaufen. Sein Körper schien sich in einen Eisklumpen verwandelt zu haben. Langsam begann er sich mit einem Handtuch trocken zu reiben. Dann war es wieder da, das Spiegelbild. Der Spiegel im Badezimmer hatte ihn erfasst. »Ich kann wirklich nichts dafür …, halt, warte!«, schrie es.

Beckmann hatte die gläserne Rasierwasserflasche in der Hand und machte Anstalten sie in den Spiegel zu werfen. »Was willst du noch?«, fauchte er.

»Überlege doch bitte. Du kannst nicht alle Spiegel dieser Welt zerschlagen. Du würdest letzten Endes in der Irrenanstalt landen.«

»Na und, das macht nun auch keinen Unterschied mehr«, blaffte er, stellte aber die Flasche zurück.

»Ich kann doch nichts dafür«, begann das Spiegelbild erneut. »Du hast mich nie ausreden lassen. Außerdem wäre es ratsam, wenn du trotz meiner Mithilfe ein wenig selber denken würdest.«

Beckmann ging auf diesen Vorwurf nicht ein. Er trocknete sich weiter ab und zog sich an. Seine Bewegungen waren wütend, fast fiebrig. Als er fertig war, stellte er sich erneut vor den Spiegel. »Und kannst du scheiß Prophet mir vielleicht sagen, wie es nun weitergehen soll?«

Das Spiegelbild machte wieder diese Pose des Nachdenkens, dann sagte es: »Es wäre besser, du würdest ein paar Tage ausspannen.«

»Wie stellst du dir das vor?«

»Nimm Urlaub. In deiner neuen Position solle dir das ja nicht schwerfallen.«

Ohne das für und wieder abzuwägen, beschloss Beckmann diesem Rat zu folgen.

Zwei Tage später er hatte, nicht ohne Gewissensbisse, Rosi im Krankenhaus besucht, saß er im Wagen und fuhr in die Berge. Mit seinem Spiegelbild war er noch immer nicht ausgesöhnt. Er vermied es soweit wie möglich, ihm zu begegnen. Dann allerdings kam es zu einem Vorfall, der den endgültigen Bruch zwischen ihm und seinem Spiegelbild herbeiführte.

Er fuhr grade durch eine Kleinstadt, als er die bekannte Stimme hörte. »Siehst du dort vorn den Fußgängerüberweg?«, Beckmann erschrak zuerst. Dann aber sah er, dass ihn sein Gesicht aus dem Rückspiegel anstarrte.

»Der Autofahrer, der als Nächstes diesen Überweg befährt, wird eine Frau töten.«

Vor ihm war kein anderes Auto.

Blinker raus, rechts ran, war alles eins.

Beckmann stand und starrte durch die verdreckte Windschutzscheibe auf den Überweg, der 50 Meter von ihm entfernt war. Ein LKW fuhr vorbei. In dem Augenblick betrat eine Frau den Zebrastreifen. Kein Problem für den Fahrer noch anzuhalten. Die Bremslichter flammten auf. Die Frau zögerte, als wollte sie den LKW vorbeilassen. Der Fahrer sah das und gab wieder Gas. Gleichzeitig meinte die Frau, das Fahrzeug würde anhalten und lief weiter.

»Sie war sofort tot«, sagte das Spiegelbild.

Beckmann zitterte am ganzen Körper. Seine Hände umklammerten das Lenkrad, so dass die Knöchel weis hervortraten. Langsam ließ er den Kopf auf den Lenker sinken und schluchzte lautlos.

»Sie war im fünften Monat schwanger«, sagte sein Spiegelbild.

Beckmanns Finger krampften sich um den den Spiegel und zerrten daran, bis er endlich abriss. Dann warf er ihn auf die Straße. Er startete den Motor und fuhr auf einer Nebenstraße weiter.

Es regnete in Strömen, als er das Hotel erreichte. Er stellte den Wagen in der zum Hotel gehörenden Garage unter. Eine Angestellte führte ihn zu seinem Zimmer.

»Na, gefällt es ihnen?«, fragte sie den Gast, der bisher nicht ein Wort zu ihr gesprochen hatte. Überhaupt hatte sie den Eindruck, der Neue sei ein recht seltsamer Zeitgenosse. Er machte ständig so ein finsteres Gesicht, als wolle er gleich in Tränen ausbrechen und dann, sie hatte genau gesehen, wie er in gebückter Haltung unter dem Spiegel im Flur vorbeigeschlichen war. Das war schon eigenartig.

Beckmann sah sich einen Augenblick in dem Zimmer um, dann nickte er. »Ja, es ist hübsch.«

Die junge Frau wollte grade wieder gehen, als er sie noch einmal aufhielt. »Ach, seine sie doch bitte so nett und nehmen sie diesen Spiegel dort mit, ich brauche ihn nicht.«

Sie schaute ein wenig verwirrt drein. »Ja dann benutzen sie ihn doch einfach nicht.«

»Ich wünsche nicht, das ein Spiegel in meinem Zimmer hängt«, sagte er eine Spur zu laut.

Sie zuckte mit den Schultern und murmelte etwas wie: »Na sowas Verrücktes«, nahm dann jedoch den Spiegel herunter und trug ihn hinaus.

Er begann den Koffer auszupacken. Kaum hatte er den Kleiderschrank geöffnet, ertönte auch schon seine Stimme aus dem Spiegel, der sich hinter der Tür befand. »Ich habe dir doch gesagt, du kannst nicht ewig vor mir fliehen …« Beckmann schlug die Tür zu und lehnte sich schweratmend von außen dagegen. Ihm wurde übel und er hastete, beide Hände vor den Mund gepresst, ins Bad, um sich zu übergeben. Den Spiegel, der dort hing, warf er aus dem Fenster.

In den nächsten Tagen verließ Beckmann sein Zimmer nicht.

Es regnete sowieso ununterbrochen. Er ließ sich unter dem Vorwand, dass es ihm nicht gut ginge, sein Essen aufs Zimmer bringen.

Die Meinung des Zimmermädchens stand nun endgültig fest. Der Kerl ist nicht einfach nur krank, der ist verrückt. »Den Spiegel im Bad hat er sicherlich auch geklaut. Ich möchte bloß wissen, wo er den hat«, sagte sie des mehrfach zu dem alten Portier.

Der aber wollte von solchen Sachen nichts wissen. »Man zieht nicht über seine Gäste her«, schalt er sie immer, sobald sie die Sprache auf den merkwürdigen Gast brachte. »Er hat seine Rechnung bezahlt und verhält sich auch sonst ruhig.«

Endlich, nach drei Tagen, hatten es die Wolken aufgegeben, Wasser auf die Erde zu gießen. Sie zogen weiter und machten einem strahlend blauen Himmel und einer goldenen Sonne Platz.

Beckmann, der wie immer früh aufgestanden war, nahm sich vor, dem einzigen Hobby das er hatte zu frönen. Er wollte angeln gehen. Wenigstens im Wald und auf dem See hätte er vor seinem Spiegelbild Ruhe.

Er nahm die zusammengeklappte Angelrute, die Gummistiefel und den Gerätekoffer mit der Köderkiste. So ausgerüstet ver-ließ er zum ersten Mal, während seines Aufenthalts, das Hotelzimmer.

Unten in der Halle standen mehrere Hotelgäste. Viele schau-ten zu ihm hoch, als er auf dem Absatz erschien. Einige grins-ten, andere sahen gespannt aus. Offensichtlich hatte das

Zimmermädchen dafür gesorgt, dass sich das seltsame Verhalten dieses Gastes gegenüber Spiegeln herumgesprochen hatte.

Die Zierde der Empfangshalle war ein übergroßer in einem Goldrahmen eingefasster Spiegel. Er war so angebracht, dass sich jeder Gast, der die Treppe herunterkam, darin sehen konnte.

Beckmann stand noch unschlüssig auf den oberen Stufen, als die ersten Gäste bereit zu tuscheln oder zu kichern begannen. Schließlich gab er sich einen Ruck und rannte, immer zwei Stufen auf einmal nehmend, die Treppe herunter, auf die Drehtür zu. In der Drehtür verheddere er sich natürlich mit der Angelrute und musste zurück. Deutlich sah er, dass die Gäste in der Halle sich ausnahmslos vor Lachen bogen.

Eine Stunde später jedoch, war er bereits auf dem Wasser. Er hatte sich im Dorf einen Angelkahn geliehen.

Die Ruhe des Sees, die ihn empfing, beruhigte auch seine Nerven. Die Sonne schien warm und in der Nähe hielten einige Frösche ihr Konzert.

Über den See wehte ein Duft von feuchtem Laub. Nicht das kleinste Lüftchen regte sich, sodass die Ruhe, die ihn umgab, fast körperlich zu spüren war. In dem klaren Wasser konnte er die Fische beobachten, die sich nach der langen Regenzeit in den Strahlen der Sonne, die tief in den See eintauchten, tummelten. Grade beobachtete Beckmann einen Hecht, der elegant durch das Wasser zu fliegen schien, als er sich dabei etwas über den Rand seines Bootes beugen musste. Der

Fisch tauchte ab in die dunklen Tiefen des Sees und er starrte genau auf sein Spiegelbild. »Schön, dich mal wieder zu sehen«, sagte es.

Beckmann bekam feurige Ringe vor den Augen, in seinen Ohren rauschte ein Orkan. »Habe ich denn nirgendwo Ruhe vor dir?«

»Ich verstehe dich nicht, was habe ich dir den bloß getan?«

»Was du mir getan hast«, schnaubte Beckmann, »du nennst mich einen Dieb, meine Frau ist im Krankenhaus, eine Schwangere wurde überfahren, ein ganzes Hotel hält mich für schwachsinnig und du fragst so einfach, was du mir getan hast?«

»Du bist dumm Beckmann«, grollte das Spiegelbild. Dass du diesen Lehrling, wie hieß er doch gleich, Tobias, um sein geistiges Eigentum gebracht hast und dadurch Direktor geworden bist, damit habe ich ja wirklich nichts zu tun. Damit musst du klarkommen. »Auch für den Unfall deiner Frau kannst du mich nicht verantwortlich machen. Warum bist du nicht in den Keller gegangen, hast die Stiege repariert und die Gurken mit hochgebracht?«

»Und die Frau am Fußgängerüberweg hätte wohl besser ich überfahren sollen?«

»Aber keineswegs. Heranfahren an den Überweg und die Frau auf alle Fälle hinüberlassen. Der LKW hätte hinter dir gehalten und nichts wäre passiert.«

Beckmann starrte auf sein Spiegelbild im Wasser herunter.

»Aber dann hätten sich deine Voraussagen nicht erfüllt«,

triumphierte er.

»Doch, hätten sie. Ich wusste immer im Voraus, dass du es nicht so tun würdest, weil du eben immer zuerst an dich und deine heile Haut denkst.«

In Beckmanns Kopf wirbelten die Gedanken durcheinander.

»Dann war das Alles meine Schuld«, stammelte er tonlos.

»In gewissem Sinne schon. Im Übrigen kann ich dir mal wieder etwas durchaus interessantes voraussagen ...«

Das war für Beckmanns Nerven zuviel. Er griff nach der Büchse mit den Angelködern und schleuderte sie in das Wasser auf sein Spiegelbild.

Wahrscheinlich war der Schwung zu groß, vielleicht ist er auch ausgerutscht. Der Boden im Boot war glitschig nach dem langen Regen. Jedenfalls hatte er das Gleichgewicht verloren und ....

Was ihm das Spiegelbild wohl sagen wollte?

Am nächsten Morgen stehen am Ufer dieses Waldsees mehrere Polizisten in Uniform und zwei in Zivil in einem Kreis, in dessen Mitte sich die Leiche des Arthur Beckmann befindet.

Der Arzt stellte nach der Obduktion, tot durch ertrinken, fest.

Die Ermittlungen ergaben im Weiteren, dass Beckmann Nichtschwimmer war. Nach der Befragung einiger Gäste und Angestellten des Hotels in dem der Tote zuletzt gewohnt hatte schrieb der Beamte in seinem abschließenden Bericht:

›Selbstmord bei geistiger Umnachtung.‹

Das gelbe Küken

Die Henne Berta wollte Mutter werden,
solange sie noch weilt auf Erden,
Da sie der Meinung war,
wenn ein Küken sie gebar,
hätte endlich sie vollbracht,
wozu die Natur sie hat gemacht.
Und so schlüpfte eins, zwei, drei,
ein gelbes Küken aus nem Ei,
das sie versteckte sich im Gras,
bevor es wer, zum Frühstück aß.

Nun liebt der Bauer zwar sein Vieh,
doch ein Küken wollt er nie.
Hühner hielt er sich nur wegen
dem permanenten Eierlegen.
So warf er das gelbe Kleine,
in den Futtertrog der Schweine.

Hier mühte sich die Muttersau,
also eine Schweinefrau,
ihre Ferkel groß zu kriegen,
und sah das gelbe Ding, bei sich im Troge liegen.
Ein Mutterherz, wenns recht im Lot,
hasst jedes Kindes tot.
Drum hat sie das Küken ganz beflissen,
einfach wieder rausgeschmissen.

Das gelbe Knäul, ging traurig weiter
und gelangte an die Hühnerleiter.
Mühsam stieg es dort empor
und kahm sich schrecklich einsam vor.
Als es dann oben war oh Schreck,
waren die meisten Hühner weg.
Ein Fuchs, der hatte unterdessen,
fast alle Hühner aufgefressen.

Das gelbe Küken voller Schrecken,
wollte grade sich verstecken,
als auch der Bauer sah,
was in seinem Stall geschah.
So sprach er zu dem kleinen Matz:
»Hör zu, du bist jetzt der Ersatz.
Ein paar Wochen werde ich dich pflegen,
dann musst du hier Eier legen.«
Es ist wohl öfter schon geschehen.
Und so mancher hat es selbst gesehen,
dass ein Schicksal sich zu Guten wendet,
wo ein andres schmachvoll endet.
Und die Moral von dem Gedicht:
Verschmähe gelbe Küken nicht,
was dir heut noch eine Pein,
kann morgen schon von Nutzen sein.

Ärger mit Orpheus

Ich habe nicht die leiseste Ahnung, wo ich hier bin. Null
Erinnerung. Alles schwarz.
Immerhin gemütlich hier. Offensichtlich eine Kneipe oder ein
Restaurant? Nein, eher ein Pup. Unterschiedliche Sitzmöbel,
viele Tische, allesamt dunkel gehalten, edles Holz. Ein Tresen
mit goldenen Zapfhähnen, allerdings keine Reklame. Nicht von
Zigaretten und nichtmal von Bier. Bei einem Blick in die
Runde, entdecke ich ein fast unter der Decke angebrachtes
Fenster. Von dort fällt ein wenig Tageslicht in den Raum.
Hinter den Scheiben ein strahlendblauer Himmel. Ich schaue
wieder zum Tresen. Ein Mann kommt auf mich zu. Er ist schon
etwas älter. Wie alt ist schwer zu schätzen. Teurer Anzug;
erkenne ich auf den ersten Blick. Die Haare graumeliert. Ein
Vollbart verdeckt die untere Hälfte des Gesichts. Auch der ist
grau. Nein stimmt nicht. Er ist weis. Ein weis von der Art frisch
gefallenen Schnees. Der Fremde trägt zwei Gläser in der
Hand. Er lächelt und mustert mich aus Augen, in denen sich
die Tiefe von Ozeanen spiegelt. Ein wohliges Gefühl durch-
strömt mich sofort.
»Guten Tag.« Seine Stimme klingt warm und freundlich. »Sie
sind also neu hier«, er sagt es nicht als Frage, eher als Fest-
stellung. »Ich darf doch Platz nehmen?« Er lässt sich, ohne
eine Antwort abzuwarten, in dem Sessel mir gegenüber
nieder. Dann schiebt er mir eins der beiden Gläser herüber
und lächelt mir zu. »Sozusagen als Willkommenstrunk«, feixt

er fast schalkhaft und prostet mir zu.

Ich nippe an dem Getränk und als mir die weiche Flüssigkeit die Kehle herunterrinnt, spüre ich wie mir warm und leicht wird. Befreit und beschwingt fühle ich mich. Keinesfalls betrunken.

Mein Gegenüber lächelt noch immer. Kleine Fältchen haben sich in seinen Augenwinkeln gebildet. »Wollen sie mir erzählen, wie sie hergekommen sind?«, fragt er, während er an seinem Glas nippt.

Ich zucke mit den Schultern: »Keine Ahnung«, sage ich wahrheitsgemäß.

Er nickt, als hätte er eine solche Antwort von mir erwartet.

»Aber an ihren heutigen Tag können sie sich doch erinnern?«

Ich will auch dies grade verneinen, da habe ich den Eindruck, als lichte sich mir ein Nebel im Hirn. Da wird der Vorhang einer Bühne, einer imaginären Bühne, vor meinem geistigen Auge aufgezogen. Ein Schauder erfasst mich. Erinnerungen werden sichtbar, die bis eben noch im Dunkeln lagen.

»Also gut«, beginne ich. »Der Tag heute war ein wenig ungewöhnlich. Mein Sohn Uwe ist sieben geworden, müssen sie wissen. Er hatte sich Freunde eingeladen, die alle, wegen der zu erwarteten Geburtstagstorte, schon am Vormittag aufgetaucht waren. Erst frühstücken, dann Mittagessen, dann Tischdecke wechseln, dann in der Küche abwaschen. Ich hatte zu tun.

Im Wohnzimmer herrschte Hochstimmung. Eine Fensterscheibe hatte ihr nützliches Dasein, durch die mechanische Einwirkung eines Fußballs, mit einem empörten Klirren beendet.

Der Schreck hatte mir die große Kakaokanne aus der Hand gleiten lassen. Der Ton, den sie beim Auftreffen auf den Fliesen des Küchenbodens erzeugte, ähnelte dem der Fensterscheibe. Eine klebrig braune Masse ergoss sich still über die zwölf Quadratmeter Küchenfußboden. Die Filzpantoffeln, zogen die süße Flüssigkeit gierig in ihr Inneres. Die durchtränkten Hosenbeine klebten an meinen Waden.

Noch während ich, zur Freude der illusteren Geburtstagsgesellschaft, auf den Knien herumrutschte und mit mehreren Lappen bewaffnet versuchte, den Küchenschaben den Kakao streitig zu machen, klingelte es an der Wohnungstür.

Die Kinderschar lief schreiend zur Tür und und ich verspürte kurzzeitig ein Gefühl der Erleichterung. Das endete allerdings abrupt, als eine schrille Stimme den Kinderlärm übertönte:

›Hallo ihr Racker, wen haben wir denn hier alles?‹

Ich konnte es kaum glauben, Tante Cäcilie aus Kleinmachnow. Sie war die Tante meiner Frau und ihr letzter Besuch musste mehr als fünf Jahre zurückliegen.

Ich kann nicht behaupten, dass mir in dieser Zeit etwas gefehlt hätte.

Die Kinder umringten sie laut schnatternd, da sie Bonbons verteilte. ›So nun ist es aber genug!‹, rief sie irgendwann und schickte die Rasselbande zum Spielen fort.

Kurz darauf stand sie breitbeinig an der Tür der Küche, wo ich noch immer, mit meinen Lappen bewaffnet, auf den Knien herumrutschte und schaute mit sorgenvoller Mine auf mich herunter: ›Ist das auch wieder so ein neumodischer Unsinn, den du hier veranstaltest? Ich wische meine Küche mit Wasser und Seife.‹

›Nein.‹

›Warum um Gottes willen tust du denn dass hier?‹

Ich war mir nicht sicher, ob sie ihre Fragerei ernst gemeint hatte, und brummte deshalb: ›Du könntest mir wenigstens helfen.‹

›Aber gern mein Lieber. Gib mir einen Lappen und einen Eimer mit Kakao.‹

Am Ende hat sie mir doch geholfen den Schaden zu beseitigen und uns gleichzeitig die Kinder vom Hals gehalten. Keine Ahnung, wie sie das schaffte. Allerdings schien ihr ja überhaupt immer alles zu gelingen, wenn sie nur nicht so ….

Dieser Gedankengang wurde jäh unterbrochen, als ich vom Boden hochkommen wollte, und dabei von ihr unvermittelt auf die Füße gerissen wurde. Sie schlang ihre gewaltigen Arme um mich und ich war mit dem Gesicht zwischen ihren kolossalen Brüsten dem Erstickungstot nah.

›Es ist wunderbar, dich nach so vielen Jahren wiederzusehen!‹, rief sie.

Ich war noch nicht gänzlich auf den Beinen und wurde, in dieser halb knienden Position, von ihr ins Wohnzimmer gezerrt. Die Kinder empfingen uns johlend, weil sie bei unserem Eintritt eine Art Tanzeinlage vermuteten. Tante Cäcilie küsste mich rechts und links und ließ dann unvermittelt los. Die Folge davon war, dass ich endgültig den Halt verlor und auf den Teppich stürzte. Einige der Kinder nutzten die Gelegenheit, sich auf mich zu setzen. Ich musste mit ihnen durch das Wohnzimmer robben, während sie unentwegt: ›Schneller, schneller‹, riefen.

Selbst die Tante schien Freude an dem Spiel zu haben, denn sie klatschte rhythmisch in die Hände und sang: ›Hab mein Wagen vollgeladen …‹

Sie sang dieses Lied so schrill und so falsch, dass selbst die Kinder aufhörten herumzutoben und einer nach dem anderen die Lust verlor auf mir zu reiten. Mit schmerzendem Rücken versuchte ich, auf die Füße zu kommen. Im Wohnzimmer herrschte peinliche Ruhe.

Das Geburtstagskind durchbrach die Stille als erstes. ›Tante Cäci, hast du mir was mitgebracht?‹

›Aber natürlich mein kleiner Racker!‹

Die Tante jubelte und griff nach dem Jungen, um ihn, so vermutete ich jedenfalls, einer ähnlichen Tortur zu unterziehen, wie zuvor mich.

Der Bengel war allerdings schlau genug, um sich rechtzeitig unter den Tisch zu verziehen, von wo aus er hämisch zu mir herauf grinste. So griff die Tante nicht nur ins Leere, sondern verlor auch ihr Gleichgewicht.

Der Aufprall auf dem Fußboden ließ die Tassen im Schrank, klirrend tanzen und die Kopie der schlummernden Venus von der Wand gleiten.

Komischerweise lachte diesmal nur ich.

Sie rappelte sich mühsam hoch und schimpfte dabei unverständliches Zeug dann strich sie sich ihr geblümtes Kleid glatt, wobei sie mir einen verächtlichen Blick zuwarf, den sie mit der Bemerkung unterstrich: ›Manieren hattest du ja noch nie.‹
Warum bekam ich schon wieder ein schlechtes Gewissen?
Sie verschwand im Flur und kehrte gleich darauf mit einem Korb zurück. Den stellte sie vorsichtig auf den Tisch, wobei sie trällerte: ›Das ist für den kleinen Uwe.‹
›Ein Raunen ging durch die Kinderschar.‹
›Nun ratet mal, was da drin ist?‹ Tante Cäcilie verschränkte die Arme vor der Brust und lies ihre Augen geheimnistuerisch von einem zum anderen wandern.
Eine Weile sagte niemand etwas. Uwe sah ein paar Mal auf die Tante und dann wieder auf den Korb. Schließlich platzte er heraus: ›Ich weiß, eine Torte!‹
Alle Kinder jubelten beifällig.
Die Tante setzte eine überlegene Mine auf und schüttelte den Kopf. ›Keine Torte du Dummerchen. Hat jemand einen anderen Vorschlag?‹
Mit einem Mal schien das Eis gebrochen zu sein und jedes der Kinder wollte seinen Beitrag abgeben. Wahrscheinlich riet nun jeder das, was er sich selber wünschte, ob es in den Korb passte oder nicht.
Feuerwehrauto, Barbiepuppe, Luftroller, Fahrrad, Fernseher und sogar ein Düsenflugzeug.
Die Tante schüttelte zu allem huldvoll das Haupt.

Ich war verärgert über ihre überlegene Mine. Als sie mich dann aber direkt nach meiner Meinung fragte, sagte ich ärgerlich: ›Was soll schon in so einem ollen Korb sein, entweder eine giftige Spinne oder ein bissiger Hund.‹

Ich hätte das besser nicht gesagt.

Die Tante schnappte nach Luft, als würde man ihren Kopf unter Wasser festgehalten haben. Dann schrie sie mich an: ›Du widerliches Scheusal! Wenn du schon in meinen Sachen herumspionierst, behalte deine Erkenntnisse wenigstens für dich und verdirb deinem Kind nicht seinen Geburtstag!‹

Ehrlich gesagt, nun war ich erschüttert. Was sollte mein Sohn mit einer giftigen Spinne?

Tante Cecilie wandte sich indes wieder ihrem Korb zu und hob langsam dessen Deckel. Die Knirpse rückten dichter zusammen, um hineinblicken zu können.

Ich hatte noch immer den Gedanken an die giftige Spinne im Kopf und schrie verzweifelt: ›Vorsicht Kinder, Spinnen können springen!‹

›Es reicht jetzt Herr Scheusal!‹, fauchte sie mich an und schlug den Deckel wieder zu.

Aus dem Korb war ein klägliches Winseln zu hören.

Erneut hob sie den Deckel an und fischte ein kleines Wollknäuel heraus, von dem selbst ich zugeben musste, dass es sich dabei auf keinen Fall um eine Spinne handeln konnte.

›Ein Hund‹, ging ein Raunen durch die Reihen der Kinder, ›och ist der süß.‹

›Er ist wirklich niedlich, nicht war?‹, meine Frau war durch allgemeinen Tumult unbemerkt nach Hause gekommen und stand nun neben mir.

Im Nachhinein sage ich mir, dass ich von selbst hätte darauf kommen müssen. Tante Cäcilie war anerkannte Hundezüchterin und es war eben nur eine Frage der Zeit bis wir eins ihrer Arbeitsergebnisse bei uns in der Wohnung haben würden.

›Er heißt Orpheus‹, klärte uns die Tante auf und zu Uwe gewandt, ›wenn du ihn behalten möchtest, musst du aber gut auf ihn aufpassen.‹

Natürlich nickte der Junge eifrig, während Orpheus in der Pose junger Hunde in die Hocke ging und einer der Geburtstagsgäste begeistert ausrief: ›Kuck mal Uwe, dein Hund läuft aus!‹

Einige Zeit später, die Aufregung war abgeklungen, Orpheus hatte außer dem Pfützchen auf dem Teppich ein Häufchen vor die Heizung gelegt. Ich half meiner Frau in der Küche beim Zubereiten des Abendessens.

Als ich wieder ins Wohnzimmer kam und mich in meinen Lieblingssessel setzen wollte, ein Kläffen und ein Schmerz im Hinterteil. Orpheus hatte es sich, von mir unbemerkt, dort bequem gemacht und war offensichtlich bereit, diesen Platz auch zu verteidigen.

Ich war äußerst erschrocken und tat, wie ich meine, zwei ganz natürliche Dinge. Ich rief so etwas wie: ›Au, verfluchter Köter!‹ Dann packte ich das Ärgernis am Kragen und beförderte es auf den Fußboden, wofür er mir in die Hand biss. Es sah so aus, als würde sich hier eine neue Freundschaft anbahnen.

Einen zweiten Fluch, in der Größenordnung des ersten auszustoßen, dazu kam ich nicht. Tante Cecilie fiel förmlich über mich her.

›Schäm dich, was hat dir der kleine Hund getan, dass du ihn halb erwürgst?‹

Wortlos hielt ich ihr die blutende Hand entgegen.

›Na und? Abbeißen hätte er diese, frevlerische Kralle müssen!‹

Selbst meine Frau begann mir nun Vorwürfe zu machen: ›Das war wirklich nicht nett von dir. Der Hund hat so schön geschlafen. Warum störst du ihn da? Du, als scheinbar Klügerer, solltest nachgeben.‹

Uwe heulte: ›Papa wollte Orpheus ermorden.‹

Wie dem auch sei, der Hund war unter dem Tisch verschwunden und ich hatte meinen Sessel zurück. Meine Frau verband mir die Hand und musste das Abendessen nun alleine auftragen.

Nach dem Essen wurde unser neuer Mitbewohner, den wir noch immer unter dem Tisch vermuteten, vermisst.

Sofort schaute ich in meinen Sessel, Fehlanzeige, der war leer. ›Orpheus, puzzi puzzi puzzi‹, schallte es durch die Wohnung.

Ich suchte erst im Korridor, nichts. Die Schlafzimmertür war nur angelehnt. Ich ging hinein und schaltete das Licht an.

Orpheus lag auf unseren Betten. Er hatte mein Kopfkissen aufgerissen, die Federn gleichmäßig verteilt, meinen Schlafanzug durchlöchert und aus der Tagesdecke, mehrere große

Stücken herausgerissen. Natürlich hatte er es auch nicht versäumt, meine neuen Schuhe fürs Theater, bis zur Unbrauchbarkeit zu zerkauen.

Als er mich sah, funkelten seine Augen kampfeslustig. Dabei zog er die Lefzen hoch und knurrte warnend.

Das war zuviel. Ich schnappte mir das kleine Vieh am Kragen und schüttelte es. Dabei schrie und jaulte es, als ob es geschlachtet werden würde. Gleichzeitig versuchte es, mir erneut in die Hand zu beißen. Allerdings war ich diesmal auf der Hut. Ich setzte es unsanft im Korridor ab, wo es winselnd unter der Flurgarderobe verschwand.

Tante Cäcilie, die diese Aktion mit angesehen hatte, hatte jetzt rote Flecken im Gesicht. Sie schnaufte vor Wut wie eine Dampfmaschine, kurz vor dem Überkochen.

›Bestie‹, stieß sie pfeifend hervor. ›Du Tierschänder‹, sie fauchte wie entweichender Dampf. Ein Zittern lag in ihrer Stimme, das sich auf den ganzen Körper übertrug. Dann sackte sie ohne ein weiteres Wort in sich zusammen und krachte unter lautem Poltern auf den Fußboden.

Jetzt erschien meine Frau im Korridor. Das Erste, was sie von sich gab, war ein markerschütternder Schrei. ›Du Mörder, du hast sie umgebracht!‹ Ihre Augen sprühten Funken und ich vermutete, sie würde Feuer spucken, wenn sie es könnte. Stattdessen vergrub sie ihren Kopf in den Händen und schluchzte. ›Ich habe nicht gewusst, dass ich mit einem Sadisten und Tierquäler verheiratet bin. Wie willst du Grobian unser Kind erziehen, wenn du im Stande bist, dich wegen der kleinsten Kleinigkeit an einem wehrlosen winzigen Hund zu vergehen und selbst vor einem Menschenleben keinen Halt machst.‹

Der wehrlose winzige Hund lag unter der Flurgarderobe und wedelte freudig erregt mit dem Schwanz.

Ich war erneut völlig überrascht. Genaugenommen, hatte uns die *kleinste Kleinigkeit*, sie sprach von der neuen Tagesdecke, fast einhundertfünfzig Euro gekostet. Als wir sie vor einem halben Jahr kauften, war mir meine Frau vor Freude um den Hals gefallen. Reden wir mal nicht von meinen Schuhen fürs Theater.

Zum Glück begann die Tante sich wieder zu regen und ich freute mich, kein Mörder zu sein. Sie hob den Kopf und brabbelte etwas von, Polizei.

›Jawohl‹, rief meine Frau sofort, ›einsperren werden sie dich. Hinter Schloss und Riegel bringen, wo solche wie du hingehören.‹

Das war endgültig zuviel. Ich stieß meine Frau beiseite, hastete auf die Tür zu, wobei ich die Tante, die grade dabei war sich mühsam aufzurichten, erneut zu Boden gehen ließ.

›Hilfe! Er will mich umbringen!‹

Ihr Schrei hallte durch den Hausflur. Oben öffneten sich mehrere Türen. Eine Stimme rief schallend durch den Flur: ›Was ist da los? Die Polizei ist unterwegs!‹

Ich hastete die Stufen herunter und lief etwa eine Stunde durch die Straßen. Als ich wieder klar denken konnte, war ich hier bei ihnen in der Kneipe.«

Ein zweiter älterer Herr hatte sich während meiner Erzählung dazugesellt und beide schauen mich aufmerksam an.

Mit einem Mal durchzuckt mich eine Erkenntnis.

»Das hier ist gar keine Kneipe, nicht war?«

Die Zwei nicken synchron.

Der mit dem weißen Bart sagt: »Mein Name ist Petrus und der hier«, er zeigt mit dem Kopf zu seinem Nebenmann, »ist mein Kumpel Moses. Ja und sie, sie sind, Herzinfarkt Nummer 12.535.456.185.458.156.205.745.954.100. Sie sollten sich diese Nummer gut merken. Sie ermöglicht ihnen einige bemerkenswerte Vergünstigungen hier.«

Mir schwirrt der Kopf. ›Herzinfarkt? Vergünstigungen? Wie lautete die Zahl?‹

»Können sie mir die aufschreiben?«, frage ich.

Aber ich bin wieder allein. Das Glas vor mir ist noch halb voll oder schon halb leer?

Was nun?

Abwarten?

Was sonst!

Der rote Po der Paviane

Bei Pavianen ist das so,
Jeder hat `nen roten Po.
Das sind zwei rote Sitzfleischkissen,
Die als Polster dienen müssen.
Vor kalten Böden, Nässe oder Schmutz
Bieten sie perfekten Schutz.

Ein Polster rechts, ein Polster links
Bläst mittig mal ein Wind, dann stinkts.
Auch in der Natur ist faktisch,
dieser rote Po sehr praktisch.
Er dient dort allemal
den Pavianen als Signal.

So sehn sie an den Hinterteilen,
wo die andren grade weilen,
wenn einer mal verloren geht
und suchend nach dem Rudel späht.
Es gibt noch einen andren Sinn,
der führt zur Arterhaltung hin.

Damit die Rasse überlebt,
wird ständig Nachwuchs angestrebt.
Und damit die Männchen wissen,
wann sie solchen machen müssen,

zeigt dies ein dunkelroter Po genau,
also der von einer Pvianfrau.

Das ist fürs Männchen das Signal,
na bitteschön, dann woll´n wir mal.
So ist am End' der Pavian froh,
über den dunkelroten Pavianpo.
Nur unsereins der muss sich schinden,
bis sich zwei zu Paarung finden.

Der Ausfall

Es ist Samstag, der 28.Juni 1975 irgendwo in Dresden. Der Fernseher läuft. Neuste Errungenschaft der Technik, ›Color 20‹, mit sowjetischer Bildröhre. In einem bequemen Drehsessel aus dunkelgrünem Samt sitzt Martin.

Aus der Küche dringen Geräusche des Hantierns mit Besteckteilen. Das ist Agnes.

Er ruft zu ihr zu: »Beeil Dich, der Kessel Buntes geht los.«

»Ja Schatz, sofort!«

»Bring bitte Bier mit, wenn du kommst!« Sie kommt mit einer Bierflasche, einem Glas und einem Öffner. »Wer kommt´n heute?«

»Soulful Dynamics, Teresa und Mary Roos von drüben.« Er trinkt von dem Bier. Beide schauen schweigend auf den Bildschirm.

Plötzlich und unvermittelt, ein Knistern im Gerät. Die letzte Pointe, der ›Drei Dialektiker‹ bleibt ungehört und sie verschwinden in einem schnell kleiner werdenden Punkt. Die Bildröhre zeigt ein tristes Grau. Die Lautsprecher schweigen trotzig. Ein Geruch nach verschmortem Kunststoff macht sich im Zimmer breit.

»Mist verdammter.« Martin steht auf, geht zum Fernseher und schaltet ihn mehrmals ein und aus. Ohne Erfolg.

»Und nun?«, wollte Agnes wissen.

»Was weis den ich.« Er hämmert gereizt gegen den Kasten.

»Verdammte Russentechnik.«

»Lass das, du machst ihn noch kaputt. Wir sollten einen Monteur rufen.«

»Jetzt um die Zeit? Du spinnst ja.« Er steht auf und wandert im Zimmer auf und ab.

»Dann schau doch selber in diese verdammte Kiste hinein. Du kannst doch sonst immer alles. Tu endlich was, das ist ja nicht zum Aushalten.«

Martin holt einen Schraubenzieher und löst die Rückwand. Ein unendliches Gewirr elektronischer Bauteile wird sichtbar. Er schluckt krampfhaft.

»Na kannst du was sehen?« Agnes nähert sich ihm vorsichtig, als könnte der Kasten explodieren, und versucht über seine Schulter zu schauen.

»Nichts«, sagt er.

»Schau nach den Sicherungen. Meist sind es die Sicherungen.«

»Die sind in Ordnung.«

Wütend schraubt er die Rückwand wieder an. Unvermittelt schreit er Agnes an. »Ich habe dir bereits vorige Woche gesagt, du sollst den Monteur rufen. Das Bild war ja schon lange Mist!«

»Was schreist du mich den so an, du Pascha? Warum rufst du dir deinen Scheißmonteur nicht selber?«

Beide schweigen danach.

»Wir sollten schlafen gehen«, murmelt sie.

»Jetzt um die Zeit?«

»Wir könnten ja zu den Nachbarn rüber, die gucken jetzt auch in Farbe«, schlug sie vor.

»Zu den Fatzkes mit ihrem affigen Westwagen? Nie!«

»Vielleicht unterhalten wir uns ein wenig.«

Er sagt nichts und starrt unentwegt auf den Fernseher.

»Nun sag doch schon was«, fordert sie.

»Was soll ich mich denn mit dir denn unterhalten?«

»Siehst du, so weit ist es bereits. Du kannst dich nicht mal mehr mit mir unterhalten.«

Er lacht, als hätte er sie gar nicht gehört. »Du ich hab da neulich einen herrlichen Witz gehört. Kommt ein Mann in ein Schuhgeschäft und bestellt eine Flasche Rotwein und sechs Gläser... «

»Den hatten wir schon ein paar Mal«, unterbrach sie ihn.

Er verstummt. ›Ein Wunder müsste geschen‹, denkt er.

Aber es geschieht keins. Der Fernseher schweigt und bleibt dunkel.

Agnes betrachtet ihren Mann von der Seite. Er hatte einen Bauch bekommen. Sie hasst Männer mit Bäuchen. »Hast du dich schonmal gefragt, was unsere Ehe überhaupt noch für einen Sinn hat?«

Als er nichts erwidert: »Ich habe dich was gefragt. Kannst du wenigsten antworten?«

Er schweigt weiter, als hätte er sie nicht gehört. Jetzt schreit sie ihn an. »Du sollst mir antworten!«

Von nebenan klopft es an die Wand: »Ruhe bitte, ich brauche meinen Schlaf!«

Mit einer hektischen Bewegung fährt Martin herum, schleudert sein Bierglas gegen die Wand. »Selber Ruhe!«

Dann faucht er seine Frau an: »Unsere Ehe und einen Sinn? Die hatte doch nie einen. Kinder machen in einer Ehe Sinn. Zeig mir mal den Sinn unserer Ehe. Oder siehst du hier Kinder? Ich sehe keine!«

Agnes springt empört auf. »Wer wollte denn immer warten? Wer hat denn ständig behauptet, dass man zu nichts mehr kommt, wenn man sein Leben erstmal an Kinder gekettet hat?«

»Ach was und auf was warten wir jetzt?« Mit den Worten schreit er kleine Speicheltröpfchen mit heraus. »Wozu willst du noch kommen? Wartest du vielleicht auf einen freien Platz im Altersheim, um dir die Kosten für den Kindergarten zu sparen?«

Sie wird leiser. »Heute sind wir zu alt Martin.«

Er lacht höhnisch. »Du bist sechsunddreißig Agnes. Weist du, was ich glaube? Ich glaube, du kannst überhaupt keine Kinder bekommen, du bist eine taube Nuss!«

Agnes schien sich an einer ihrer gesalzenen Nüsse zu verschlucken. Sie hustet und krächzt: »Was sagst du da? Ausgerechnet du blinder Hahn. Bei dir kann man sich doch sicher sein, dass du bei den zweimal im Monat, bei denen du dich halb vergeblich mühst, nicht mehr als warme Luft von dir gibst!«

Martin reagiert nicht auf ihren Ausbruch. Er lacht nur schallend. »Ha ha ha, das ist es, eine taube Nuss, ich bin mit einer tauben Nuss verheiratet!«

Mit zitternden Fingern umkrampft sie den Brieföffner auf dem Tisch. Dann springt sie schreiend auf ihn zu. »Ich hasse Dich! Ich bringe dich um du Scheusal!«

Jemand donnert scheinbar mit einem Hammer von außen gegen die Wand. »Ruhe! Ruhe! Ich will schlafen!«

Sie beachten es nicht. Sie ringen keuchend auf dem Boden. Es gelingt ihm, ihr den Brieföffner zu entreißen. Dann schlägt er ihr mit der Hand ins Gesicht.

Ein Pfeifen übertönt ihren Kampf. Auf der grauen Mattscheibe zucken weiße Blitze, dann beginnt das Bild zu rollen. Schließlich erscheinen Farben und Konturen.

Sie halten inne und starren fassungslos auf das Gerät. Er steht keuchend auf und reicht Agnes die Hand, um ihr vom Boden aufzuhelfen.

Sie wischt sich mit dem Ärmel ihrer Bluse einige Tränen von den Wangen und etwas Rotz unter der Nase fort. Dann lacht sie befreit auf. »Es ist wieder da, Martin sieh nur, das Bild ist wieder da!« Auf ihrer linken Gesichtshälfte sind deutlich die Abdrücke seiner Finger zu erkennen. Beide stehen keuchend einander gegenüber und schauen sich verlegen an.

Schließlich zieht sie ihn neben sich auf die Couch. So sitzen sie schweigend nebeneinander, starren gebannt auf das farbige Testbild und lauschen dem Pfeifen des Prüftons.

»Morgen rufe ich gleich den Monteur«, sagt Martin unvermittelt.

»Ach lass nur Schatz«, entgegnet sie, »ich mach das schon.«

Das Gutachten

Es war Nacht und ich war allein Zuhause. Der Hund hatte ein paar Mal angeschlagen. Erst gegen Mitternacht hatte er sich beruhigt. Nun lag er auf seinem Platz und schlief. Ab und zu tat er einen tiefen Atemzug und es klang, als seufzte er. Ich hatte den Abend genutzt, mich meinem Lieblingswhisky zu widmen. Nun jedoch begannen mir die Augen zuzufallen. Ich brauchte unbedingt Schlaf.

Morgen hatte ich ein wichtiges Gutachten zu fertigen. Ein Kerl hatte seine gesamte Familie niedergemetzelt. Die Frau, zwei Mädchen, fünf und acht Jahre, sowie ein Baby von drei Monaten. Allein die Vorstellung war für mich schrecklich. Manchmal hasste ich diesen Beruf.

Der Hund war sofort an meiner Seite. Er liebte es, auf dem kleinen Teppich vor dem Bett zu schlafen.

War es das Pfeifen des Novemberwindes und das damit verbundene Klappern der Rollläden? Keine Ahnung, jedenfalls konnte ich nicht einschlafen. Ich wälzte mich hin und her und hörte das alte Haus ächzen und knarzen. Ich zog mir die Decke über den Kopf, um einschlafen zu können.

Etwas weckte mich. Ich schreckte hoch und starrte in grelle Helligkeit. Eine Lampe war auf mein Gesicht gerichtet und ihr Licht stach mir wie glühendes Eisen in die Augen. Blankes Adrenalin schoss mir ins zentrale Nervensystem, ließ meinen Körper erzittern und schaltete jede Denkfunktion aus. Wahrscheinlich hatte ich sogar den Atem angehalten.

»Arme nach vorn!« Ein gebelltes Kommando, dem ich instinktiv Folge leistete. Der Lichtkegel der Lampe wackelte ein wenig, ohne jedoch aus meinem Blickfeld zu verschwinden. Jemand packte meine Hände und schnürte sie schmerzhaft zusammen. Erst da kam ich zu mir.

»Was soll das, verdammt noch mal, wer sind Sie?«, rief ich und versuchte vergeblich, die Hände wieder frei zu bekommen. Ein harter Schlag traf meinen Kopf. Benommen taumelte ich zurück auf das Bett. Ich bemerkte, dass mir auch die Beine zusammengebunden wurden. Nachfolgend ein Ratschen und Reißen, eine derbe Hand packte meine Haare, riss mich herum und pappte mir einen Klebestreifen auf den Mund. Dann ließ mein Peiniger von mir ab und wenige Augenblicke später flammte das Deckenlicht im Schlafzimmer auf.

Dort, wo normalerweise meine Frau lag, starrte ich schockiert in die aufgeschnittene Kehle meines toten Hundes. Blut sickerte aus der klaffenden Wunde und hatte das gesamte Bett in eine rote Sauerei verwandelt. Auch der rechte Ärmel meines Schlafanzugs war von seinem Blut durchtränkt. Fassungsloses Entsetzen packte mich. Ich wollte schreien, aber es ging ja nicht. Lediglich eine Art dumpfen Quiekens kam heraus.

Ich richtete mich auf, um den zu sehen, der mir das hier angetan hatte. Und ich sah ihn. Es war der Tod. Nein natürlich nicht das musste eine Maske sein.

Obwohl der Umhang den er trug, schwarz war, sah man auf

ihm glänzende Flecken vom Blut des Hundes.

»Ah, der Plüschologe ist aufgewacht«, spottete er. Die Stimme klang tief, fast melodiös. Er kam dicht an mich heran. Ich hatte den Eindruck, seine Pupillen glänzten rot. Mit dem Messer in der Rechten näherte sich meinem linken Auge. »Du weist nichts von den Abgründen der menschlichen Seele Plüschologe, glaub mir das.« Das Messer fuhr mir nahezu sanft über die Wange, dennoch merkte ich, wie es mir die Haut aufschnitt und Blut zum Kinn herunterlief. Ich erschauderte.

Mit einem Ruck schnellte er in die Höhe und blieb, wie zur Salzsäule erstarrt, stehen. Den Kopf hatte er zur Seite geneigt, als lausche er angestrengt. Dann hörte ich es auch. Einen Schlüssel. Jemand schloss die Haustür auf. Meine Frau war mit den Kindern zu ihren Eltern gefahren. Es war geplant, dass sie erst morgen wiederkommen. Ich versuchte ich zu schreien. Abermals drang nur ein dumpfes Quieken hervor.

Der Tod war mit ruhigen Schritten hinter die Schlafzimmertür getreten. Das Messer in der Hand halb erhoben. Das Licht hatte er ausgeschaltet. Ich wollte aufspringen und zur Tür eilen. Statt dessen stürzte ich, mit meinen aneinandergebundenen Füßen, der lange nach auf den Boden. Es polterte dumpf.

»Hallo Liebling, bist du noch wach?«

Schritte kamen die Treppe empor. Ich versuchte, erneut zu schreien, sie zu warnen, wusste aber gleichzeitig, dass es vergeblich war.

Langsam öffnete sich die Tür. »Schatz, schläfst du?«

Der Tod sprang hervor, griff sie am Hals und stieß ihr mit der anderen Hand das Messer in die Brust. Sie stöhnte überrascht auf, bevor ihr Körper zusammen- sackte. Ihr Mörder hob sie an diesem Messer empor und schleuderte sie wie Abfall neben den Hund auf das Bett.

Dann ging alles sehr schnell. Unsere Tochter kam herein. Sie war zwölf. Sie hatte die Tragetasche mit dem Baby in der Hand.

Als sie die leblosen Gestalten, in ihrem Blut, auf dem Bett liegen sah, entglitt ihr die Tasche. Sie schrie auf. Ihr Gesichtchen verzerrte sich vor Entsetzen. Nach einem kurzen Moment des Zögerns rannte sie, die Erscheinung mit dem Totenschädel inmitten des Zimmers ignorierend, auf sie zu.

»Mama Mama!«, kreischte sie.

Als sie an ihm vorbei war, packte der Kerl sie von hinten und schleuderte sie in die entgegengesetzte Richtung. Sie fiel auf die Marmorbank vor dem Schminkspiegel. Ihr Kopf prallte hart auf und es gab ein hässlich berstendes Geräusch.

In diesem Augenblick wünschte ich mir, selber tot zu sein. Stattdessen wurde ich ohnmächtig.

Ein Brüllen wie ein Donner, erweckt mich aus dieser Ohnmacht. Ich schrecke hoch und fühle einen zentnerschweren Druck auf der Brust. Ich bekam keine Luft. Über mir, der Kopf meines Hundes. Die sanften braunen Augen blicken mich scheu an. Seine Pfoten liegen mir wie Blei auf mir. Er bellt. Sein Atem riecht ein unangenehm. Zögernd schaue ich nach rechts. Das Bett dort ist verwaist und unberührt. Tageslicht dringt durch einen Spalt in den Vorhängen und zeichnet einen Leuchtstreifen auf das Kopfkissen.

Ich tätschle dem Hund die Schnauze und stehe auf. Dabei bemerke ich, dass ich mir in die Hose gemacht hatte. Der Traum der vergangenen Nacht hat mich noch immer in seinen Klauen. Ich torkle ins Bad und unter die Dusche. Die Kopfschmerzen verschwinden nicht. Immer wieder sehe ich meine Frau mit dem Messer in der Brust. Höre den Schädel meiner Tochter bersten und muss die Luft anhalten, um mich nicht zu übergeben.

Kurze Zeit später sitze ich auf einem Stuhl in der U-Haft und warte auf den neuen Klienten. Das Licht ist zu grell und blendet. Zwei Beamte führen eine untersetzte Gestalt herein. Er hatt brandrote Haare, die ordentlich nach hinten gekämmt sind.

»Ah, der Plüschologe ist endlich erschienen«, spottet er. Die Stimme klingt tief, fast melodiös.

Das ist zuviel. Ich springe mit einem Schrei auf, greife den Kerl an die sorgfältig gekämmten Haare, um seinen Kopf am Türrahmen zu zerschmettern.

Die beiden Beamten reißen mich von ihm fort. Zwei Weitere kommen hinzu. Ich tobe wie ein Berserker. Als sie mich rausschleppen höre ich ihn rufen: »Wer ist hier eigentlich der Verrückte?«

Kokolores

Auf der Bank am Spielplatz im Park hatte ein älterer Herr Platz genommen und genoss die Sonne, die ihm ins Gesicht schien. Er trug eine Mütze, deren Schirm seine Lider überschattete. Einige Kinder in der Nähe schwatzten aufgeregt aufeinander ein, bis sie in einen handfesten und lauten Streit gerieten.

Still und unbeweglich sass der Mann da, als schliefe er. Dann ein leises Schluchzen. Ein Junge von etwa fünf Jahren hatte sich aus der Gruppe der streitenden Kinder gelöst, war auf die Bank neben dem Mann geklettert, wischte sich mit den schmutzigen Fingern über die Augen, wobei er unglücklich schniefte. Tränen und Finger hatten graue und schwarze Spuren auf seine Wangen gezeichnet. Der Mann wandte den Kopf und betrachtete den kleinen Banknachbarn, dessen Körper im Rhythmus der Schluchzer zuckte. »Warum heulst du an einem so schönen Tag?«, fragte er.

Der Junge sah zu ihm nach oben und zog die Nase hoch. »Ach, nichts.« Dann ließ er den Kopf wieder sinken, um sich erneut seinem Kummer hinzugeben. »Mir passieren immer so Sachen, die mir keiner glaubt«, seufzte er einen Augenblick später so leise, als spräche er zu sich selbst.

»Was für Sachen?«, wollte der Mann wissen.

»Na eben Sachen.«

Der Mann hatte seine Lider wieder geschlossen. Fast sah es aus, als wäre er eingeschlafen. Doch dann gab er einen brummenden Laut von sich und fragte: »Willst du mir von so einer Sache erzählen?«

Der Junge schniefte erneut. »Auf unserem Dachboden lebt ein Geist, wissen sie. Ein Poltergeist. Er wirft mit allem Möglichen nach mir. Kennen sie Poltergeister?«

Der Mann nickte.

»Ich habe Angst vor ihm, aber keiner glaubt mir. Alle sagen, ich spinne. Ich bin nämlich der Einzige, der ihn sehen kann.«

»Wie heißt du?«

»Hans, aber die Meisten nennen mich Erbse.«

Er hatte es kaum gesagt, da begann der Mann schallend zu lachen. Dröhnend hallte es über den Spielplatz und ließ die anderen Kinder in ihrem Spiel innehalten. Unsicher näherten sie sich der Bank.

»Warum lachst`n so?«, wollte ein rothaariger Junge wissen.

»Ihr nennt den Knirps hier Erbse, nicht war?«

Alle nickten grinsend. »Und er sieht Gespenster«, rief ein Mädchen mit blonden Zöpfen.

»Der Spinner«, ergänzte ein anderer.

»Wisst ihr, warum ich so gelacht habe?«

Die Kinder schüttelten die Köpfe.

»Ich kannte mal einen, den sie auch Erbse nannten, obwohl er Jacob hieß.«

»Und was ist mit dem?«, fragte der rothaarige Junge.

»Wollt ihr es wirklich wissen?«

Die Kinder nickten eifrig.

»Na schön, dann hört zu. Als Jacob, oder besser Erbse, fünf Jahre alt war, schnappte er ein Wort auf das er bis dahin nicht kannte, und das hieß Kokolores.«

Die Kinder lachten.

»Ah, ihr wisst, was Kokolores ist?«

Jetzt schwiegen alle und sahen ihn erwartungsvoll an.

Wie in der Schule hob eins der Mädchen den Arm. Sie hatte eine fast schwarze Haut und lustige Locken auf dem Kopf. Ihre tiefbraunen Augen leuchteten vor Eifer. Als sie den Mund öffnete, zeigte sie weißblitzende Zähne: »Das ist Unsinn«, sagte sie kichernd.

»Stimmt«, nickte der Mann, »Unsinn. Allerdings klingt Kokolores viel schöner. Der kleine Erbse liebte das Wort, und er verwendete es von da an, wann immer er konnte.

Kokolores hier, Kokolores da. Bald wollte es niemand mehr hören und jeder der ihn kannte, vermied es, das Wort zu benutzen. Es ist jedoch gar nicht so leicht, so ein Unwort nicht auszusprechen. Versucht es mal.

Sei es, wie es sei, kurze Zeit später, begannen sich merkwürdige Dinge im Haus von Erbses Familie abzuspielen. Da fiel unverhofft ein Streifen Tapete von der Wand. Nachdem der Vater ihn wieder angeklebt hatte, lag er am nächsten Tag erneut unten.

Mitten im Film, wenn Tom der Kater mit einer Bratpfanne nach Jerry der Maus schlagen wollte, ging der Fernseher aus. Erst zu den Nachrichten ging er wieder an. So oft die Familie einen Fernsehmonteur rief, konnte der niemals etwas feststellen.

Man steckte die Schlüssel in die Tasche und wenn man sie brauchte, waren sie fort. Sie hingen wie zuvor am Schlüsselbrett. Natürlich dachten alle, sie hätten sie vergessen. Die immensen Kosten für die Schlüsseldienste brachten die Eltern schier zur Verzweiflung.

Aus der Dusche kam kaltes, anstatt warmes Wasser. In der Regel immer dann, wenn sich Erbses große Schwester die Haare eingeseift hatte. Ihr Kreischen war im ganzen Haus überdeutlich zu hören.

An einem solchen Tag, es war bereits Nachmittag, ging Erbse in sein Zimmer, um mit der Eisenbahn spielen, deren Schinen er rund um den kleinen Tisch verlegt hatte.

Er staunte nicht schlecht, als er sah, dass die Schinen, dort, wo sie hätten sein sollen, verschwunden waren. Stattdessen führten sie an die Wand des Zimmers. Dort gingen sie hindurch und kamen an einer anderen Stelle wieder zum Vorschein. Die kleine Lokomotive setzte sich grade in Bewegung. Dann fuhr sie, den Schienen folgend, durch die Wand und war verschwunden. Kurze Zeit später tauchte sie, auf der anderen Seite pfeifend auf, schnaufte an dem verdutzten Erbse vorbei und begann ihre Runde aufs Neue. Einige hätten möglicherweise gesagt, ›Mann, das ist ja krass‹, Nicht so Erbse. ›Wat is den das für een Kokolores?‹, rief er aus. Er hatte es kaum ausgesprochen, da tat es einen dumpfen ›Plopp‹ und in dem Kreis der Eisenbahnschienen, direkt an der Stelle, wo sie in der Wand verschwanden, erschien ein Wesen, wie es Erbse noch nie gesehen hatte. Nur halb so groß wie er, besaß es eine silberne Haut. Die war ganz mit Schuppen übersäht und ähnelte der eines Fischs. Das Gesicht, die Arme und Beine allerdings nicht. Die waren allesamt grün. Es hatte Augen, wie er sie vom Kater Tom kannte. Mit denen schaute er Erbse grad treuherzig an. Auch die Ohren waren wie bei Tom, groß und spitz.

›Ach du Kokolores, was bist du denn für einer?‹, wollte Erbse wissen.

›Haste doch eben gesagt, ich bin Kokolores. Ich bin ein echter Kokolö‹, sagte es.

›Ein Kokolö mit Namen Kokolores?‹

Der Kokolö nickte und verzog sein Gesicht zu einem Grinsen, wobei er eine Reihe kleiner spitzer Zähne zeigte. Dann griff er hinter sich und holte aus einer Tasche, die er auf dem Rücken trug eine winzige Laute hervor. Zwei drei Akkorde schlug er an und begann mit rostiger Stimme zu singen:

›Der Kokolö ein rechter Tropf,

Stellt gerne alles auf den Kopf.

Wer seinen wahren Namen nennt,

ihn für sich sogleich erkennt.

Für andre bleibt er unsichtbar,

Für Unsinn ist das wunderbar.‹

Die Tür des Kinderzimmers wurde geöffnet und der Vater kam herein: ›Was ist denn das für ein entsetzlicher Lärm? Und wo ist deine Lokomotive?‹

Die war noch auf den Gleisen hinter der Wand.

›Das war Kokolores‹, sagte Erbse.

›Ja, das sehe ich, dass das Unsinn ist‹, entgegnete der Vater.

›Räum jetzt dein Zimmer auf, und dann komm bitte essen.‹

Sichtlich verärgert schloss er die Tür und ging davon.

Von nun an beherrschte das Chaos die Familie. Bereits am nächsten Morgen sah der Junge, wie Kokolores im Bad Waschpaste in die Zahnpastatube füllte. Genau in dem Augenblick, als sein Vater hereinkam. Er gähnte laut. ›Was machst du denn hier schon so früh hier?‹, fragte er. Den Kokolö konnte er ja nicht sehen.

›Ach nichts, ich musste nur mal pullern.‹

Der Vater, griff zu der Zahnpastatube, die Kokolores inzwischen wieder zurückgestellt hatte. Erbse erstarrte. Schnell zog er dem Vater die Hand mit der Zahnbürste weg. ›Papa, Papa, komm schnell, ich muss dir was zeigen.‹

Er zerrte den verdutzten Vater, der grade noch die Tube zurückstellen konnte mit sich fort, in sein Zimmer.

Kaum dass sie es erreicht hatten, gellte ein Schrei durch das Haus und lies die beiden erstarren. Der Schrei kam aus dem Bad. Die Mutter stand vor dem Spiegel, die Zahnbürste in der Hand und hatte Schaum vor dem Mund. Es sah aus, als hätte sie die Tollwut. Ihre Augen schleuderten Blitze. ›Wer war das?‹, rief sie blubbernd. ›Wer hat die Seife in die Zahnpastatube gefüllt?‹ Seifenblasen bildeten sich dabei vor ihrem Mund und zerplatzten ploppend unter der Nase. Nun musste Erbse doch lachen. Das hätte er nicht tun sollen.

›Eine Woche Stubenarrest‹, schnauzte der Vater und schob ihn hinaus.

›Aber das war doch Kokolores‹, protestierte Erbse.

›Das kannst du laut sagen, dass das mal wieder Unsinn war.‹

Er reichte der Mutter ein Glas klares Wasser zum

Mundausspülen.

Nach dem Frühstück nahm das Unglück seinen Fortgang. Der Junge schaute ein wenig sehnsüchtig aus dem Fenster. Er hatte ja Stubenarrest.

Vaters Auto stand auf dem Hof vor der Garage. Ein Schatten huschte an einem der Kotflügel vorbei. Gleich darauf zischte es vernehmlich. Jemand lies die Luft aus den Reifen.

›Kokolores nicht auch noch das!‹, rief Erbse verzweifelt. Er schloss geräuschlos das Fenster und eilte hinunter auf den Hof. Hier war der Kokolö grade dabei aus einem weiteren Reifen die Luft abzulassen.

Der Vater kam die Stufen zum Hof herunter, sah den Jungen und schnauzte ihn an: ›Hab ich dir nicht gesagt, du hast Stubenarrest? Was machst du hier? Scher dich in dein Zimmer!‹ Erbse trollte sich und der Vater stieg in sein Auto. Kurz darauf hörte man ihn über den Hof schreien: ›Zwei Wochen Stubenarrest, verflixter Bengel!‹

›Das war doch Kokolores!‹, rief Erbse zurück. Allerdings war der Kokolö ja unsichtbar und außerdem hatte er sich längst verdrückt.

›Ich werde dir noch zeigen, was Kokolores ist‹, schnaubte der Vater wütend und stampfte aus dem Gartentor in Richtung U-Bahn.

Beim Abendbrot herrschte eisiges Schweigen. Auch Erbse sagte nichts, obwohl er sah, dass Kokolores mitten auf dem Tisch saß und alle Gewürze vertauschte.

Natürlich erwischte seine Schwester statt des Zuckers das

Salz. Im Tee schmeckte das widerlich. ›Was soll dieser Kokolores?‹ schrie sie das verbotene Wort und spuckte den Tee auf ihren Abendbrotteller. Dann erstarrte sie, als wäre sie versteinert worden. ›Igitt, was ist denn das?‹, stöhnte sie entgeistert und starrte auf den Kokolö. Nachdem sie seinen Namen genannt hatte, war er für sie sichtbar geworden. Mitten auf dem Tisch sitzend, grinste er von einem Ohr zum anderen.

›Das ist Kokolores, der Kokolö‹, meinte Erbse.

›Was für ein Kokolores?‹, fragte der Vater.

›Wieso reden auf einmal alle von Kokolores?‹, erkundigte sich die Mutter. ›Wir hatten doch verabredet, dieses Wort zu vermeiden.‹

Aber jedes Mal, wenn der Name fiel, gab es ein leises ›Plopp‹ und jedes Mal konnte derjenige, der ihn genannt hatte den Kokolö auf dem Tisch sitzen sehen.

Schließlich sahen ihn alle in der Familie. Der Kokolö schaute sie mit seinen großen Augen an. Seine Gesichtsfarbe war nun blau statt Grün. Wahrscheinlich war es die Farbe, die er annahm, wenn er errötete.

›Schade‹, krächzte er, ›alle sehen mich. Jetzt kann ich nicht mehr bleiben.‹

›Warum nicht?‹, wollte Erbse wissen.

›Na eben wegen dem Kokolores‹, er lachte meckernd.

›War dufte bei euch.‹ Dann löste er sich, mir nichts, dir nichts, in Luft auf. Niemals wieder wurde er in der Familie gesehen.«

Die Kinder hatten der Erzählung des Mannes mit offenen Mündern gelauscht und da alle schwiegen, fügte der hinzu:

»Nur weil man Dinge nicht sieht, heißt es noch lange nicht, dass es sie nicht gibt«. Er stand auf und ging langsam davon. Als er weit genug entfernt war, kicherte er vergnügt und sagte zu sich selbst: »Siehste Erbse, nun war der Kokolores doch noch zu etwas gut.«

Urlaubsfreuden

Schaffner Pfeifft, Räder rattern,
Tüchelein im Winde Flattern,
Handkuss werfen,
Ermahnung schärfen,
Von der Bahnsteigkante weichen,
Wie sich doch die Bilder gleichen.

Zug ist voll, Speisewagen suchen,
falsche Richtung, leise fluchen,
beim Gang zurück,
versagt das Glück,
keiner will zur Seite weichen,
wie sich doch die Bilder gleichen.

Ellenbogen in der Seite,
irgendwo kommt man zu streite,
fluchen, schreien, gestikulieren,
letzten end´s kapitulieren.
An fremde Brüste pressen, an harte und an weichen,
Wie sich doch die Bilder gleichen.

Kaum den Urlaubsort erreicht,
schon vom Regen durchgeweicht,
Taxi suchen,
wieder fluchen.

Mit Grippe das Hotel erreichen,
Wie sich doch die Bilder gleichen.
Postkarten unter Regenschirmen schreiben,
würden gern noch länger bleiben,
schnell auch übers´ Wetter dichten,
Grüße an die Nachbarn richten.
Die Laune muss dem Regen weichen,
wie sich doch die Bilder gleichen.

Die Sonne lacht, der Urlaub ist vorbei,
für die Rückfahrt siehe Strophe eins bis drei,
kaputt und müde die Wohnung erreichen,
wie sich doch die Bilder gleichen.

Karsten

Ich erinnere mich, dass es in meiner Kindheit jemanden gab, den ich hasste. Jemanden, vor dem ich in permanenter Furcht lebte.

Karsten; er wohnte im Nachbarhaus. Niemand hatte Angst vor dem. Nur ich. Das nutzte er natürlich aus, wann immer er Gelegenheit hatte und die hatte er oft. Er wohnte nebenan und ging in die gleiche Schule wie ich.

Jedes Mal, wenn er meiner habhaft werden konnte, verdrosch er mich.

Mein einziges Mittel dem zu entgehen, war wegzurennen.

Alle anderen Kinder auf unserem Hof standen dem mit Unverständnis, allerdings auch hoher Gleichgültigkeit, gegenüber. Schon nach kurzer Zeit schaute kaum noch jemand vom Spielen auf, wenn Karsten kam und ich losrannte.

Mit ein bisschen Glück sagte mal einer: »Da kommt übrigens dein Freund.«

Ich kannte keinen Freund, also Alarmstufe rot. Karsten! Ich rannte los.

Heute denke ich dabei an die pawlowschen Reflexe. Der Junge war für mich ein bedingter Reflex. Er löste in meinem Gehirn einen Fluchtreflex aus.

Er war nicht einmal sonderlich beliebt bei den Anderen, denn er war ein Querulant, der sich nicht anpassen konnte. Immer wieder rieten meine Spielgefährten mir, einfach stehenzubleiben und mich ihm zu stellen.

Nein, ich rannte.

Ich beschreibe hier keinen Sachverhalt von einigen Wochen, nein es handelte sich um ein, zwei Jahre, in denen ich rannte. Irgendwann war es auch garnichtmehr so sehr Angst. Das kam, ohne nachzudenken. Karsten = rennen!

Möglicherweise war das auch meine Art mich zu wehren. Er bekam mich ja nie. Ich lief immer schneller als er und ausdauernder. Ich jagte ihn bis zu seiner Erschöpfung hinter mir her. Zuerst war das nicht schwer. Mit der Zeit jedoch verbesserte sich auch seine Kondition und die Runden, die ich laufen musste, wurden größer. Das Resultat blieb; er gab vor mir auf. So kam ich mir eigentlich immer als Sieger vor.

Lassen sie mich jetzt bitte für das weitere Verständnis der Geschichte erklären, dass sich das alles in Berlin abspielte, und zwar vor dem Mauerbau, im Ostteil der Stadt.

Ich habe einen Cousin, der im Westteil der Stadt wohnte. Er ist ein Jahr älter als ich und manchmal kam er zu Besuch. Er konnte so fantastische Sachen. Er hat mir zum Beispiel die englische Version von dem Lied über Tom Dooley beigebracht. Und das, obwohl ich kein Wort dieser Sprache verstand. Ich kann den Text heute noch.

Hang down your head, Tom Dooley,

hang down your head and cry,

hang down your head, Tom Dooley,

poor boy, you're bound to die.

Tolles Lied.

Eines Tages, er war mit seiner Mutter wieder zu Besuch bei

uns, brachte er mir einen Schreckschussrevolver aus dem
Westen mit. Man musste einen roten Ring in die Trommel tun,
das waren die Knallkörper. Das Ding knallte auch fantastisch
laut und verbreitete einen penetranten Schwefelgestank. Nach
dem dritten Schuss jagte meine Mutter uns raus.

Als wir die Treppen runter liefen, erzählte ich ihm von meinem
Peiniger Karsten.

Wie es der Zufall wollte, wir standen grade vor unserem Haus,
kam Karsten. Ich war schon in, wie man heute sagen könnte,
in Pole-Position, fragt mein Cousin mich: »Is dit der Arsch?«
Ich nickte nur kurz, weil ich ja wegmusste. Dann sah ich, nicht
ohne Erschrecken, wie er mit einer blitzschnellen Bewegung
den rechten Arm hochriss und zuschlug. »Meen Cousin lässte
in Ruhe wa, is det klar?«

Ich glaube nicht, dass Karsten diese Aufforderung verstanden
hatte. Er war nach dem Schlag wie ein Sandsack zu Boden
gefallen, schrie lauthals und blutete schrecklich im Gesicht.

Als mein Cousin auf ihn zuging, sprang er auf und lief
schreiend davon.

Ein bisschen tat er mir jetzt leid. Lieber wäre ich wieder
gerannt. Dann wäre es mein Sieg gewesen.

Wir waren noch gar nicht lange zurück in der Wohnung,
klingelte es an der Tür.

Karsten mit seiner Mutter.

Sie wollte meine Mutter sprechen.

Karsten war ein Bild des Jammers. Er war bis über beide
Ohren mit Blut verschmiert und heulte, was das Zeug hielt.

Schnell wurde meiner Mutter klar, dass ich der Urheber dieses heulenden Schadens dort war. Sie versicherte Karstens Mutter, dass sie solche Brutalitäten nicht dulden werde. Viel zu flink, um ihr auszuweichen, drehte sich zu mir um und verpasste mir zwei schallende Ohrfeigen, dass ich durch den halben Korridor stolperte.

Nun grinste Karsten unter seiner Blutschicht.

Es folgten die üblichen Schimpftiraden und eine Woche Stubenarrest.

Der Arrest war lange abgesessen, die Gesichtswunde bei Karsten verheilt und ich hatte ihn bereits wieder ein paar Runden hinter mir hergejagt, da ergab es sich, das ich mit meiner Mutter die Straße vor dem Haus entlangging. Karsten war in der Nähe und sah uns. Er hatte ein langes Blasrohr in der Hand. Ein damals bei uns beliebtes Spielzeug. An Sträuchern vor unserem Haus gediehen kleine Samenkugeln, die sehr hart waren und von uns gern als Geschosse verwendet wurden. Mit einer solchen Kugel beschoss er uns. Ich weiß nicht ob absichtlich oder nicht, er traf meine Mutter. Diese Treffer waren schmerzhaft.

»Ich werde mal ein paar Worte mit deiner Mutter reden, damit sie merkt, was du für ein Früchtchen bist!«, rief sie hinter Karsten her, als sie den ersten Schrecken und den größten Schmerz überwunden hatte.

Der allerdings lief weg und rief lachend: »Die spinnt ja die Olle!«

»Sag mal, war das nicht der Junge, dem ihr neulich die Nase

blutig geschlagen habt?«

Ich bejahte.

Nach einer Pause, in der man ihr ansah, dass sie angestrengt nachdachte, sagte sie:»Das mit dem Stubenarrest tut mir leid.«

Das war zum Einen, eine Art Absolution, die eine tiefe Genugtuung in mir auslöste und zum Anderen ein Angriff auf meine Mutter. Das würde kein Sohn durchgehen lassen. Wenn ich die Sache bis dato eher von der sportlichen Seite gesehen gehabt hatte, dominierte jetzt der Rachegedanke.

Als ich Karsten erneut begegnet bin, habe ich endlich diesen Reflex bezwungen und bin nicht weggelaufen. Er stutzte, als ich nicht loslief. Er näherte sich mir, tat das jedoch sehr vorsichtig.»Na, rennst ja gar nicht weg. Willste was auf die Fresse?« Er schubste mich.

Da habe ich ihm die zwei Ohrfeigen zurückgegeben, die ich von meiner Mutter, für seine blutige Nase bekommen hatte. Beide trafen perfekt.

Er hat nichts gemacht. Er hat sich die Wange gehalten, hat sich umgedreht und ist weggegangen.

Merkwürdigerweise fühlte ich keinen Triumph, eher eine Art Traurigkeit. Ich würde nie wieder vor ihm weglaufen.

Das war das Ende eines Abschnitts meiner Kinderzeit und meine letzte Erinnerung an Karsten.

Das Verhör

Ich habe ein ausgesprochenes Talent, Unangenehmes zu vergessen. Dennoch gibt es eine Erinnerung, die so lebendig geblieben ist, dass sie mich jetzt, sechzig Jahre später, noch immer mit Regelmäßigkeit, im Schlaf aufschrecken lässt. Mein Traum führt mich dann zurück in den März 1958. Ich war acht, ging in die zweite Klasse und hatte, wie so häufig, keine Hausaufgaben gemacht. Meistens war damit Nachsitzen verbunden. Diesmal auch. Unsere Klassenlehrerin, Frau Schönlein leierte das:»Marquardt, nachsitzen, heute 14:00 Uhr«, so desinteressiert herunter, als ob, ›Marquardt, nachsitzen‹, zu ihrem Tagesgeschäft gehörte. Tat es in gewisser Weise sogar, und gewohnte Vorgänge werden ja schnell zur Routine.

Einen anderen Schüler aus meiner Klasse hatte das gleiche Schicksal ereilt, Christian Beierlein. Für ihn war es das erste Mal, dass er nachsitzen musste. Beierlein war nämlich Klassenbester.

Um 14:00 Uhr stellte sich uns dann die Frage, wo ist Frau Schönlein überhaupt? Sie hatte nicht gesagt, wo wir das Nachsitzen antreten sollten. Wir gingen durch zwei, drei Klassenzimmer, Fehlanzeige. Entweder fremde Lehrer oder leer. Solche Sachen passierten immer nur mir.

Andere Kinder wären jetzt nachhause gegangen. Aber Frau Schönlein war streng. Wir hatten uns nicht getraut zu gehen. Deshalb gingen wir, nachdem wir auch im Sekretariat erfolglos nachgefragt hatten, durch dass ganze Schulhaus. Raum für Raum. Irgendwo musste sie ja sein.

In einer Klasse stand auf dem Tisch des Lehrers, eine hölzerne Kiste. Es war das Klassenzimmer unserer Parallelklasse.

Eine Kiste auf dem Lehrertisch? Ich hatte dort noch nie eine Kiste gesehen. Und das, obwohl ich schon oft hier gewesen war. Also zum Nachsitzen natürlich.

Christian war das alles unangenehm. »Komm, wir hauen ab.«

»Nein, ich will erst wissen, was in dieser Kiste ist.«

Er folgte mir trotz seiner Bedenken. Die Kiste war nicht verschlossen und sie war leer.

»Komm jetzt, mir ist das peinlich, wenn jemand kommt, denkt er, wir wollen hier was klauen.«

»Nu kack dir nicht in die Hose, was gibts denn hier schon zu klauen?« Endlich war ich mal der Überlegene. Der, der etwas besser konnte und sei es auch nur Nachsitzen.

Wir haben sie nicht gefunden. Sie war einfach nicht mehr da. So sind wir anschließend heimwärts gezogen.

Die Schule begann am nächsten Tag wie immer um acht. Wie so oft, war ich zu spät. Pünktlich zu sein, war ebenfalls keine meiner herausstechenden Eigenschaften. Frau Schönlein wird mir Strafarbeiten verpassen, einen Eintrag ins Klassenbuch machen oder mal wieder Nachsitzen aufbrummen. Das Dumme war, ich sollte jedes Mal sagen, warum ich zu spät kam und ich wusste es nie. Einfach vertrödelt. Ich klopfte und wartete auf das: »Herein«.

Draußen war es noch nicht ganz hell. Im Klassenzimmer brannten zwei Reihen doppelter Leuchtstofflampen und tauchte den Raum in ein unnatürlich weißes Licht. »Guten Morgen Frau Schönlein, tut mir leid, die Ampel an der Hauptstraße war ewig auf Rot.« Eine Ausrede, die ich öfter benutzte, weil die Wahrscheinlichkeit, dass es stimmte, sehr hoch war. Die Straße war Regierungsstrecke und immer sehr lange gesperrt, wenn die Genossen morgens zur Arbeit fuhren. Daran würde sich auch in den nächsten dreißig Jahren nicht ändern.

»Ist jetzt egal, stell dich an deinen Platz.«

Ich war dermaßen verblüfft und erleichtert, dass ich nicht auf ihren Tonfall geachtet hatte. Ich ging zu meinem Platz und setzte mich. Kaum das ich gesessen hatte, schrie sie mich an: »Du hast wohl an dieser Ampel nicht nur Zeit, sondern auch dein Gehör verloren? Ich sagte, stell dich an deinen Platz!«

Ich sprang auf, total verwirrt. Das schlechte Gewissen hatte mich sofort gepackt. Irgendwas hatte man ja immer ausgefressen. Aber was war es diesmal?

»Ich habe dich was gefragt!«, schrie sie weiter, kam in wenigen Schritten auf mich zu. Ich dachte, sie wollte mich schlagen und riss die Arme über den Kopf hoch.

»Ich habe dich gefragt, ob du dein Gehör verloren hast?« Ihre Stimme überschlug sich beim Brüllen. Sie schlug mir die Arme herunter, die ich immer noch schützend erhoben hatte. »Steh grade, wenn ich mit dir rede und antworte endlich!«

»Nein«, sagte ich.

»Wie heißt das?«

Ich begriff nicht, was sie wollte.

Sie schrie Christian an: »Wie heißt das?«

Jetzt erst sah ich, dass der heulte.

»Nein Frau Schönlein.«, stammelte er unter Schluchzen.

Mir war das Blut in den Kopfgeschossen und in meinen Ohren hämmerte es. Was war hier los? Ich war doch nur fünf Minuten zu spät.

»Also?«

»Nein Frau Schönlein.« Ich dachte, sie wollte immer noch die Antwort auf ihre Frage. Sie aber fauchte mich an: »Wo ist das Geld?«

Welches Geld? Ich hatte keine Ahnung, wovon sie sprach. War sogar ein wenig erleichtert, dass es um etwas ging, von dem ich überzeugt war, nichts damit zu tun zuhaben.

»Ich habe gefragt, wo du das Geld hast, antworte gefälligst.«

»Ich weiß nichts von Geld.«

»Du lügst!«

»Ich lüge nicht«, hauchte ich. Die Angst hatte mich plötzlich gepackt und ich spürte, wie mir das Herz bis zu den Ohren hochschlug. Keins der anderen Kinder sprach ein Wort.

»Hör zu Bürschchen, werde nicht noch frech und höre auf, uns alle anzulügen! Du und Christian habt gestern in der 2B das Geld aus der Klassenkasse geklaut anstatt, wie ich es angeordnet habe, nachzusitzen.«

Jetzt war es heraus und ich war empört. »Wir haben kein Geld genommen. Wir waren nicht mal drin in der Klasse.«

94

Die Kinder im Raum begannen zu lachen. Sofort wurde mir klar, Christian hatte gestanden, bevor ich gekommen war, dass wir da drin gewesen waren. Mir traten die Tränen in die Augen. »Wir sind in der Klasse gewesen«, flüsterte ich.

»Lauter, wenn ich bitten darf. Wir wollen alle hören, dass du ein Lügner bist!«

»Wir waren in der Klasse«, heulte ich, »Wir haben aber kein Geld geklaut. Wo soll das überhaupt gewesen sein?«

»Na in der Klassenkasse auf dem Lehrertisch. Das gesamte Geld für die Klassenfahrt. Über hundert Mark!«

Mir schoss es siedend heiß durch den Kopf, hundert Mark. Eine für mich unvorstellbare Summe. Ich hatte noch nie hundert Mark gesehen. Hier ging es um was ganz Schlimmes. Die Angst schnürte mir regelrecht die Brust zu und ich merkte, wie ich mir in die Hosen machte. Ich hasste mich dafür, aber ich konnte es nicht halten. Wie fast alle Jungs, trug ich Lederhosen und lange Strümpfe, die mit Strapsen an einem Leibchen befestigt waren. Ich sah nicht hin und ich begann, die Frau vor mir zu hassen. Das erste Mal, dass ich eine solche Demütigung erfuhr.

»Der Kasten auf dem Tisch war leer«, heulte ich in einer Mischung aus Panik und Verzweiflung.

Wenn ich doch nur das Schluchzen unterdrücken könnte.

»Ah dann waren wohl die Heinzelmännchen vor euch da«, höhnte sie.

Ich merkte, wie meine Panik von Wut abgelöst wurde. »Na und, dann waren es eben die Heinzelmännchen!«, schrie ich sie an.

Sie stutze einen Moment, dann stürmte sie erneut auf mich zu, diesmal mit erhobener Hand. Ich zuckte zusammen. Als sie dann vor mir halt machte, trat ich ihr gegen das Schienbein. Eher ein zögerlicher Tritt, denn ich hatte wahnsinnige Angst. Sie schrie auf. »Ich werde dir helfen, eine Lehrerin zu treten! Wir gehen zur Direktorin!«

»Na und, mach doch! Ich hab das Geld nicht!«

»Raus! Raus mit dir!«

Ich stürzte vor die Tür, wahrscheinlich kurz davor in Ohnmacht zu fallen. In der Klasse hörte ich sie weiter schreien. Jetzt hatte sie Christian vor. Einen Moment lang schien er alles abzustreiten. War ja auch die Wahrheit.

Dann hörte ich ihn aufheulen: »Ja, wir haben das blöde Geld genommen, aber lassen sie mich in Ruhe.«

Merkwürdig, dass ich nicht wütend wurde. In mir flammte, ein an Hochmut grenzender Stolz auf. Nach Christians Geständnis herrschte einen kurzen Moment Stille in der Klasse. Dann sagte Schönlein: »Geh den von draußen reinholen.«

Ein Schüler machte die Tür auf und grinste mich an. »Sollst reinkommen.«

Ich stellte mich an meinen Platz. Die nassen Strümpfe klebten an meinen Beinen. Die Strapse, mit denen sie gehalten wurden, waren eiskalt.

Mit unverhohlenem Triumph fragte sie: »Und, wo hast du das Geld?«

Es gelang mir jetzt sogar, sie anzusehen. Dieser Ausdruck auf ihrem Gesicht machte mich rasend. »Keine Ahnung, ich habe das Geld nicht.«

Die Klasse brach in Gelächter aus.

»So, dein Mittäter hat aber was anderes behauptet.«

»Ist mir egal. Wenn der es geklaut hat, ich nicht.«

Ich glaube, das ganze Verhör ging drei oder vier Stunden. Ich bin zwischenzeitlich, entgegen Schönleins gekreischten Befehl, zur Direktorin gelaufen. Die war nicht da. Als sie einige Zeit später auftauchte, stellte sie lediglich fest, dass das nicht ihre Angelegenheit wäre, diesen Vorgang müsse Frau Schönlein klären.

Ich habe diese Lehrerin, die sich nun in sicherem Abstand von mir hielt, angefleht, habe in meiner Verwirrung sogar Tante Schönlein zu ihr gesagt, habe geheult, sie angeschrien und beschimpft. Ich war wie im Fieber. Irgendwann bin ich aus dem Klassenzimmer gerannt und nach Hause gelaufen. Dort hat mich tatsächlich ein Fieber gepackt, und ich musste tagelang das Bett hüten. Als ich zurück in die Schule kam, hat zu meiner Verwunderung niemand mehr ein Wort über diesen Vorgang verloren. Auch meine Eltern haben, soweit ich weiß, nie davon erfahren.

Bei den Mitschülern jedoch, war ich der, der die Klassenkasse geklaut hatte. Christian, der Primus, komischerweise nicht. Wo aber war das Geld geblieben? Bis heute habe ich keine Ahnung.

Nur hin und wieder schlechte Träume.

Drei Kurze bitte

An die Liebste

Ich seh gern in Deine Äuglein,
habs gerne, wenn dein Mündchen lacht,
doch hab ich dich am liebsten,
Hast du beides zugemacht.

Schade

Es wohnte in einer Stadt Namens Paris.
Ein junger Mann, er hieß Aramis.
Gleich nebenan in einer Rue,
wohnte ein Mädchen, sie hieß Marie.
Aramis ging oft durch diese Rue,
das Mädchen aber traf er nie.

Geschäftliches aus der Anstalt

Es kauft sich ein Mann während der Konjunktur,
eine große goldene Weckzeituhr
Dann, in der nächsten Krise verkauft er diese.
Auch wenn er nun morgens stets verpennt,
Der Gewinn betrug knapp 30 Prozent.

Warten auf Alwin

Ich erinnere mich an eine Begebenheit aus den Anfängen der siebziger Jahre. Ich hatte die Armeezeit zu absolvieren und während dessen, sehr zu meiner Überraschung, meinen alten Schulfreund Alwin wiedergetroffen. Er war irgendwann von Berlin nach Sebnitz gezogen und ich war dort in der Nähe stationiert. Wir haben viel Zeit miteinander verbracht und manch Unsinn verzapft.

Später hatte er mir oft geschrieben. Man tat das damals noch per Post. Unter andrem hatte er mir mitgeteilt, dass er umgezogen sei und ich ihn doch unbedingt in der neuen Wohnung besuchen sollte.

Ich hatte ich mir von meinem Urlaub ein paar Tage übriggelassen, um dieser längst überfälligen Einladung nachzukommen.

Alwin wohnte jetzt in Dresden, in einem frisch renovierten Altbau, in der Neustadt. Nicht schlecht, fand ich. Die üblichen Baureste und Schuttberge waren gepflegten Grünanlagen gewichen und auch sonst machte die Gegend einen sauberen und freundlichen Eindruck. Eine Rarität. Zumindest, was die dresdener Neustadt zur damaligen Zeit betraf.

›Alwin Helfer‹, stand in Goldbuchstaben auf dem Namensschild und darunter ein mit Hand geschriebener Zettel: »Komme gleich wieder.«

Ich hätte meinen Besuch ankündigen sollen. Ergo einen Brief schreiben. Ich habe Briefe schreiben immer gehasst und tue das noch heute.

Was sollte ich jetzt tun? Ich stellte mich ans Flurfenster und wartete.

Eine Dame mittleren Alters erschien im Treppenhaus. »Ach, sie warten wohl auf Herrn Helfer?«

»Ja, wissen sie vielleicht, wo er ist?«

Sie lächelte. »Nein nein, das weis ich wirklich nicht. Aber womöglich könnten sie mir in der Zwischenzeit einen winzigen Gefallen tun. Ich räume nämlich grade mein Wohnzimmer um und habe da ein ganz kleines Problem.« Ihr Lächeln hatte jetzt etwas Flehendes.

Da ich mich für die Lösung ganz kleiner Probleme für durchaus kompetent halte, nickte ich wohlwollend und folgte ihr in den dritten Stock. Eine kleine saubere Wohnung, eingerichtet im Stil älterer Damen. Meine Oma wohnte ähnlich.

»Sehen sie, dieser Wohnzimmerschrank muss unbedingt auf die gegenüberliegende Seite. Das Ding ist ja so entsetzlich schwer. Natürlich muss die Couch von dort weg und dann hierher«, sie zeigte auf die Stelle, an der zur Zeit noch der Eichenschrank stand. Ein monströses Stück von etwa 1900, mit Glasteil und vielen Schnitzereien. ›Kleines Problem‹, dachte ich und wagte den Einwand: »Der Schrank wird sich an der Tapete abgezeichnet haben und das wird man deutlich sehen, weil die Couch niedriger ist.«

»Nein nein, da machen sie sich mal keine Sorgen. Das hat mir der Herr Helfer ja vorige Woche erst so hingestellt. Ich finde das aber zu gefährlich.«

»Zu gefährlich?«

»Ja bemerken sie es denn nicht? Wenn ein Einbrecher zur Tür hereinkommt, sieht er doch zuerst mich auf der Couch sitzen. Wenn ich alles umdrehe, sieht er zuerst den Fernseher.«

›Vermutlich wird er dann bei dem Programmangebot einschlafen und sie können ihn verhaften lassen‹, ich lachte über meinen eigenen Gedanken.

Die Dame lachte nicht, sie schaute verwirrt. »Meinen sie, dass sie das hinbekommen?«

Sollte ich nein sagen? Nein. Ich kämpfte also bald mit überschweren Möbelstücken. Zwei Stunden später, als alles an seinem neuen Platz stand, kam ich mir vor, als hätte ich einen Nachmittag lang Kies geschippt. Aber ›die Kleinigkeit‹ war erledigt und ich bekam einen Wodka angeboten.

Just in dem Augenblick, als sie das Wort ›Wodka‹ ausgesprochen hatte, klingelte es an der Wohnungstür. Damit blieb der Wodka eher temporärer Natur, wie man heute sagen würde, denn als die Dame mit den kleinen Problemen zurückkam, hatte sie wieder ihr entzückendes Lächeln aufgesetzt und mir schwante nichts Gutes. »Ach wissen sie, da ist die alte Frau Brettschneider von nebenan. Ich habe ihr von ihrer Hilfsbereitschaft erzählt und da lässt sie fragen, ob sie so nett sein könnten, ihr ihre Gardinen anzubringen. Das schafft sie doch nicht mehr alleine.«

Ich trabte also los, um der besagten Frau Brettschneider, die Gardinen anzubringen.

Dafür, dass ich einmal von der Leiter gefallen war, bekam ich nun doch meinen Wodka, brachte aber als Zugabe noch den Mülleimer runter und holte einen Eimer Eierkohlen aus dem Keller.

Dort unten lernte ich übrigens eine andere ältere Mieterin des Hauses kennen, die mich bat, ihr doch bitte die paar Kohlen, die der VEB Kohlenhandel, lose in ihren Verschlag geschüttet hatte, aufzustapeln.

So wurde ich also in den Kittel ihres jüngst verstorbenen Mannes gekleidet, der einmal Hausmeister in einer Schule gewesen war und fing an, fünfzehn Zentner Briketts zu stapeln.

Als ich anschließend den Keller, den ich ordnungshalber auch noch gefegt hatte, verließ, war ich gelinde gesagt mistig.

»Ach das tut mir jetzt aber leid«, sagte die Hausmeisterwitwe. »Aber wenn sie möchten, können sie bei mir baden. Nur müssten sie dann allerdings erst den Badeofen aufstellen. Ich habe nämlich einen neuen bekommen, müssen sie wissen. Der Alte war kaputt. Immer ist mir das Wasser in die Badestube gelaufen.«

In Erwartung eines Vollbades baute ich den alten Badeofen ab, schleppte das Ding die Treppen herunter, den neuen wieder herauf und schloss ihn an. Als ich dann noch Kohlen aus dem Keller geholt hatte, konnte ich ihn auch anheizen. Bald blubberte er fröhlich, verströmte Vorfreude und eine angenehme Wärme. Doch nichts wurde aus meinen ersehnten Badefreuden. Eine mir bis dahin unbekannte und ebenfalls ältere Dame erschien. Sie war die Einzige im Haus mit einem

Telefonanschluss und brachte die Nachricht, dass die
Schwester der Hausmeisterwitwe ins Krankenhaus gekommen
sei, und nun dort auf sie wartete.

Ich wusch mich flüchtig und saß kurze Zeit später erneut im
Treppenhaus. Der Zettel an Alwins Tür steckte noch immer
und verkündete weiterhin die hoffnungsfrohe Botschaft:
›Komme gleich wieder!‹

In der Zwischenzeit war es Nachmittag geworden.

In einem der oberen Stockwerke ging eine Tür auf. Die Treppe
herunter stampfte, anders war es kaum zu bezeichnen, eine
recht korpulente Person. Erst als sie mich ansprach, war ich
mir sicher, dass es sich um eine Frau handelte. Sie trug einen
braunen Trainingsanzug(ja, Jogginganzüge hießen damals
so), der um den Bauch herum spannte, als würde der
Reißverschluss jeden Augenblick die nützliche Funktion des
Zusammenhaltens aufgeben.

»Ach sie sind das wohl, der auf Herrn Helfer wartet. Aber da
können sie mal sehen, dass man auf Männer nur warten kann
und weiter nichts. Wissen sie, ich war viermal verheiratet. Das
Einzigste, was ich schon nach kurzer Zeit nur noch mit diesen
Kerlen anfangen konnte, war, auf sie zu warten. Jedenfalls
kommt mir jetzt keiner mehr ins Haus. Außerdem habe ich ja
nun auch meinen Brändy. Und soll ich ihnen mal was sagen,
der kommt sofort, wenn ich ihn rufe.« Sie machte eine
triumphierende Geste mit dem Kopf, als wollte sie mir
bedeuten, dass sie nun das Leben im Griff hatte.

Dieser auf Zuruf getrimmte Eheersatz war eine

ausgewachsene Deutsche Dogge von mindestens einem Meter Schulterhöhe, die damit begonnen hatte, mit ihrer riesigen rosafarbenen Schnauze, an mir herumzuschnüffeln. Das ich vor Angst das Atmen vergaß, bemerkte ich erst, als mir Sterne vor den Augen tanzten. Dann holte ich mehrere Male, keuchend Luft. Eine Art der Artikulation, die der Hund scheinbar kannte, denn nun begann er mich begeistert abzulecken.

»Sie können ihn ruhig anfassen, er ist völlig harmlos. Dass er neulich jemanden das Schulterbein gebrochen hat, daran war dieser Idiot selber Schuld. Warum sagt er auch Köter zu meinem Liebling. Brändy ist nämlich sehr sensibel, müssen sie wissen.«

Der sensibele Liebling hatte also begonnen, mir mit seiner Kalbszunge das Gesicht abzuschlecken, wo bei der penetrante Mundgeruch des Tieres meine, vor Angst sowieso schon verminderte Atemtätigkeit, gänzlich zum Erliegen brachte. Ich dachte an mein Schlüsselbein und verkniff mir jede Bemerkung.

»Seh`n se, er mag sie«, frohlockte die Dame.

»So nun lass den Onkel aber mal sein, wir wollen ja schließlich Gassi gehen.« Mit diesen Worten zog sie das Tier von mir fort und ich versuchte weiterhin nicht zu tief ein und aus zu atmen. Brändy bellte zum Abschied ein paarmal, dass es im ganzen Haus dröhnte, dann war ich wieder allein. Diesmal allerdings nur kurzzeitig. Eine halbe Treppe weiter oben, wurde die Tür neben Alwins Wohnung geöffnet und wer stand im Flur? Mein Freund Alwin. In einem Overall, der über und über mit Farbe bekleckert war und einer Tapetenbürste in der Hand.

»Na das ist ja mal eine Überraschung«, rief er lachend, wurde aber gleich wieder ernst. »Und ausgerechnet heute, wo ich so gut wie keine Zeit habe.« Seine Stimme hatte den Tonfall tiefster Traurigkeit angenommen und ich vermutete schon einen Todesfall in seiner Familie.

»Ich muss noch zur Frau Brettschneider, ihr die Gardine anbringen, außerdem…«, er holte jetzt ein Büchlein aus der Gesäßtasche. Ein wenig fahrig blätterte er darin, »…und außerdem zu Frau Schulzendorf, die hat Kohlen bekommen und einen neuen Badeofen. Du musst nämlich wissen, ich bin der einzigste Mann im Haus und da muss man schon mal gefällig sein.« Sein Lachen klang etwas gekünstelt.

Als ich ihm sagte, dass ich dies alles bereits erledigt hätte und Frau Schulzendorf sowieso nicht da sei, weil ihre Schwester ins Krankenhaus gekommen war, sah er mich mit einem Blick an, wie eine Kuh schaut, wenn es donnert.

Als ich ihm dann auch noch erklärte, dass ich einer Dame im dritten Stock die Möbel gerückt hatte, kam er die halbe Treppe zu mir heruntergerannt und schloss mich dankbar in die Arme.

»Das ist ja wunderbar«, rief er aus, »die Möbel waren eigentlich erst nächste Woche dran. Weist du was, dann haben wir den ganzen Abend Zeit. Wir könnten meiner Nachbarin noch die Wohnung fertigtapezieren. Du hast doch Lust oder?«

Laffitt, wie Du und ich

Laffitt und der Alkohol

Schon immer war er ein Verdruss,
der übermäßige Genuss.
Gemeint ist hier der Alkohol,
der nur in Maßen uns zum Wohl.
Dies ist jedem wohlbekannt,
auch jenem hier, Laffitt genannt.

Laffitt der nahm sich vor,
eh´ er lege sich aufs Ohr,
bringt er unten, gleich um die Ecke,
´ne kühle Molle noch zur Strecke.
Das Wirtshaus war schon rappelvoll,
er merkt´s am Qualm, der ihm entgegenquoll.

Die Wirtshaustür schnappt zu
und im Nu,
war Laffitt umringt,
von zwei Kerlen, der eine singt,
unsaubere Lieder, der andre stinkt,
als hätte er Essen und Bier nur halb verdaut,
bereits zu zweiten Mal gekaut.
Laffitt wird´s schlecht,
doch er denkt: ›Jetzt erst recht.‹

Laffitt sitzt bald beim fünfzehnten Bier,
und findet's urgemütlich hier.
Der Sänger grölt nun Klagelieder,
den Stinker findet unter'm Tisch man wieder,
Laffitt spricht zu sich selbst mit schwerer Zunge:
»Was bist du doch für'n prächtiger Junge,
wie ist die Welt doch ungerecht,
Ober zahlen, mir wird schlecht.«

Als Laffitt tritt auf die Straße,
erbricht er, was er im Übermaße,
in sich hinein geschüttet,
und was sein Gleichgewicht dermaßen hat zerrüttet.
Dann torkelt er grölend, er fühlt sich grade als Tenor,
Die Stiegen zu seiner Kammer empor.

Am nächsten Morgen dann der Graus
Laffitt der hält's im Kopf nicht aus,
auch im Rest ist's ihm nicht wohl,
und er verflucht den Alkohol.
Selbst mittags schwört er noch: »Ich werd' jetzt bieder«,
Doch als ich ihn abends danach fragte, da konnt er schon
wieder.
Und die Moral von der Geschicht`:
Bis Mittags schwört man besser nicht.

Laffitt im Bad

Laffitt der geht ins Badehaus,
und zieht sich dort zum Bade aus,
wobei er jede, auch die kleinste Bewegung,
im Spiegel betrachtet mit freudiger Regung.
Er übt dann in der Unterhose,
noch so manche eitele Pose.
Als er dann später in der Wanne sitzt,
erscheint ihm ein Lächeln ganz verschmitzt,
denn er ist, so will ihm scheinen,
mit sich und der Welt mal wieder völlig im Reinen.

Laffitt´s Seele

Es haucht Laffitt im Krankenhaus
eines Nachts sein Leben aus.
Ganz unvorbereitet war er tot,
was tut man nur in solcher Not?
Die Seele, die aus ihrer Hülle wich,
saß unterm Tisch und fürchtet sich.
Weshalb?
Da fragt Ihr noch?
Wisst Ihr, wo nach dem Schluss die Seelen bleiben,
und was sie am Ende dann so treiben?
Ja?!
Dann sagt´s ihr doch,
und mir bitte auch,
wer weis wann ich´s brauch.

Und morgen Staubsaugen

Ich lerne es, Geschichten zu schreiben. Ganz professionell, in einem Fernstudium.

Mit siebenundsechzig Jahren fällt einem nicht mehr alles zu. Man muss sich konzentrieren, gegebenenfalls Brücken bauen und so das Lernen, neu lernen. Dennoch habe ich mich von Anfang an mit Feuereifer in diese Aufgabe gestürzt, denn ich liebe es Geschichten zu erzählen und natürlich auch, sie zu erfinden.

Es gibt jedoch viel zu lernen und zu beachten.

Was steht hier? ›Wie können Sie sich, den mitunter grauen Alltag, als Quelle der Inspiration …‹

»Schatz ich habe dir den Staubsauger ins Wohnzimmer gestellt. Vergiss bitte nicht, auch den Balkon mit abzusaugen. Am besten, du machst das morgen Nachmittag, da scheint die Sonne ins Zimmer.« Meine Frau schont sich auch Sonntagnachmittag nicht. Sie macht grade das Bad sauber.

»Ja, ich denke dran!«

Wo war ich? Ach ja, hier. ›… als Quelle der Inspiration erschließen? Brechen Sie zunächst mit der Gewohnheit …‹

»Aua! Verdammter Mist! Schatziiee kommst du mal!«

Der Schrei kommt aus dem Bad. Schlimmstes befürchtend, springe ich auf und reiße dabei mein Teeglas um. Der Bürostuhl landet krachend auf dem Laminat.

Im Bad steht meine Frau mit einem Bein in der Wanne, das andere auf dem Boden und starrt mich wütend an.

»Ist dir was passiert?«, frage ich sie voller Sorge, ob ihres Gesichtsausdrucks.

»Wie oft habe ich dir schon gesagt, du sollst den Duschkopf nach dem Duschen herunterholen. Nun siehst du, was du angerichtet hast. Ich hätte mir fast wehgetan!«

»Hast du oder hast du nicht?«

»Das spielt doch keine Rolle, ich hätte können! Und jetzt hole bitte diesen Duschkopf herunter, ich komme nicht ran.«

Ich sage nichts und balanciere den Wannenrand entlang um den Duschkopf an seiner Stange herunterzudrehen.

Danach gehe ich zurück an meine Schreibecke, hebe den Stuhl auf und und schaue wieder in das Lehrbuch.

Ich erinnere mich nicht, an die Stelle, an der ich unterbrochen worden war. Mache am letzten Absatz weiter. ›Benutzen Sie nun mal Ihr Leben als Material und verfassen Sie eine knappe Geschichte von etwa 50 Zeilen. Denken Sie daran: Eine Idee, eine Handlung, ein Charakterzug.‹

Ich beginne zu schreiben, auf dem Bildschirm passiert nichts. Der Tee war über die Tastatur gelaufen und hat ihr Dasein beendet.

Nun bin ich endgültig sauer, will mich aber beherrschen und gehe mit meinen beiden Hunden in den Park. Vielleicht wirds ja morgen was, nach dem Staubsaugen, und mit einer neuen Tastatur.

Die knappe Geschichte, von etwa fünfzig Zeilen, ist hiermit jedenfalls fertig.

Die Fliege (Scathophaga stercoraria)

Nach Luft ringend und am Ende meiner Kräfte angekommen, ließ ich mich auf die halb vermoderte Bank sinken. Ich drückte die Lippen fest aufeinander und versuchte, den keuchenden Atem zu beruhigen, indem ich die Luft durch die Nase einsog. Sofort hatte ich das Gefühl ersticken zu müssen. Nie zuvor im Leben, war ich so gelaufen. Bei dem Gedanken an das Vergangene, begann ich am ganzen Körper zu zittern. Ein Würgen stieg in mir hoch und in den Ohren juckte es, als würden mir tausende Würmer in Richtung des Gehirns kriechen. Ich drückte mir die Handballen auf die Ohrmuscheln und schrie: »Neiiiin!«. Das vertrieb das Gefühl aus meinem Kopf und ich begann allmählich ruhiger zu werden. ›der Direktor wird toben wie ein Verrückter‹, überlegte ich. »Bringt mir diesen durchgeknallten Schreiberling zurück!«, wird er schreien und alle werden loslaufen, um nach mir zu suchen. Diesmal nicht, nahm ich mir vor. Diesmal wird mich niemand fangen. Ich öffnete die Augen und sah mich um. Die vermoderte Bank, auf der ich saß, ein Waldweg, dahinter ein Baumstumpf. Moos und wilder Efeu hatte die Zeit daran emporgewachsen lassen. Wald und Buschwerk dahinter wurden von grellem, weißen Tageslicht durchdrungen. Geblendet schloss ich abermals die Lider. Ich bemerkte, wie der Atem leichter ging und sich Yin und Yang ins Gleichgewicht rückten. Langsam öffnete ich die Augen wieder und blinzelte verwirrt.

Mir gegenüber auf dem Baumstumpf saß ein Mann. Er hatte die Beine angewinkelt und überkreuzt. Die Arme auf die Oberschenkel gestützt, die Handflächen nach oben gedreht. Die Lider hielt er geschlossen. Er trug einen Anzug, weißes Hemd und eine schwarze Krawatte. Er war barfuß. Die ganze Erscheinung war ein Ausdruck von Ruhe und Zufriedenheit. Während ich ihn ansah, begann seine Gestalt zu flimmern, erhob sie sich um etwa dreißig Zentimeter in die Luft, wo sie bewegungslos verharrte.

Ich rieb mir die Augen, aber alles blieb, wie es war.

Jetzt kroch eine Fliege aus seinem rechten Hosenbein, krabbelte auf den großen Zeh und verharrte dort einen Moment. Sie war ein Zentimeter groß, braun und gelb bestäubt. Sie flog auf mich zu und landete vor mir im Laub auf dem Weg. Hier saß sie, putzte sich und wuchs. Wuchs, bis sie eine Höhe von fast einem Meter erreicht hatte. Mit ihren Handtellergroßen, braunen Augen starrte zu mir herüber. »Wir kennen uns doch«, wisperte sie.

»Meine Kinder«, sagte sie, »du hast sie getötet.« Ich hatte tatsächlich gestern ein paar Fliegeneier von der Scheibe gekratzt und eine gewisse Lust am Töten dabei verspürt.

Ich wollte aufspringen und fortlaufen, verwarf diesen Gedanken allerdings gleich wieder. Wohin konnte man vor einer Fliege fortlaufen?

Von rechts waren Schritte zu hören.

Die Fliege hob ab, schrumpfte dabei rasch zusammen und war bald im Wald verschwunden.

Ein unschönes Schleifen auf dem feuchten Waldboden. Ein, weißes Auto hielt neben meiner Bank. Zwei in weiß gekleidete Gestalten sprangen heraus. Ein Mann und eine Frau. Der Mann trug eine Glatze. Ein Schmetterling war darauf tätowiert. »Da ist ja unser Horrorschreiber«, grinste er mich an. »Ich bin Autor«, protestierte ich schwach.

Kurze Zeit später hatten sie mir die Arme fest um den Leib gebunden und schleppten mich zu dem weißen Auto. Eine braune Fliege saß von innen auf der Scheibe. Niemand beachtete sie. Mühsam wendete ich den Kopf zu dem Baumstamm. Der schwebende Mann war verschwunden.

›Geht denn das nie vorbei?‹, dachte ich.

Nun weihnachtet´s bald

Martin

Es nieselte. Na schön, es war November. Genau genommen, der Elfte. Außerdem war es kalt. Eben so wie man es, an einem 11. November erwarten konnte.

Trotzdem war Martin missmutig, schimpfte auf Gott, die Welt und vor allem auf dieses Wetter. Er vermochte gar nicht so schnell zittern, wie er fror. Die weiße Stute, die er ritt, war, wie sein Mantel, völlig durchnässt. Das Wasser lief ihr vom Bauch, als hätte jemand dorthin einen Wasserfall umgeleitet. Sie ließ den Kopf tief nach unten hängen. Die Mähne klebte ihr am Hals. Sie stapfte gemächlich, Schritt für Schritt, durch den Morast des aufgeweichten Wegs und schnaufte hin und wieder verdrossen.

Martin bewegte sich unruhig im Sattel hin und her. Der nasse Mantel scheuerte am Rücken und auf der Schulter. Das ehemals rote Ding war uralt und er fragte sich zum x-ten Mal, warum er ihn noch nicht weggeworfen hatte und durch einen Neuen ersetzt. Doch er hatte ihn fünfundzwanzig Jahre, durch seine gesamte Militärzeit begleitet. Auch später, als er längst zum christlichen Glauben übergetreten und zu einem kirchlichen Würdenträger geworden war, war dieser Mantel sein treuer Begleiter geblieben. Das verbindet und nun war es zu spät, sich von ihm zu trennen. Würde er ihn jetzt ausziehen und in den Dreck fallen lassen, wäre er außerdem dem

Novemberwind gänzlich ausgeliefert. Dabei hatte dieses nasse Etwas seit ewigen Zeiten schon keine Knöpfe mehr. Mit klammen blau gefrorenen Fingern hielt er den triefenden Kragen zusammen und dachte darüber nach, ob es der Regen war, der ihm in Bächen die Wangen herunterrann, oder ob er einfach nur Tränen der Verzweiflung heulte.

Die Silhouette eines Dorfes ließ sich, im Dämmerlicht des hereinbrechenden Abends, durch den Regen hindurch, schwach ausmachen. Martin atmete erleichtert auf. Seine Sehnsüchte waren auf drei Worte mit ›B‹ gerichtet: ›Bier, Braten, Bett.‹

Selbst die Stute hob ein wenig den Kopf und Martin hatte den Eindruck, sie liefe ein eine Winzigkeit schneller.

Durch diese zusätzliche Bewegung scheuerte der Mantel heftiger. Er griff nach ihm, um ihn zurechtzurücken. Ein schmatzendes Geräusch war zu hören, als er sich auf seinem Rücken bewegte. Allein der nasse Druck und das Piksen des Mantels blieben.

Es reichte nun. Er versuchte, das Ding abzustreifen. Aber es saß infolge der Nässe wie angewachsen.

Martin hatte die ersten Häuser des Dorfes erreicht. Ihm war nun speiübel.»Das darf doch jetzt alles nicht wahr sein«, schimpfte er laut und riss an dem verhassten Kleidungsstück.Endlich hatte er einen Arm befreit. Nun noch den Zweiten. Erneut zerrte er an dem Mantel.

Ein ratschendes Geräusch, es wurde fast vom Regen übertönt. Selbst die Soutane, die er darunter trug, triefte von

Nässe.

Neben ihm standen drei abgerissene Gestalten. Sie waren durchnässt, wie er selbst und hielten ihm ihre ausgemergelten Arme entgegen. »Herr, eine milde Gabe, wir haben Hunger, uns ist kalt; bitte Herr.«

Martin hatte den verfluchten Mantel vom langen Schlitz hinten, bis zu Kragen aufgerissen. Noch einmal zog er daran und das morsche Kleidungsstück riss endgültig in zwei Teile.

Als würde er sie erst jetzt bemerken, starrte er auf die drei Bettler.

Er nahm den halben Mantel und warf ihn einem der Drei ins Gesicht. »Hier hast du was«, knurrte er, unzufrieden wie er war.

Die Männer erstarrten, als hätte sie ein Zauber getroffen. Schließlich murmelte einer: »Habt ihr das gesehen Freunde? Er hat seinen Mantel mit uns geteilt. Gott segne ihn.«

Auch die anderen beiden hoben nun die Hände und riefen: »Gott segne euch Herr, Gott segne euch!«

»Dämliches Pack«, knurrte der Priester, aber er lächelte dabei ein wenig selbstgefällig. Augenblicke später ließ er die andere Hälfte des verhassten Kleidungsstücks achtlos in den Dreck fallen.

Kurz darauf zügelte er sein Pferd vor einem hell erleuchteten Wirtshaus, übergab es dem Hausknecht, nicht ohne ihn zu ermahnen, ordentlich für es zu sorgen und keinesfalls am Futter zu sparen. Dann trat er ein. Selbst sein Priestergewand war durchgeweicht.

Die Nachricht von dem Fremden, der seinen Mantel mit einem Bettler geteilt hatte, war ihm bereits vorausgeeilt.

Der Wirt empfing ihn an der Tür. »Wenn ihr freundlicherweise dort Platz nehmen wolltet«, er wies mit der Hand auf den besten Platz in dem Schankraum, direkt vor dem Kamin. Martin war es zufrieden und er ließ sich an dem wärmenden Feuer nieder. Die nassen und kalten Kleider, begannen unverzüglich zu dampfen.

»Ich kann Euch unseren Gänsebraten empfehlen, Herr«, sagte der Wirt und verbeugte sich abermals. Es war die Spezialität des Hauses.

Martin musterte ihn kurz, dann verfügte er mit der größten ihm zur Verfügung stehenden Arroganz: »Bring er mir ein ganzes Tier. Achte er darauf, dass es gut durch ist und ordentlich gewürzt.«

Der verdutzte Wirt meinte, sich verhört zu haben. »Eine ganze Gans Herr?«

»Ja versteht er mich nicht?«, fauchte Martin zurück.

»Selbstverständlich Herr, der Wunsch eines Wohltäters«, er überlegte kurz, bevor er weitersprach er, »eines Heiligen wie euch, soll mir Befehl sein.« Rückwärtsgehend verzog er sich in die Küche.

Es dauerte mehr als zwei Stunden ehe vor Martin, dass wenig sorgfältig abgenagte Gebein, einer nicht eben kleinen Gans lag. Er goss aus dem großen Krug den Rest blutroten Weins in einen hölzernen Becher, nahm einen ordentlichen Schluck daraus und griff nach der letzten Keule.

Tief schob er sie sich in den weit geöffneten Schlund um schließlich, den vom Fleisch gelösten Knochen wieder hervorzubringen. Eine seiner Lieblingsübungen.

Auch diesmal schauten mehrere Gäste heimlich, aber mit offenen Mündern zu.

Doch oh weh, was kratzte ihm dort in der Kehle, oder war es ein Schluckauf vom Wein? Mit einem ›Flutsch‹ verschwand das ganze Gänsebein in Martins Hals. Er begann, zu röcheln und zu würgen. Es half nichts. Die Keule saß fest. Die anderen Gäste fingen ein lautes Geschrei an. Der Wirt eilte herbei und zu seiner Ehre sei gesagt, er durchschaute die prekäre Lage augenblicklich und schlug dem würgenden Gast mit der flachen Hand auf den Rücken. Allerdings auch das ohne Erfolg.

Martin der Wohltäter würgte noch ein wenig, lief erst rot, dann blau an und erstickte schließlich jämmerlich.

Der Wirt, der nun, um die Bezahlung der Zeche bangte, begann laut zu klagen. »Oh mein Gott, welch ein Unglück, der Wohltäter ist tot. So tut doch jemand etwas!«

Die drei Bettler, die wohl vor der Tür gewartet hatten, wahrscheinlich in der Hoffnung auf einen weiteren Almosen des Wohltäters, rissen von dem Lärm angelockt die Tür auf und stürmten in den Gastraum. Sie starrten auf den blau angelaufenen Toten und riefen wie aus einem Mund: »Der Heilige, ist zum Herrn aufgefahren!« Dann ergriffen sie das Blech mit der abgenagten Gans und verschwanden, im Gewirr des Augenblicks, damit nach draußen. Von den erbeuteten

Resten wurden alle drei noch reichlich satt.

Bereits am darauffolgenden Tag zierte ein neues Schild die Herberge und zeigte den Namen ›Zum Heiligen St. Martin‹. Die Hauptattraktion der Speisekarte war fortan die Martinsgans und ist es bis heute geblieben. Eine Tradition, die schnell Verbreitung gefunden hat und bald in ganz Europa heimisch geworden ist.

Wenn die Geschichte so, mit Sicherheit auch nicht wahr ist, die Martinsgans ist es bestimmt. Erinnert euch im nächsten November daran und geht vorsichtig mit den Keulen um.

Saturn im siebten Haus

Am Morgen des Heiligabends treffe ich auf meinen Nachbarn Boisenberg. Das Ehepaar wohnt neben uns, Saturnstraße sieben.

»Schöne Weihnachten, Herr Nachbar«, sage ich und lüfte den Hut ein wenig.

»Ja sie mich auch«, ächzt er wütend und wuchtet zwei Koffer in sein Auto. ›Merkwürdig‹, denke ich, ›er ist doch sonst immer so freundlich.‹

Die Boisenbergs haben ihren Garten neben unserem. Alles Sonnenanbeter. Im Sommer verbringen sie bei gutem Wetter den ganzen Tag in ihren Liegestühlen. Die Liegestühle stehen immer an derselben Stelle. Einer dicht neben dem anderen. Fünf Stück. So dicht, dass die Armlehnen sich berühren. Das müssen sie auch. Die Gärten hier sind sehr klein.

In der Weihnachtszeit werden sie traditionell mit vielen Lichtern geschmückt.

Vor drei Tagen hatte Boisenberg begonnen seine Weihnachtsdeko im Garten anzubringen. Als ich ihn von meiner Terrasse aus sah, stand er auf einer Leiter. Herr Meier ihr Pinscher, ist unter der Leiter durchgelaufen. Ich hörte, wie Frau Boisenberg aufschrie: »Herbert das bringt Unglück!« Sie ist schrecklich abergläubig und der Astrologie verfallen. Überdies erstellt sie sogar eigene Horoskope.

Ihr Mann hatte sich wegen dieses Zurufs erschrocken und ist mit der Leiter umgefallen. Gott sei Dank ist ihm nichts passiert.

Herr Meier allerdings, war vor der fallenden Leiter in Panik geraten, durch die versehentlich offengebliebene Gartentür geflüchtet und dort von einem Auto überfahren worden.

Möglicherweise hatten sie wegen dieses tragischen Ereignisses ihre Liegestühle noch nicht weggeräumt. Sie standen wie immer auf dem Rasen, einer neben dem anderen, dicht beieinander.

Ich hatte aber auch den Eindruck, meine Nachbarn waren nicht gut aufeinander zu sprechen. Ich fand das bedauerlich, da sie für mich immer der Inbegriff einer harmonischen Ehe waren.

Zwei Tage später brachte ich Weihnachtsdeko an meinem Küchenfenster an und klebte silberne Sternchen auf das Glas. Die Tür zum Garten meiner Nachbarn stand offen.

›Warum auch nicht‹, dachte ich. ›Herr Meier liegt an einem schönen Platz, gleich unter den Azaleen. Somit gab es schließlich keinen Grund mehr, das Tor ständig verschlossen zu halten.‹

Mir kam da so ein Gedanke: ›Vielleicht würde dies ja helfen, den Frieden bei den Nachbarn wieder herzustellen.‹

Als ich herüberging, begann es zu schneien. Die Rollos waren heruntergelassen. Ich stellte die Liegestühle in der Art um, dass sie einen Kreis bildeten. Ich hatte auf dem Arm noch ein Sternchen zu kleben. Das pappte ich auf eine der Lehnen. Der Schneefall verstärkte sich und bald waren alle Gärten in eine weiße Pracht gehüllt.

Ich stand auf meiner Terrasse und rauchte, als die

nachbarlichen Rollos hochgezogen wurden.

»Herbert kommst du mal!« Ich bildete mir ein, dass ich ein leichtes Zittern in ihrer Stimme hörte.

Die Terrassentür wurde geöffnet und meine Nachbarn traten beide heraus. »Warst du das?«

Boisenberg schüttelte den Kopf. »Natürlich nicht. Wann denn?«

»Sie mal, es sind nicht mal Spuren im Schnee«, bemerkte sie.

Er schaute zu mir herüber. Als er mich sah, nickte er.

»Guten Abend Herr Nachbar«, sagte ich.

Frau Boisenberg drehte sich ebenfalls herum und fragte: »Haben sie vielleicht gesehen, wer unsere Liegestühle verstellt hat?«

»Nein, tut mir leid. Ich war nicht zuhause. Aber schauen sie mal, da sind ja nicht mal Spuren im Schnee.«

Ich war zufrieden mit der Entwicklung der Dinge. Das gemeinsame Lösen von Problemen soll ja bekanntlich den familiären Zusammenhalt stärken.

Frau Boisenberg ging derweil den Tatort besichtigen. Der Mond tauchte ihn in bleiches Licht. Sterne funkelten am Himmel.

Sie umkreiste die verdächtigen Objekte bedächtig, dann blickte sie lange in den Himmel, schließlich auf die Stühle und in den Garten.

»Schatz, woll'n wir nicht reingehen, es ist kalt«, sagte Herr Boisenberg.

Sie schaute sich nochmals um, dann fauchte sie, die Hände in die Hüften gestemmt: »Wer ist diese blöde Schlampe? Kenne ich sie?«

Mein Nachbar erstarrte und verschluckte sich am Qualm der Zigarette, die er grade angezündet hatte.

»Bitte was?«, hustete er.

»Du hast mich sehr gut verstanden. Wer ist diese blöde Schlampe, mit der du mich betrügst?«

»Aber Schatzi, ich weiß wirklich nicht, wovon du sprichst.«

»So, du weißt es also nicht. Fünf Stühle bilden auf unerklärlicherweise einen Kreis. Der hier ist übrigens deiner.« Sie wischte den Schnee herunter und kreischte kurz auf, als sie den Stern auf der Lehne entdeckte. »Sogar markiert!«, triumphierte sie. »Wo weist er hin? Zur offenen Tür! Welch ein Omen! Was siehst du genau über diesem Stuhl?«

»Keine Ahnung«, sagt er, »woll´n wir nicht doch reingehen?«

»Genau dort ist der Zwilling«, keifte sie unbeirrt weiter, »dein Sternbild! Und Saturn ist im siebten Haus! Unsere Hausnummer ist ebenfalls die Sieben! Ich frage dich zum letzten Mal, wer ist diese blöde Kuh, mit der du mich betrügst?«

Zu meiner grenzenlosen Überraschung machte Herr Boisenberg einen eher schuldbewussten Eindruck. Vielleicht klang sein Protest deshalb auch ein wenig halbherzig. »Also bitte ja, blöd ist sie nun wirklich nicht. Sie hat immerhin Astronomie studiert.«

Das war gestern. Ich möchte wissen, in welchem Haus dieser Saturn heute ist. Hoffentlich nicht in meinem.

Eine merkwürdige Weihnachtsgeschichte

Ein wenig unsicher stapfte der Weihnachtsmann durch den tiefen Schnee. Er war längst müde. Die weiße Masse hatte Klumpen um seine Füße gebildet, was die Stiefel, die er trug, noch um einiges schwerer machte.

›Ich sollte mich endlich zur Ruhe setzen‹, dachte er, während er verdrossen weitertapste. ›Geht das überhaupt, zur Ruhe setzen? Hundert Jahre immer dieselbe Tretmühle. Na schön, nur einmal im Jahr, aber die Vorbereitungen dauern ja auch ewig. Und dann diese ständigen Veränderungen. Holzspielzeug, einen Puppenwagen, eine Flöte oder einen Fußball, das ging ja alles. Das war zu durchschauen. Seit ein paar Jahren jedoch musste man, allein schon für die Wünsche der Kinder, Lehrgänge besuchen. Computer und Videospiele, Digitalkameras und Elektronikspielzeug. Nimmt den dieser Weg überhaupt kein Ende? Ich hätte Panfila den Weihnachtsengel mitnehmen sollen. Aber nein ich musste ihn ja zurücklassen, um auf den Schlitten aufzupassen. So ein Blödsinn. Die Rentiere wären bestimmt mit niemandem mitgelaufen. Dabei vermögen Weihnachtsengel ein wenig zu zaubern. Wenigstens den schweren Sack hätte er etwas leichter machen können, der Faulpelz. Jetzt liegt er sicherlich lang ausgestreckt auf dem Schlitten und lässt es sich gut gehen.‹

Während der Weihnachtsmann, solchen trüben Gedanken nachhängend, durch den Schnee stapfte, lag ganz in der Nähe, Robbie der Hofhund, mit halb geschlossenen Augen, in seiner Hütte. Immer wenn sie einen Baum aus dem Wald holten, ihn in die Stube schleppten und mit allerlei nutzlosem Zeug behängten, dabei diese komischen Lieder sangen, die ihm in den Ohren weh taten, gab es für ihn ein herrliches Abendessen. Dennoch war er unzufrieden.

Im Haus roch es wie immer an solchen Abenden, fantastisch nach Menschenfutter. In seinem Fressnapf allerdings war nur Trockenfutter; ekelhaft. Zugegeben, es war ein wenig mehr als sonst, aber eben Trockenfutter. ›Wir müssen leider sparen‹, hatte Herrchen gesagt und Robbie war sauer. Am liebsten würde er Trixi, die Katze der kleinen Paula ärgern, allerdings war die vorige Woche verstorben. Sie war schon uralt. Genaugenommen hatte Robbie die alte Katze gern gemocht. Das hätte er natürlich niemals zugegeben, denn das tut man als Hofhund nicht.

Paula lief seit dem nur mit hängendem Kopf herum und kümmerte sich vor lauter Trauer überhaupt nicht um ihn.

Robbie hatte den imposanten Schädel auf die Vorderpfoten gelegt und schwelgte in Selbstmitleid. Plötzlich richteten sich seine Ohren auf und der Kopf schnellte hoch. Da nährt sich doch jemand von hinten dem Zaun?!

Paulas Mutter Inge, stand in der Küche und füllte die Weihnachtsgans.

»Weist du, was ich glaube«, fragte Paula.

»Nein Schatz, was glaubst Du?«

»Ich glaube, der Weihnachtsmann hat mich vergessen.«

»Wie kommst du denn darauf?«, die Mutter, wischte sich ihre

Hände an der Schürze ab und streichelte dem Mädchen über die blonden Haare. »Er wird schon kommen. Der Weg vom Weihnachtsland herunter ist weit und vielleicht schneit es da oben und die Rentiere können nicht so schnell laufen. Warte ein Weilchen und alles wird gut. Auch wenn du in diesem Jahr nicht alles bekommen kannst, was du dir gewünscht hast.« Ihr Mann Klaus war im Sommer arbeitslos geworden. Das Häuschen gehörte praktisch der Bank und es sah fast so aus, als wolle ihn, mit knapp über vierzig, niemand mehr haben. »Verfalldatum überschritten«, sagte er nach jeder abgelehnten Bewerbung mit Bitternis in der Stimme.

Damit Paula zumindest eine Kleinigkeit zu Weihnachten bekommen konnte, hatten die Eltern vereinbart, sich gegenseitig nichts zu schenken.

Paula schaute zu Ihrer Mutter auf und sagte: »Ich habe mir keine Spielsachen gewünscht.«

»Nein? Was dann?«

»Das sage ich nicht, denn sonst geht es ja nicht in Erfüllung.«

»Na gut Schatz, dann warten wir einfach«, antwortete die Mutter und wandte sich erneut ihren Kochtöpfen zu. Paula ging aus der Küche, und als kurze Zeit später ihr Mann Klaus hereinkam, fragte sie ihn: »Du hast doch dem Studentendienst Bescheid gesagt, dass wir einen Weihnachtsmann brauchen, ja?«

»Ja klar, hoffentlich ist der nicht wieder so blau wie der im vorigen Jahr, der dir immer an die Wäsche wollte.«

In der Zwischenzeit hatte der Weihnachtsmann den kleinen

Garten am Waldrand erreicht und stellte fest, dass er auf der falschen Seite war. Hier lag zwar Grundstück an Grundstück, aber eben von hinten. Hier gab es keine Eingänge. Um alle herumzulaufen, das war weit.

»Ja Himmeldonnerwetter nochmal«, schimpfte er, schaute dann jedoch sofort in Richtung Himmel und brabbelte so etwas wie tschuldigung, in seinen Bart.

Robbie der Hofhund stand dicht am Zaun. Er sah mit seitlich geneigtem Kopf diesen unheimlichen Mann mit dem langen Bart, und natürlich, wie konnte es anders sein, mit einem Sack für das Diebesgut, herankommen.

Seiner Ausbildung entsprechend, sollte er nun bellen, aber Robbie war noch sauer und jetzt wollte er Spaß.

Der Weihnachtsmann kletterte unter lautem Gestöhne über den Zaun und zerriss sich prompt den langen Mantel. »Oh je«, seufzte er, »das gibt Ärger.« Leise schimpfend klopfte er sich den Schnee ab. Als er aufschaute, sah er sich auf Augenhöhe mit einer Dogge. Sie hatte die Ohren angelegt und das Gebiss entblößt. Tief aus ihrer Kehle kam ein gefährliches Knurren.

Ehe der Weihnachtsmann etwas sagen oder gar tun konnte, schnappte das große Tier nach seinem Ärmel und riss ihn zu Boden.

Das Nächste das der Alte sah, war ein silbernes Licht. In dem tanzten goldene Sternchen. In der Mitte, wie aus leuchtendem Rauch geformt, schwebte ein Engel. Seine weisgefiederten Flügel schlugen langsam und gleichmäßig. Ihr Luftstrom wirbelte die goldenen Sternchen umher, wie es sonst der Wind mit den Schneeflocken tat. Gemächlich glitt die Erscheinung zur Erde nieder. Kaum, dass dessen Füße den Boden erreicht hatten, erloschen das Licht und die goldenen Sterne. Aus dem leuchtenden Rauch des Engels wurde ein Körper. Die Flügel verschwanden wie von Zauberhand und die Gestalt eines Mädchens in einem braunen Leinenkleid stand lächelnd vor dem Weihnachtsmann.

Robbie der Hofhund hatte nur kurz aufgejault und war dann wie auf Stelzen in seine Hütte getrabt. Mit dem erbeuteten Ärmel vom Mantel des Weihnachtsmanns verschwand er darin und verfiel in einen tiefen Schlaf.

»Panfila, du solltest doch auf den Schlitten aufpassen«, knurrte der Alte, der am Boden lag und bleich war wie der Schnee, der ihn umgab. »Von Weihnachtsengeln muss man erwarten können, dass sie gehorsamer sind. Was sollte überhaupt dieser Auftritt? Ich hatte hier alles im Griff.«

»Ja sicher«, lachte der Engel. Ein silberner Schein umgab ihn dabei. »Erinnere dich mal an das Jahr 1793. Du mustest ja unbedingt Pariser Kindern Geschenke bringen und warst unter der Guillotine, bevor du überhaupt deinen Gabensack geöffnet hattest.«

»Das sind doch olle Kamellen«, knurrte der Weihnachtsmann.

»Ach so, und wie war das im vorigen Jahr, als du mit deinem Schlitten über dem Meer abgestürzt bist? Ein Hai hätte dich um ein Haar als Weihnachtsbraten verspeist. Ja, ja, alles im Griff.«

Der schöne Engel lachte erneut und schien sich köstlich zu

amüsieren. »Ich habe den Schlitten gut geparkt und jetzt begleite ich dich. Ich bin nämlich neugierig, weshalb du ausgerechnet hier her wolltest.«

Der Weihnachtsmann lächelte den Engel an, wobei sich um seine Augen viele lustige Fältchen bildeten und hielt ihm ein Blatt Papier hin. Panfila nahm es ihm aus der Hand und las.

›Lieber guter Weihnachtsmann,

leider ist in diesem Jahr meine Katze Trixi gestorben. Ich möchte von dir nur wissen, ob sie im Himmel angekommen ist, und es ihr gut geht. Mir geht leider nicht so gut, weil mein Papa keine Arbeit hat. Ich habe versucht, immer artig zu sein(fast immer).

Deine Paula‹

Panfila hatte ein wenig feuchte Augen, bestimmte jedoch mit fester Stimme: »Also wie gesagt, diesmal begleite ich dich.«

Robbi hatte angefangen, leise zu schnarchen.

Sie gingen um das Häuschen herum zur Eingangstür. Dabei sagte der Weihnachtsmann erklärend zu dem Engel: »Eigentlich müsste ich ja durch das Fenster oder den Kamin ins Haus kommen. Aber heut zu Tage sind die Schornsteine nur dünne Blechrohre. Da passt nicht mal du hindurch. Die Fenster haben Sicherheitsglas und Sicherheitsbeschläge. Es wird Zeit, dass man diese alten Vorschriften ändert. Ich halte mich schon seit Jahren nicht mehr daran.«

Sie waren an der Tür angekommen und klingelten.

Papa Klaus öffnete die Tür und betrachtete die Beiden misstrauisch. Er schien recht übellaunig zu sein und fuhr sie an:

»Wird ja Zeit, dass ihr endlich erscheint! Ich hoffe, ihr seid nüchtern. Kommt erst mal in die Küche. Habt ihr unsere Geschenke dabei?« Er beäugte skeptisch den schmalen Sack des Weihnachtsmanns und führte sie in die Küche.

Mutter Inge rührte den Rotkohl um, als die Drei eintraten. Sie drehte sich um und erschrak. Sie schaute zuerst den Weihnachtsmann an, dann den Engel und fragte sofort: »Warum sind sie zu zweit, wir können uns nur einen leisten.«

Der Weihnachtsmann war verwirrt. »Also das hier ist Panfila der Weihnachtsengel. Der kostet nichts, der begleitet mich nur weil sie, also er, sie kennen lernen wollte. Außerdem hat er mich vor ihrem Hund gerettet.«

»Vor Robbie«, fragte Inge. Jetzt gewahrte sie den lädierten Zustand seines Mantels. Ein Lächeln huschte über ihr Gesicht »Wir hatten in der Agentur Bescheid gesagt, sie sollten am Tor klingeln. Für Heldentaten werden sie nicht bezahlt.«

Die Verwirrung des Weihnachtsmanns nahm zu. Er hatte jetzt das Gefühl eines Schauspielers, der sich im falschen Film befindet.

Allerdings blieb ihm keine Zeit, dem nachzugehen, denn aus dem Garten hörte man Hundegebell und verzweifelte Hilferufe. Der Alte schaute den Engel fragend an. Der zuckte nur mit den Schultern und sagte: »Na ja, jetzt ist er wieder munter.«

Inge und Klaus waren schon an der Tür. Ein weiterer Weihnachtsmann stand dort. Er lag ausgestreckt im Schnee. Robbie saß auf ihm und kläffte. Dabei versprühte er große Mengen Speichel über das Gesicht des am Boden liegenden

Gabenbringers.

Diesmal war Robbie sich sicher. Der hier war falsch. Sah aus wie ein Alter, roch aber wie ein Junger.

Der Weihnachtsmann vom Studentenwerk war verzweifelt. Grade in diesem Moment machte er sich vor Angst in die Hose. Es war sein sechster Auftrag für heute. Eigentlich hatte er schon keine Lust mehr gehabt und jetzt auch noch das.

»Rufen sie ihren Köter zurück«, japste er mit erstickender Stimme.

»Robbie ist kein Köter«, sagte Inge empört. »Er ist ein Rassehund!«

Klaus zog den wütend knurrenden Rassehund von dem Mann fort und fragte: »Was wollen sie überhaupt hier?«

»Ja, sie haben mich doch bestellt, ich bin vom studentischen Hilfswerk.« Er rappelte sich auf und wankte leicht. Klaus trat auf ihn zu und roch sofort, dass dieser Weihnachtsmann alles andere als nüchtern war. Ganz gewiss hatte er bei jeder Familie, die er schon besucht gehabt hatte, einige Schnäpse als zusätzliche Vergütung erhalten.

»Sie sind ja völlig betrunken, Mann«, rief der Familienvater empört. »Ich habe ausdrücklich einen nüchternen Weihnachtsmann bestellt. Sie können sich ihr Honorar abschreiben.«

Der lange Wattebart hing dem studierenden Weihnachtsmann jetzt am Hinterkopf und dessen Haltegummi drückte ihm die Nase platt.

Klaus nahm ihm den Sack mit den Geschenken ab. Inge hatte in der Zwischenzeit Robbie in seine Hütte zurückgebracht und angeleint. Als sie zurückkam, blieb sie wie erstarrt vor ihrem Mann stehen. »Sag mal, wer ist eigentlich der andere Kerl dort in unserer Küche?«

»Der wird wohl grade das Haus ausräumen«, japste Klaus und rannte los. »Es lebe das Fest der Liebe«, rief er dabei und fuchtelte mit den Armen durch die Luft.

Kaum, dass es an der Tür geklingelt gehabt hatte und die beiden Eltern aus der Küche verschwunden waren, gab der Weihnachtsengel dem Weihnachtsmann ein Zeichen. »Schau mal hier, hier sind wohl noch andere in Nöten.« Auf dem Tisch lagen Bewerbungsschreiben samt der Ablehnungen, die Klaus geschrieben und erhalten hatte. Daneben ein zerrissenes Urlaubsprospekt und einige äußerst dünne Kontoauszüge.

»Sie ist oben«, sagte Panfila. Er nahm den Weihnachtsmann bei der Hand, hob seinen Zauberstab, den er ständig bei sich trug und machte damit eine kurze kreisrunde Bewegung gegen die Küchendecke. Augenblicklich waren die beiden verschwunden und landeten direkt in Paulas Kinderzimmer.

Das Mädchen war nicht sehr überrascht. Schließlich hatte sie ihm ja geschrieben.

»Hallo, da bist du ja.« Dann schaute sie aber doch ein wenig misstrauisch. »Mein Freund Thomas sagt, es gibt keinen Weihnachtsmann. Bist du einer oder nicht?« »Ja, ich bin der Weihnachtsmann. Ich bin extra gekommen, weil du mir geschrieben hast. Deine Trixi ist übrigens oben angekommen und es geht ihr gut. Es geht allen Katzen im Himmel gut.«

Paula strahlte. »Ja, du bist der Weihnachtsmann, aber wer ist die da?« Sie zeigte auf Panfila. Der Engel trat vor und verneigte sich. »Ich bin Panfila, der Weihnachtsengel und ich habe eine Bitte an dich. Könntest du diese beiden Briefe deinem Vater geben? Es ist sehr wichtig.« Er übergab dem Mädchen zwei Umschläge, die sie ein wenig zögerlich entgegennahm.

»Denke daran, es ist wichtig«, wiederholte der Engel.

»Für Dich habe ich auch etwas«, sagte der Weihnachtsmann. Er tat einen tiefen Griff in seinen Sack und tastete einen Moment darin herum. Vorsichtig zog er die Hand wieder heraus. Ein winziges schwarzweißes Kätzchen lag darin.

»Meinst du, du kannst auf sie acht geben«, fragte er?

Paula schnappte nach Luft. »Natürlich kann ich das«, rief sie. Ihre Augen strahlten vor Glück.

Panfila der Weihnachtsengel wandte sich an das Fenster und öffnete es. Er beschrieb mit Daumen und Zeigefinger einen Kreis. Den schob er sich die unter die Zunge und pfiff lautstark, so dass Robbie sofort wieder zu bellen begann.

Augenblicklich tauchte wie aus dem Nichts ein Rentierschlitten auf. Er flog in einer eleganten Kurve direkt vor das Fenster, wo er leicht vibrierend in der Luft verharrte. Im Korridor hörte man die hastigen Schritte von Paulas Eltern.

Der Weihnachtsmann sagte: »Es ist besser, wir verschwinden jetzt.«

»Bleibt doch noch«, forderte Paula.

Aber da hatte sich der Weihnachtsmann bereits mit einem halsbrecherischen Schwung auf den Schlitten fallen lassen.

Einen kurzen Moment lang sah es aus, als wollte das Gefährt umkippen, doch der Alte hatte die Rentiere angefeuert und sie waren mit dem wackelnden Schlitten davongesaust.

Panfila der Weihnachtsengel drehte sich noch einmal um und sagte: »Vergiss die Briefe nicht Paula.« Dann schwang er kurz den Zauberstab und löste sich in einer leuchtenden Wolke auf. Goldene Sterne schwammen darin und sah aus, wie ein eigener kleiner Kosmos. Langsam schwebten sie in die Nacht.

In diesem Augenblick riss Papa Klaus die Tür auf und rief atemlos: »Paulaschätzchen ist alles in Ordnung, geht es dir gut?«

»Ja«, antwortete sie, »grade ist der Weihnachtsmann weg.« Sie war ganz aufgeregt und hüpfte von einem Bein auf das andere. »Wisst Ihr, was ich mir gewünscht habe? Ich wollte von ihm wissen, ob meine Katze Trixi im Himmel angekommen ist und ob es ihr gut geht. Er hat gesagt, es geht ihr gut. Dann sind sie zu Fenster heraus und der Weihnachtsmann ist mit einer riesigen Kutsche abgefahren. Schaut mal, was er mir geschenkt hat«, sie zeigte auf das Kätzchen, das sich auf ihrem Arm eingerollt hatte. Ängstlich fragte sie: »Ich darf es doch behalten, oder? Ach ja, und das hier soll ich dir geben,« sagte sie zu Ihrem Vater und reichte ihm die beiden Briefe.

Mit einem Stirnrunzeln öffnete er den Ersten. Sofort spiegelte sich auf seinem Gesicht ungläubiges Erstaunen, die rasch von heller Freude abgelöst wurde. »Ich hab einen Job!«, rief er, »ich habe Arbeit.«

»Das ist ja wunderbar«, die Mutter trat neben ihn, um sich den

Brief ebenfalls anzusehen!

Klaus öffnete den zweiten Umschlag, nahm einige Papiere heraus und hielt sie erschrocken seiner Frau entgegen.

»Urlaub«, sagte er, »eine Urlaubsreise nach Ägypten, für drei Personen.«

Er lies die Briefe sinken und ging zum Fenster. Weit hinten am Himmel sah er ein silbernes Licht, das allmählich verschwand.

»Das war also der Echte«, hauchte er ungläubig.

»Na wer denn sonst, ich hab ihm ja schließlich geschrieben«, sagte Paula und umarmte die Beiden.

Unten in der Hütte staunte Robbie die Dogge, nicht schlecht, als sich sein Trockenfutter in leckere Bratenstücke verwandelt hatte.

Und was tat er?

Er fraß sie!

In diesem Sinne:

Frohe Weihnachten!

Schlechtes Wetter mit guter Aussicht

Regentage

Oh wie muss der Mensch sich plagen,
an so furchtbar miesen Tagen,
kann er stundenlang verharren,
nur noch an die Decke starren.

Draußen fällt seit Stunden Regen,
wer sagt, von oben kommt der Segen?
Sturm kräuselt Pfützen in den Straßen,
keiner geht spazieren, alle rasen.

Ich sitz´am Fenster und denke nur,
bei diesem Treiben der Natur,
das Wetter ist doch großer Mist,
Ein Glück, dass du hier drinnen bist.

Rache

An einem Tag wie diesem,
Erfüllt von Heiterkeit,
An einem Tag wie diesem,
Voller Sonne weit und breit,
An einem Tag wie diesem,
ward das Herz mir bange,
An einem Tag wie diesem,
Fiel mein Hansi von der Stange,

An einem Tag wie diesem,
Wollt er wohl Rache für den Käfig nehmen,
An einem Tag wie diesem,
War er tot. Er sollte sich was schämen.

Komische Tanten

Eine Dame, die ich gut kannte,
war eine Verwandte,
drum nannte ich sie Tante.
Eine andere Dame,
die ich gar nicht kannte,
war keine Verwandte.
Als sie ihre Arme um mich wandte,
und ich für sie entbrannte,
und auch sie, nun Tante nannte,
da ich sie jetzt besser kannte,
sie wutentbrannt von dannen rannte.

Berechtigte Klage

Ein Mägdelein hab´kürzlich ich geseh´n,
oh war die hold und wunderschön.
Und wohl lag der Schönheit Würze,
in des Röckchens schöner Kürze.

Von zwei Damen nebenan, hört ich die Klage,
was dieses junge Ding sich denn nur wage,
sie würden niemals es sich wagen,
ein solches Kleidungsstück, dermaßen kurz zu tragen.
Ich hab die Zwei mir angesehen
und konnt´sie voll und ganz verstehen.

Der Weihnachtsmann vom dritten Stock
Oder: **Und es gibt ihn doch!**

Wir schrieben das Jahr 1957. Ich war im Frühjahr 8 Jahre alt
geworden und in den Sommerferien zogen wir von Berlin
Weißensee, nach Berlin Baumschulenweg, in eine nagelneue
Wohnung, in einem nagelneuen Haus.
Wir, das waren meine Eltern, ich und mein kleiner Bruder.
Es war einfach unglaublich. Ich hatte endlich ein eigenes
Zimmer, mit sogar zwei riesengroßen Fenstern.
Ich musste es zwar mit meinem Bruder teilen aber der war erst
ein Jahr und das galt noch nicht.
Wenn ich aus einem der beiden Fenster schaute, kam zuerst
vor dem Haus eine Wiese, dann ein Bürgersteig. Schließlich
eine breite holprige Straße, die ich nicht überqueren durfte,
weil ab und zu ein Auto darauf entlang holperte.
Gleich hinter der Straße begann ein riesiger finsterer Wald.
Nun ja, für meine damalige Ansicht war der Berliner Plänter-
wald riesig und finster.
Schon deshalb hätte ich diese Straße allein und freiwillig auf
keinen Fall überquert.
Die neue Umgebung und die neue Schule ließen die Zeit
schnell verfliegen. Kaum waren die Ferien vorbei, kam der
Herbst. Dann folgte nur trübes Wetter und schließlich Weihnachten.
Das allererste Weihnachtsfest in der neuen Wohnung. Ich
hörte, wie der Vater sagte, dass die Meteorologen das erste

weiße Weihnachten seit sechzehn Jahren vorhergesagt
hatten. Selbst bei meinen Eltern bemerkte ich diesmal eine
weihnachtliche Hochstimmung.

Am Tag des Heiligen Abends war von der Mittagszeit an das
Wohnzimmer für mich gesperrt. Der Vater schmückte dort den
Weihnachtsbaum. Ich hörte in meinem Zimmer, welches ich
nicht zu verlassen hatte, wie die Oma ihn ständig komman-
dierte, weil er die Kugeln falsch aufhängte.

Aus der Küche duftete es köstlich. Tante Gerda gab Mutter
Tipps für das Kochen, die sie allerdings hartnäckig ignorierte.
Viel später erst wurde mir klar warum.

Es war nachmittags um drei und es wurde bereits ein dunkel
draußen. Ein leichter Schneefall hatte eingesetzt. Grade so,
als wollte Petrus die Wetterprognosen zur Weihnachtszeit
bestätigen.

Ich stand am Fenster meines neuen Zimmers und schaute auf
die Straße.

Der kleine Thomas, mein Bruder, greinte im Hintergrund. Diesmal störte es mich ausnahmsweise nicht. Schließlich war
Weihnachten, und ich wartete voller Ungeduld darauf, dass es
endlich achtzehn Uhr werden und unser Vater das silberne
Glöckchen am Weihnachtsbaum läuten würde.

Aus dem Nebenhaus sah ich einen Jungen kommen. Er
mochte so alt sein wie ich. Ich hatte ihn schon öfter gesehen,
kannte ihn aber nicht näher.

Er hatte einen dicken Mantel an und eine gestreifte Pudel-
mütze in den Farben weiß, blau und rot auf dem Kopf. Die

braunen Strickstrümpfe an seinen dünnen Beinen waren ziemlich verdreht.

Die Hände hatte er tief in den Manteltaschen vergraben. An der Art in der er auf der verschneiten Wiese vor dem Haus herumlief, sah ich, dass er sich genauso langweilte wie ich. Eine Woche zuvor hatte ich von meinem Großonkel Max gelernt, wie man auf zwei Fingern pfeift. Jetzt öffnete ich das Fenster, beschrieb mit Daumen und Zeigefinger einen Kreis, steckte sie in den Mund unter die Zunge und pfiff.

Der Junge schaute erschrocken zu mir nach oben. »Wer bist`n du«, fragte er.

»Peter und du?«, rief ich herunter.

»Michael Wagner«, sagte er, »kommst`e runter?«

»Warte, ick muss erst fragen!«

Ich schloss das Fenster und lief in die Küche um meine Mutter, um Erlaubnis zu bitten. Etwas unkonzentriert bemerkte sie: »Zieh dich aber warm an, es ist kalt draußen.«

Ich griff meinen Mantel, hob die schweren Schuhe aus dem Schrank und stürmte aus der Wohnung.

Bevor ich die Tür hinter mir zuschlagen konnte, erinnerte mich eine Stimme aus der Küche: »Das du mir nicht über die Straße gehst, verstanden!«

Michael wartete unten vor dem Haus. »Was machst´n du hier?«, wollte er wissen.

»Wir wohnen hier«, sagte ich, ein wenig verwundert über die Frage.

Er nickte mit dem Kopf, als hätte er soeben eine neue und ent-

scheidende Erkenntnis gewonnen. »Was machen wir jetzt?«
Ich sagte: »Weis nicht, ich warte einfach nur, dass der Weihnachtsmann kommt.«

Mein neuer Bekannter starrte mich einen Moment lang an, als
hätte ich plötzlich Pickel oder eine zweite Nase. »Weihnachtsmann? Mein Gott, ich werd' verrückt. Wie blöd bist du denn?«
Dann schrie er gänzlich unerwartet: »Es gibt keinen Weihnachtsmann, verstehst´e, das ist entweder dein Vater, dein
Onkel oder sonst jemand, aber kein Weihnachtsmann.«
Ich muss einräumen, dass mich diese Eröffnung nicht grade
überraschte.

Vielleicht hatte ich so etwas vermutet, war der Sache jedoch
nie auf den Grund gegangen. Für mich war Weihnachten einfach nur schön. So feierlich. Die ganze Familie war da. Alle
sangen, waren festlich gekleidet und dann die vielen Geschenke. Die brachte eben der Weihnachtsmann. Warum sollte ich
den also in Frage stellen. Das hieße ja gleichzeitig, all dies zu
verlieren oder?

Sicherlich war mein neuer Bekannter deshalb so sauer, weil er
es bereits verloren gehabt hatte.

Natürlich hatte ich damals nicht so gedacht. Wie auch? Aber
gefühlt hatte ich bestimmt so. Jedenfalls sagte ich mehr aus
Trotz, als Überzeugung: »Und wenn es doch einen gibt?«
»Es gibt keinen und damit basta«, war seine schroffe Antwort.
Wir standen jetzt vor unserem Hausflur und schwiegen. Es
war dunkel geworden und die Gaslaternen hatten sich ein-
geschaltet. Schneeflocken wirbelten in ihrem Schein hoch und

runter und hin und her, als besäßen sie ein Eigenleben und suchten einen günstigen Platz zum Übernachten.

Ein wenig des Lichts der Laternen, fiel auf den Rand des Waldes und erzeugte dort gespenstische Kontraste von weißem Schnee und schwarzen Schatten.

Urplötzlich sah ich in diesem fahlen Schein eine Bewegung.

Ich stieß den Michael an und zeigte zu dem Waldrand herüber.

Aus einem dunklen Weg kam ein Mann zum Vorschein. Er war riesengroß. Er trug einen langen wallenden Mantel, große Filzstiefel und hatte zottige Haare, die ihm bis auf die Schultern fielen. Sie waren schneeweis oder lagen Flocken darauf? Sein Bart, der ihm bis zum Gürtel reichte, glänzte ebenfalls weis im Licht der Laternen.

In der einen Hand hielt er einen Tannenbaum, in der anderen ein Bündel Reisig.

Als er den Rand der Straße erreicht hatte, er war jetzt deutlich auszumachen, verharrte er einen Moment. Dabei schaute er sich suchend nach rechts und links um und stampfte dann mit dem großen Tannenbaum mehrmals kräftig auf den Boden. Der Schnee, der sich darauf befand, hüllte ihn kurzzeitig in eine weiße Wolke.

Mit atemloser Spannung beobachteten wir Knirpse dieses Schauspiel.

»Das ist der Weihnachtsmann«, stieß ich hervor, »los, wir verschwinden.«

Das war höchste Zeit. Der Mann von gegenüber hatte seinen Tannenbaum hochgehoben, schaute sich nach links und rechts um und schickte sich an, die Fahrbahn zu überqueren; genau auf uns zu.

Wir flüchteten in den Hausflur und liefen bis in die erste Etage. Von hier aus konnte man aus dem Fenster die Straße bis zum gegenüberliegenden Wald überblicken.

Natürlich hatten wir im Flur kein Licht gemacht und lugten nun vorsichtig über den unteren Fensterrand.

Was wir sahen, erschreckte uns nochmehr. Dieser, selbst vom bislang ungläubigen Michael, widerspruchslos als Weihnachtsmann identifizierte, kam genau auf unseren Hausflur zu.

»Det haste nu von deinem Wehnachtsmanngequatsche«, stieß ich hervor. Ich hatte dabei einen Kloß im Hals, an dem ich zu ersticken drohte.

Wir hörten, wie unten die Tür aufging. Schwere Stiefel stampften auf dem eisernen Fußabtreter herum. Das Treppenlicht flammte auf und wir mussten einen Augenblick geblendet die Augen schließen.

»Was sollen wir jetzt machen?«, wisperte Michael mit erstickter Stimme.

»Komm mit.« Wir schlichen in den zweiten Stock und dann in den Dritten. Hier hielt ich an, weil ich mich nicht weiter traute, denn auf dem Dachboden gab es kein Licht. Außerdem war es nachts dort unheimlich.

Die schweren Stiefel des Weihnachtsmanns begannen laut stampfend die steinernen Treppenstufen emporzusteigen.

Trap trap und wieder trap trap. Erst eine Etage, dann die nächste. Ich wusste, dass einige Wohnungen in dem neuen

Haus noch nicht bewohnt waren. Michael und ich hielten die Luft an. ›Lieber Gott mach, dass er dort unten stehen bleibt‹, betete ich im Stillen. Aber der liebe Gott schien an diesem Tag nicht auf meiner Seite zu sein.

Trap trap, der Weihnachtsmann wollte tatsächlich in den dritten Stock. ›Was will er hier nur?‹, dachte ich verzweifelt, ›hier wohnt doch gar kein Kind.‹

Leise schlichen wir weiter nach oben. Dorthin, wo sich die beiden schweren Eisentüren zum Dachboden befanden.

In der Zwischenzeit hielten die unheimlichen Schritte in der dritten Etage an. Wir hörten einen Schlüssel klappern und atmeten erleichtert auf.

Lange sollte unsere Erleichterung indes nicht anhalten, denn der Weihnachtsmann schien sich eines anderen besonnen zu haben. Deutlich war zu vernehmen, wie er die Stufen zum Dachboden empor stapfte. Trap trap, trap trap.

Michael stand neben mir mit weit aufgerissenen Augen und zitterte am ganzen Körper. Sein Gesichtsausdruck verriet, dass er jeden Augenblick anfangen konnte, laut loszuschreien.

Leise öffnete ich eine der beiden schweren Dachbodentüren und zog meinen Kameraden mit in diesen dunklen und eisigen Raum. Durch eine kleine Luke, die dafür vorgesehen war, dass der Schornsteinfeger auf das Dach konnte, strahlte ein wenig weißes Mondlicht. Es hatte also aufgehört zu schneien.

Die Balken des Dachstuhls erzeugten in dem kalten Licht schwarze Schatten, die uns wie augenlose bizarre Wesen zu beobachten schienen. Jemand hatte einige weiße Leinentücher zum Trocknen aufgehängt, die den gespenstischen Eindruck des Raums noch verstärkten.

Als wollten wir Tauchen, holten wir beide tief Luft. Dann schlichen wir uns, fest aneinandergeklammert und sorgfältig bemüht, keinen dieser Balken oder gar der Tücher zu berühren, in die äußerste und dunkelste Ecke des Dachbodens. Dort kauerten wir uns nieder.

Kaum dass wir das getan hatten, öffnete sich die Bodentür erneut. Der riesige Mann mit dem langen Bart wurde als schwarze Silhouette im Türrahmen sichtbar.

Wir beobachteten mit angehaltenem Atem wie er erst ein Streichholz und dann damit den Docht einer Petroleumlampe entzündete.

Er hielt diese Lampe vor sich ausgestreckt und steuerte auf die andere Ecke des Dachbodens zu.

Wir beiden Jungens hatten uns fest umklammert und zitterten heftig vor Angst und Aufregung.

Wir beobachteten, wie der Alte seine Laterne vor einem Verschlag an einen Nagel hängte. Dann zog er ein Schlüsselbund aus der Tasche und öffnete gemächlich das Schloss an einer Gittertür.

Der Verschlag war vollgepackt mit Kisten, Kartons und einigem Gerümpel. Er ging hinein und sah sich einen Moment lang suchend um. Dann hörten wir ein freudiges Grunzen und er griff nach einem großen schwarzen Kasten. Den klemmte er unter einen Arm, verschloss die Tür mit dem Drahtgitter wieder, nahm die Lampe vom Haken und stapfte hinaus.

Das Zuschnappen der eisernen Tür hallte wie ein Schuss in der Dunkelheit.

Der Stein, der uns in diesem Moment vom Herzen gefallen war, musste ebenso laut zu hören gewesen sein, wie das Zuschlagen dieser Tür.

»Gott sei Dank«, stöhnte ich und wollte aufstehen. Michael hielt sich aber fest an meinen Mantel geklammert, so dass ich mich kaum rühren konnte. »Er ist weg, komm.«

Langsam lösten sich seine Hände von mir. Dabei stieß er einen tiefen Seufzer aus. Ich muss gestehen, dass mich in diesem Moment auch ein wenig Schadenfreude überkam. Schließlich hatte er noch vor Kurzem den Weihnachtsmann so vehement verleugnet. Dennoch zitterten mir die Knie, und zwar mächtig.

Wir gingen, uns gegenseitig an den Händen haltend, auf die Dachbodentür zu und standen kurz darauf wieder im Flur. Das Automatiklicht war erloschen und der nächste Schalter eine Etage tiefer.

Leise schlichen wir vom Dachboden zur Dritten zurück. Michael fand den Lichtschalter. Erneut waren wir einen Moment von dem plötzlichen Licht geblendet.

Neben der rechten Wohnungstür lehnte der Tannenbaum des Weihnachtsmanns. Es befand sich noch immer ein wenig Schnee daran. Auf dem Steinfußboden hatte sich eine Pfütze gebildet, die auch von dem Reisighaufen, der daneben lag, gespeist wurde. Schon bald würde ein kleiner Bach die Treppe herunter fließen.

Ich schaute auf das Klingelschild. Es war leer. Kein Name
stand darauf. Der weiße Plastikknopf strahlte hell und neu.
Wie unter Hypnose hob sich die Hand. In meinen Ohren hatte
es angefangen zu rauschen. Im Gehirn hämmerte mir unentwegt der gleiche Gedanke: ›Und es gibt ihn doch und es gibt
ihn doch ....‹ Da drückte ich fest und anhaltend auf diesen
Knopf.

Nie werde ich den Ton jener grässlich grellen und schrillen
Glocke vergessen. Sie hallte wie ein Schrei durch den Hausflur.

Ihr Ton war noch nicht verklungen, da wurde die Tür von innen
aufgetan. Der riesige Mann mit den langen zotteligen Haaren
und dem wallenden Bart, füllte den gesamten Türrahmen aus.
Den geheimnisvollen schwarzen Kasten hatte er noch unter
dem Arm.

Ich war zutiefst erschrocken über das, was ich getan hatte und
vor allem angesichts dieses unheimlichen Alten.

Ein Kloß schnürte mir die Kehle zu. Ich starrte hoch zu dem
Weihnachtsmann und brachte kein Wort heraus.

Da hörte ich neben mir Michael:

»Von draus` vom Walde komm ich her;

Ich muss euch sagen, es weihnachtet sehr ...«

Er sagte dieses Gedicht mit zitternder Stimme, die strecken-
weise auch mal aussetzte. Dazu pinkelte er sich schrecklich
ein, sodass sich seine Strickstrümpfe dunkelbraun färbten.
Der Alte schaute uns einen Moment verblüfft an und dann
meinte ich, ihn lächeln zu sehen. Genau konnte ich es nicht

erkennen, weil der Bart ihm den Mund verdeckte. Die winzigen Fältchen jedoch, die sich in den Augenwinkeln abzeichneten, verliehen seinem Gesicht etwas Lustiges.

»Na dann kommt mal herein«, forderte er uns auf, machte dabei eine kleine Verbeugung und wies mit dem freien Arm in das Innere der Wohnung.

»Von der Jagd des Lebens einmal ruhn;
und morgen flieg ich hinab zur Erden;
denn es soll wieder Weihnachten werden…«, stotterte Michael. Er hatte aufgehört zu pinkeln. Vermutlich war alles alle.

Michael hatte längst jeden Widerstand aufgegeben und so zerrte ich meinen Kameraden am Mantel in die Wohnung. Allein hätte ich mich nie dort hineingetraut.

Der Alte führte uns in sein Wohnzimmer, dessen einzige Beleuchtung eine Kerze, auf einem runden Tisch in der Mitte des Raumes, war.

Er ging darauf zu und stellte den großen schwarzen Kasten auf ihm ab. Vorsichtig öffnete er den Deckel und legte ihn zur Seite. Dann klappte er vorsichtig die vier Seitenteile herunter. Zum Vorschein kam eine geschnitzte und herrlich bunt bemalte Weihnachtskrippe. An einer Stelle der Krippe war Platz für eine Kerze. Er fügte jene, die auf dem Tisch stand dort ein und plötzlich sahen die Figuren der Krippe im Licht der flackernden Kerze aus, als würden sie sich bewegen.

Der Weihnachtsmann stieß eines der winzigen Schafe, die sich darauf befanden an. Wie von feinen Glöckchen angeschlagen, ertönte die Melodie von Stille Nacht, Heilige Nacht.

Michael weinte nicht mehr, hatte aber die Augen weit aufgerissen. Ein feierlicher Glanz, in dem sich das Licht der Kerze spiegelte, lag in ihnen.

Beide begannen wir, die Strophen dieses alten Liedes mitzusingen, bis die Feder des Glockenspiels abgelaufen war.

Der Alte, der uns still zugehört hatte, drehte sich um, ging zu einer Kommode, öffnete eine Schublade und überreichte jedem von uns eine Stange ›Saure Drops‹. »Gesegnete Weihnachten Kinder«, sagte er.

Ich habe im Laufe meines Lebens eine Menge Weihnachtsgeschenke erhalten. Auch viele, die von aufrichtigen Herzen kamen. Die Meisten habe ich vergessen. Jene Drops nicht.

Eine unverhoffte Begegnung
Noch eine Weihnachtsgeschichte

Herrmann Schlappendorf, seines Zeichens erster und einziger
Buchhalter der Firma Papier Stapel und Söhne GmbH i.g.,
stand vor dem Badezimmerspiegel und betrachtete das
Gesicht, welches ihm missmutig entgegenblickte.
Er war fünfundvierzig und für sein Idealgewicht zu klein. Für
achtundneunzig Kilo waren Einmeter und Achtundsiebzig
Zentimeter einfach zu kurz.
Herrmann Schlappendorf war ein geschiedener Buchhalter.
Nicht dass er seiner Ex nachtrauerte. Sie war ihm zu hektisch,
zu liberal, zu tolerant und eben ohne jegliche Prinzipien
gewesen. Dennoch fehlte sie ihm manchmal. Na ja, nicht sie
im Speziellen, sondern allgemein. Jemand, bei dem man sich
über die vielen Ausländer, die Obdachlosen, die
Arbeitsscheuen, die unfähigen Politiker, die Schwulen und das
ganze andersartige Gesocks beschweren konnte. Öffentlich
ging das ja nicht.
Ja und dann, war jetzt auch noch Weihnachten.
Herrmann Schlappendorf mochte Weihnachten. Die schönen
Lieder, die Kerzen den Tannenbaum mit den vielen Lichtern
und den Bratenduft. In solchen Momenten fehlte ihm die Ex
auch.
Er seufzte tief. Die kleinen Schweinsäuglein füllten sich mit
Tränenflüssigkeit, aber er riss sich zusammen. »Keine
Schwächen alter Freund«, sagte er in zackigem Ton zu

seinem Spiegelbild.

Schlappendorf warf einen Blick auf die Badezimmeruhr und zuckte zusammen. Vor sechsundvierzig Sekunden hätte er hier raus sein müssen. Der heutige Heiligabend war zwar nur ein halber Arbeitstag, aber kein Grund, zu spät zu kommen.

Gleich an der Ecke wurde er angesprochen. Ein Bettler hatte sich in diese sogenannte bessere Gegend verirrt. Wahrscheinlich hoffte er auf die Mildtätigkeit der hiesigen Anwohner während der Weihnachtszeit.

»He Alter haste ma nen Euro?«

Noch keine Tasse Kaffee im Magen, noch mit keinem vernünftigen Menschen ein Wort gewechselt, aber schon angeschnorrt.

»Geh arbeiten du Penner«, knurrte er und stieg die Treppen zur U-Bahn hinunter. Wie an jeden Morgen fuhr der Zug in dem Augenblick ein, in dem Herrmann Schlappendorf den Bahnsteig betrat.

Der Zug war trotz des Heiligen Abends proppevoll. Als die Bahn anfuhr, griff er nach einer der Halteschlaufen. Dennoch wurde er gegen einen anderen Fahrgast gedrückt.

›Mein Gott, der stinkt ja widerlich‹, dachte er, als ihm dessen Ausdünstungen eine Wolke aus Knoblauch, Schnaps und mangelnder Körperhygiene in die Nase stieg.

Schlappendorf dreht sich mit dem Ausdruck abgrundtiefer Missbilligung um. Aha, wie sollte es auch anders sein, lange ungepflegte schwarze Haare, braune Augen, unrasiert, unverschämtes Grinsen. Typischer Ausländer also. Er hatte bereits eine böse Bemerkung auf der Zunge, da sagte der Mann in reinstem berlinisch: »Schöne Scheiße wa, Heilich Abend und so ville Leute uffe Straße.« Dabei grinste er entschuldigend und zeigte einige verblüffend weiße Zähne. Schlappendorf musste aussteigen, deshalb lächelte er nur gequält zurück, nickte kurz und drängelte sich an ihm vorbei, in Richtung Tür. Der Andere musste wohl auch am Ziel sein, denn er strebte ebenfalls dem Ausgang zu. »Ick mache hier een bisken Musik ufn Bahnhof, weeste. Wejen Weinachten. Da looft immer wat. Kannst ja mal zuhöhrn, wenn de willst.« Schlappendorf war jetzt wirklich wütend, ›wollte der Kerl ihn verscheißern?‹

»Ich habe leider keine Zeit für dererlei Unsinn, denn ich gehöre zur Kaste derer, die ihr Geld noch im Schweiße ihres Angesichts verdienen müssen.«

»Na denn Meesta«, sagte der andere, »schöne Weihnachten.« Er blieb zurück und packte eine Gitarre aus. Kurze Zeit später drang an des Buchhalters Ohr. »Stille Nacht, Heilige Nacht alles schläft, einsam wacht ....«

›Eine schöne Stimme hat er ja‹, dachte er noch, dann konzentrierten sich seine Gedanken, auf zu lösende buchhalterischen Aufgaben der Firma Papier Stapel und Söhne GmbH i.g.

Gegen Mittag auf dem Nachhauseweg trödelte er. Schlenderte durch verschiedene Straßen, betrachtete Auslagen in Schaufenstern und landete vor einem Geschäft, das noch richtige Schaufensterpuppen hatte. Nicht solche weißen

Unisexmodelle, sondern mit Gesichtern und Haaren auf den Köpfen.

›Weihnachten vom Feinsten‹, hieß es in der Auslage. Eine der Schaufensterpuppen, eine schlanke Blonde mit vollen Lippen und langen Wimpern, fiel ihm besonders ins Auge. Sie trug ein nachtblaues rückenfreies Kleid und und passende Highheels aus Lackleder. Sie schien ihn anzulächeln.

›Sicherlich grinst sie jeden an‹, dachte Schlappendorf, konnte aber seinen Blick nur schwer von ihr abwenden. ›Ob so eine auch kochen kann? Das wäre ja mal ein Weihnachten.‹ Nebenan ging eine Tür auf und wieder zu. Drei Männer kamen auf unsicheren Beinen heraus und sangen mit trunkenen Stimmen: »Süßer die Glocken nie Klingen, als zu der Weihnahachtszeit….«

Schlappendorf riss seinen Blick von der Schaufensterschönheit los und fasste einen Entschluss. In diesem Jahr würde er den Heiligen Abend in der Kneipe verbringen. Ein paar Würstchen und Kartoffelsalat wird es ja dort geben.

Er ging die drei Stufen empor, riss die Tür auf und bereute seinen Entschluss. Eine der wenigen Raucherkneipen, die es noch gab. Eine halbdurchsichtige Wand aus stinkendem Nebel behinderte die Sicht in den Raum. Einige Gestalten am Tresen, andere an Stehtischen. Ob Männer oder Frauen, war beim besten Willen nicht sofort auszumachen. Eins hatten aber alle gemeinsam. Sie rauchten und tranken.

Das war nichts für Schlappendorf. Er wandte sich zum Gehen.

Eine Hand umklammerte seine Schulter und drehte ihn wieder herum. »He Mann, warte mal, dir kenn ick doch.«

Der Stinker aus der U-Bahn von heute Morgen. In der Rechten hielt er seine Gitarre. Lose über der Schulter hing ein kleiner, brauner Rucksack.

»Hätten sie vielleicht die Güte mich loszulassen.« Schlappendorf war sauer und allmählich wurde ihm in der ungewohnten Luft auch schlecht.

Der Andere wurde ein wenig blass und sagte in sichtlicher Verlegenheit: »Äh tut mir leid Mesta, ick wollte ihnen nich zu nahe treten. Hab ma nur jefreut hier een bekanntet Jesicht zu sehn. Ick kenne ja sonst keen hier.«

»Ja ja, schon gut.« Er wandte sich erneut zur Tür als der Langhaarige, in bemühtem Hochdeutsch sagte: »Wissen sie, ick würde ihnen ja gerne einen ausgeben. Schließlich is Weihnachten und außerdem hab ick gut verdient heute auf dem Bahnsteig. Bloß weil ick mit ihnen zusammen ausgestiegen bin. Is also och ihr Verdienst. Eigentlich wollte ich ja noch weiterfahren. Aber gut, mit einem wie mir wolln sie ja bestimmt nichts zu tun haben.«

›Weihnachten mit einem stinkenden Landstreicher in einer Räucherkate‹, Schlappendorf stöhnte innerlich, drehte sich aber doch um. Jetzt sah er, dass es hier sogar einen Weihnachtsbaum gab. Der war ihm vorher gar nicht aufgefallen. »Also gut, lassen sie uns ein Bier zusammen trinken, aber das geht auf meine Kappe, ist das klar?«

Er wollte sich von dem Penner nicht auch noch aushalten lassen.

Nach dem zweiten Bier wusste er, dass der Kerl, trotz des berliner Dialekts, seine Wurzeln in Peru hatte. Daraufhin musste er mit ihm einen Pisco trinken. Eine Spezialität aus der peruanischen Heimat wie er versicherte.

Nachdem sie sich zugeprostet hatten, nahm er die Gitarre und begann mit melodiöser Stimme, Weihnachtslieder zu singen. Der Kreis um sie herum wurde schnell größer. Ein schöner Abend.

Irgendwann verkündete der Sänger: »So Freunde, dit war`t, ick muss ma weg.«

Zu seinem neuen Bekannten sagte er etwas leiser: »Erstmal uffs Klo.«

»Chef«, Schlappendorf winkte dem Wirt, »ich nehme noch nen Bier und so ein Feuerwasser hier.« Er hielt das Piscoglas in die Höhe.

Nicht der Wirt brachte das Gewünschte, sondern, er kniff die Augen zusammen und öffnete sie wieder. Gut, er hatte ein wenig getrunken, aber bitte doch nicht so viel.

Da stand die Schaufensterpuppe aus dem Laden nebenan. Das blaue Kleid, die Schuhe und das Lächeln. Alles wie in dem Schaufenster. Als er nicht zugriff, stellte die Frau die beiden Gläser auf den runden Tisch. »Na, keinen Durst mehr oder hat es dir die Sprache verschlagen?«

Herrmann Schlappendorf hatte Schmetterlinge im Bauch und Spatzen im Gehirn. Es flatterte und zwitscherte und es begann sich zu drehen. Er griff an den Tisch, um nicht zu stürzen.

»Ich heiße Panfila«, sagte sie, »und du?«

»Herbert, nein Herrmann«, stotterte er. »Sind wir uns nicht schon begegnet?«

Sie lachte hell und zeigte dabei reizende Grübchen, wobei sie die Nase mit den kleinen Sommersprossen ein wenig kraus zog. »Nein, ich glaube nicht, aber man kann ja nie wissen. Die Achterbahn des Lebens hält so manche unverhofften Kurven bereit.«

»Das ist wohl war«, seufzte Schlappendorf und schielte der blonden Schönheit in den üppigen Ausschnitt.

Jetzt brachte der Wirt das bestellte Bier und den Pisco. Er sah die Getränke auf dem Tisch, stutzte kurz, sagte aber nichts.

Die Beiden prosteten sich zu.

Nach der nächsten Runde fragte Panfila mit einem umwerfenden Augenaufschlag: »Bringst du mich nach Hause?«

»Willst du schon gehen? Wo must du hin?« Er war enttäuscht.

»Du weist doch, ich habe kein zuhause. Ich dachte, wir gehen zu dir.«

Er würgte kurz. Der Gedanke, woher er das wissen sollte, kam ihm gar nicht erst. »Zu mir? Aber ja, natürlich zu mir, warum nicht.«

Er zahlte und sie gingen. Erst jetzt sah er, dass sie einen kleinen, braunen Rucksack über dem rückenfreien blauen Kleid trug. Ihr Gang war geschmeidig, fast ein wenig katzenhaft. Der Schein der Laternen spiegelte sich im blauen

Lackleder ihrer Highheels.

Nun ärgerte er sich, dass er keinen Weihnachtsbaum aufgestellt hatte. Er hatte auch nichts zu Essen im Kühlschrank. Egal, ein paar Flaschen Sekt und Rotwein hatte er auf jeden Fall in Reserve.

Schlappendorf bewohnte eine geräumige Dreizimmerwohnung in der sechsten Etage eines Hochhauses. Als er die Tür öffnete, hörte er Weihnachtsmusik aus dem Wohnzimmer dringen. Sein erster Gedanke war, dass seine Ex ihn beehren wollte. Sie hatte noch einen Schlüssel. Für alle Fälle sozusagen.

Er stürzte hinein und stand wie angewurzelt. Keine Ex. Niemand war da. Dafür mitten im Zimmer ein Weihnachtsbaum, dessen goldene Spitze fast bis an die Decke reichte. Goldene Kugeln, goldenes Lametta, umspielt von glänzend weißem Engelshaar.

Dazu tönte aus den Lautsprechern ein Kinderchor. »Oh Tannenbaum, oh Tannenbaum, wie grün sind deine Blätter....«

»Gefällt es Dir?«, sie war dicht hinter ihn getreten. So dicht, dass er meinte, ihre Brüste in seinem Rücken zu spüren.

»Oh ja, das ist schön«, murmelte er, holte tief Luft um seine Gedanken zu ordnen, »aber wie kommt das hier her?«

Wieder lachte sie ihr helles Lachen. »Hast du es nicht geahnt? Ich bin der Weihnachtsengel.«

Er ging auf ihren Scherz ein. »Können Weihnachtsengel kochen? Ich habe Hunger wie ein Wolf.«

»Oh ja und wie ich kochen kann. Ich habe sogar alles Nötige

dabei.«

Er drehte sich zu ihr um, schlang seine Arme um ihre Hüften und vergrub sein Gesicht in ihrer Halsbeuge.

Mit einem leisen Aufstöhnen schob sie ihn sanft von sich. »Der Nachtisch kommt später mein Lieber«, hauchte sie. »Ist das dort die Küche?«

Als er nickte, nahm sie den Rucksack ab, ging darauf zu und sagte: »Decke bitte den Tisch. Ich denke, ein trockener Rotwein wäre passend.«

Wenige Minuten später, während er noch immer den Tisch dekorierte, zog ein verführerischer Bratenduft durch die Wohnung.

Kaum hatte er sein Teil zum Abendmahl getan, ging die Tür auf und Panfila kam mit einem fertigen Truthahn auf einem silbernen Tablett herein geschwebt.

Es schmeckte überirdisch gut und wurde nur von der Glut und dem Rausch der folgenden Liebesnacht übertroffen.

Ihre zarte Haut, das leidenschaftliche Seufzen und Stöhnen, das nicht enden wollende Verlangen, versetzten ihn in einen Zustand absoluter Euphorie. Ihre Berührungen durchzuckten ihn, wie sanfte Stromstöße. Ihr warmer Atem durchflutete ihn wie reines Opium. Erst in den Morgenstunden fanden sie Schlaf.

Es war ein durchdringender übler Geruch, der ihn Stunden später weckte. Vielleicht war es auch dieses Geräusch, das dem Grunzen eines Schweins nicht unähnlich war.

Er hielt die Augen geschlossen, verdrängte die abscheulichen

Wahrnehmungen und versuchte sich an den vergangenen Abend zu erinnern. »Panfila du Schöne, du Engel«, seufzte er in sein Kissen.

Das grunzende Geräusch erstarb. Eine verschlafene Stimme, die garantiert nicht zur schönen Panfila gehörte, fragte: »Haste wat jesacht?«

Schlappendorf wirbelte in seinem Bett herum und stieß einen spitzen Schrei aus. »Was machen sie hier in meinem Bett!« Der langhaarige Penner aus der U-Bahn und der Kneipe lag neben ihm. Er war splitternackt und zu seinem Entsetzen stellte er fest, dass dessen Glied sich steif aufgerichtet hatte. »Komm, lass uns noch ein bisschen Kuscheln«, sagte er und streckte die Arme, die bis zu den Schultern dicht behaart waren, nach dem Buchhalter aus.

Der sprang mit einem Aufschrei aus dem Bett, riss bei der Gelegenheit das Laken mit sich und schlang es sich um den Körper. »Wer sind sie überhaupt?«

»Das hab ick dir doch jestern jesagt, ick bin Panfila der Weihnachtsengel.«

Auch die Brust des Fremden war bis zu den Schultern dicht behaart.

»Aber Panfila war eine Frau.«

»Kannst du keen deutsch? Det heest DER Weihnachtsengel und nich DIE Weinachtsengelin. Merkste wat?«

Schlappendorf rutschte mit dem Rücken an der Wand herunter. Sein Mund stand offen und ein wenig Sabber lief ihm aus dem rechten Mundwinkel.

»Dann haben wir beide, Gestern…«, er wedelte unbestimmt mit der Hand hin und her, ließ aber die Frage unvollendet.

»Na klar, war doch jut wa?« Dann sah Panfila, wie dem armen Kerl scheinbar der Wahnsinn zu übermannen drohte.

»Seit dreihundert Jahren bin ick der Engel von dem Berliner Weihnachtsmann«, erklärte er ihm entschuldigend. »In diesem Jahr ist er det erste Mal nich uffm Posten. Will sagen, er hat ne Grippe. Da hatte ick frei und da wollte ick och mal Weihnachten feiern. So mit allet drum und drann. Sowie ick et imma bei die andren jesehen habe. Und da habe ick dir jetroffen und du hast ja fast von det gleiche jeträumt. Dit war doch ideal oder?«

›Damit hatt wohl oder übel er recht‹, dachte Schlappendorf entsetzt, ›aber ich war mit einem Kerl im Bett.‹

Als hätte der Weihnachtsengel seine Gedanken erraten sagte er, nun ohne zu berlinern. »Lass alle Erinnerungen an Gestern aus deinem Gehirn verschwinden, bis nur noch ein Gefühl übrig ist. Versuch es«, forderte er, als er Schlappendorfs Zögern bemerkte. Nach einer Weile fragte er: »Na wie ist es?«

»Es fühlt sich besser an, eigentlich sogar gut«, war die zaghafte Antwort.

»Siehst du, nur das Gefühl zählt, alles Andere ist Nebensache.«

»Aber warum ist all das Schöne so plötzlich vorbei?«

»Dummerchen, weil Weihnachten vorbei ist. Lies doch mal übermorgen die Zeitungen, dann wirst du wissen, was ich meine.«

Panfila lachte ein wenig hölzern. »Apropos Gefühl, ich habe das Gefühl mal duschen zu müssen. Ich hoffe, du hast nichts dagegen.«

Ohne eine Antwort abzuwarten, verschwand der nackte Mann in Schlappendorfs Bad.

Nun wird es Märchenhaft

1. Das Mädchen mit dem Spiegel

An einem Nachmittag im Mai, die Sonne hatte den ganzen Tag über die Natur auf das Angenehmste erwärmt, war ich mit meinen beiden Hunden unterwegs im nahen Park. An einer Ecke dieses Parks, gleich neben dem Spielplatz, gibt es eine kleine Eisdiele.

Nach einer kurzweiligen Wartezeit zwischen quengelnden und bettelnden Kindern, sowie mühsam beherrschtem Tonfall erziehender Eltern, erkundigte sich der stets freundliche Eisdielenbesitzer nach meinen Wünschen.

Wie jedes Mal fragte ich mich, warum er das tat, da ich ja immer das Gleiche verlangte. Auch diesmal wechselten wie immer, nach Beantwortung seiner Frage, zwei Euro und im Gegenzug zwei Kugeln Stracciatellaeis ihren Besitzer.

Normalerweise führte mich unser Rundgang am Spielplatz vorbei und weiter durch den Park.

Spontan änderte ich heute meine Meinung, überquerte die Straße und gelangte auf den Hauptplatz unseres Wohnviertels. Eine große unbebaute gepflasterte Freifläche, von der die Leute behaupteten, dass sich darunter der Rohbau eines U-Bahnhofs befände, der nie in Betrieb genommen worden war. Manchmal wird der Platz für ein kleines Fest genutzt. Heute war er leer.

Die Nachmittagssonne ließ mir das Stracciatellaeis in dicken, zähen Tropfen, an der Waffel entlang, auf die Hand fließen. Hastig begann ich den Lauf der klebrigsüßen Flüssigkeit mit der Zunge zu bremsen, als ein greller Lichtblitz meine Augen traf.

Mitten auf dem Platz gewahrte ich als Ursache, einen rechteckigen Spiegel in einem weißen Rahmen, der auf zwei ausklappbaren Beinen stand.

Da ich kein besonderes Ziel verfolgte, ging ich darauf zu. Ich hatte ihn fast erreicht, als ich gleich nebenan, ein Mädchen bemerkte. Sie saß dort auf den Pflastersteinen und schien ihren Gedanken nachzuhängen. Sie hatte dichtes blondes Haar, dass ihr offen über die Schulter fiel. Ihre Augenbrauen waren grade und mit dunklem Stift nachgezogen. Der Mund in dem runden, ebenmäßigen Gesicht hatte volle Lippen von kirschroter Farbe. Sie trug ein tief ausgeschnittenes Shirt, das zumindest einen Teileinblick auf kleine feste Brüste gewährte. Aus den kurzen Hosen, die sie trug, ragten endlos lange und gertenschlanke Beine hervor, die sie im Sitzen, von sich gestreckt hatte.

Mit zwei Worten, eine Schönheit.

Ich musste sie eine Zeitlang verwundert angestarrt haben, denn sie hob den Kopf, lächelte sie mich an und sagte: »Hallo?« Es klang eher nach einer Frage, als einer Begrüßung.

Ein wenig von dem geschmolzenen Eis tropfte mir auf die Schuhe.

Unfähig den Blick von ihr zu wenden, stotterte ich verlegen:

»Was machen sie denn mit einem Spiegel hier auf dem Platz?«

Schon ehe sie antwortete, wusste ich, was sie sagen würde und sie tat es. »Ich warte hier auf einen Mann, wir kennen uns nicht, aber er wird mich an dem Spiegel erkennen.« Es war, als brächte ihr Lächeln mein Eis zusätzlich zum Schmelzen. Ich hatte es längst aufgegeben, dass Heruntertropfen der süßen Flüssigkeit zu verhindern. Meine beiden Hunde leckten es mir gierig von den Schuhen.

Ich kannte ihre Antwort, weil mir diese Geschichte wieder eingefallen war und ich fragte: »Sie werden ihm den Spiegel Verkaufen, denke ich?«

Sie nickte, nun ein wenig traurig. »Wenn er mir die fünfundzwanzig Euro zahlt. Dafür jedenfalls habe ich ihn annonciert.«

Ich wünschte ihr, nicht ohne Wehmut, einen guten Tag und ging, die Reste des Eises schleckend, meiner Wege. Nur jene Geschichte, vom Mädchen und dem Spiegel, die ich bis zu diesem Zeitpunkt für hanebüchenen Unsinn gehalten hatte, war mir dermaßen im Hirn festgesetzt, dass ich nicht anders konnte, als sie endlich aufzuschreiben.

Es war einmal vor vielen Jahren. Damals gab es in dieser Gegend um einiges mehr Wald und nur wenige kleine Dörfer, da lebte hier ein junger Schmied. Da ich seinen Namen nicht kenne, nennen wir ihn aus gutem Grund, Thomas. Er hatte mit dem Jünger Jesus, dessen Namen er trug, zumindest eines gemeinsam; er glaubte nichts, zweifelte an jedem und an allem.

»Siehst du«, pflegte er oft zu sagen, »wenn ich mit der Zange ein glühendes Stück Eisen verbiege, ist es krumm. Wenn es dann kalt ist, bekommt es niemand mehr zurückgebogen. Daran glaube ich. An nichts weiter.« Er meinte damit wohl, dass alles seine Richtigkeit habe, was er sehen und anfassen konnte.

Eines Tages, es war im Monat Mai, die Sonne schickte ihre ersten wärmenden Strahlen zur Erde, die Luft war erfüllt vom geschäftigen Summen fliegender Insekten, hatte Thomas einige Schmiedestücke an den Gutshof auszuliefern. Er hatte die Eisenstücke über die Schulter gelegt und lief mit weitausholenden Schritten, munter vor sich hinpfeifend, die holprige Straße entlang.

Da plötzlich, blendete ein Lichtstrahl seine Augen. Er schirmte sie mit der Hand ab und suchte so nach der Quelle des Lichts. Er hatte sie bald gefunden.

Ein großer, viereckiger Spiegel in einem weißen Rahmen stand an zwei ausklappbaren Füßen gelehnt, mitten auf der einsamen Straße und reflektierte das Sonnenlicht so, das es ihn geblendet hatte.

Neben dem Spiegel saß ein Mädchen auf einem Stein und lächelte zu ihm auf.

»He, was machst du hier«, fragte er sie.

»Ich warte auf einen Liebsten.«

»Auf *einen* Liebsten oder auf deinen Liebsten?«

Sie ließ ein perlendes Lachen erklingen, das sie ihm noch schöner erscheinen lies. »Du Dummkopf, hast du es nicht verstanden? Auf *einen* Liebsten.«

»Und wer soll das sein?«, wollte er wissen.

»Der, welcher mir als Erstes ein Silberstück für meinen Spiegel gibt.«

Thomas drehte sich ein wenig der Kopf. »Das verstehe ich nicht.«

Wieder ließ sie ihr helles Lachen hören. »Dann gib mir ein Silberstück für meinen Spiegel und du wirst mein Liebster sein.«

Sie war ein wunderschönes Mädchen, mit langen blonden Zöpfen und lustigen blauen Augen. Ihre geschwungenen Lippen waren von kirschroter Farbe und das Näschen zierten einige freche Sommersprossen. Sie neigte leicht den Kopf und sah ihn herausfordernd an.

Da konnte er nicht widerstehen. Er griff in seine Weste und holte ein Silberstück heraus, das er ihr sogleich hinhielt.

Als sie danach greifen wollte, zog er es rasch zurück. »Dass du es mir auch ernst meinst mit deinen Worten«, sagte er gewohnheitsgemäß zweifelnd.

Sie lachte nicht mehr und erwiderte: »Das du auch an mich glaubst, selbst wenn ich nicht bei dir bin.«

Sie ergriff eilends seine Hand und zog das Silberstück heraus. Kaum hatte sie es ergattert, löste sie sich vor seinen Augen, wie eine Nebelschwade im Frühlingswind, auf und war verschwunden.

Verwirrt schaute Thomas umher, doch sie war fort; und ach, der Spiegel hatte sich verändert. Seine kristallene Oberfläche war nun stumpf und weis. Wertlos wie ein altes Brett stand er da.

»Verdammt, verdammt, verdammt«, rief Thomas zornig und warf seine Schmiedestücke für den Gutshof, wütend auf die Erde, »ich hätte es wissen müssen, eine Trugfee hat mir die Sinne verwirrt. Mein schönes Silber, fort ist es.«

Wie er so lamentierte, lässt ihn ein Geräusch herumfahren. Direkt hinter ihm auf der Straße stand ein alter Mann. Ganz in Schwarz gewandet, schaute er ihn mit schräg geneigtem Haupt an. »Mir scheint, dir ist ein Unglück widerfahren«, sagte er.

Der junge Schmied seufzte. »Wenn du wüsstest. Man hat mich um ein Silberstück geprellt, mit diesem wertlosen Ding hier.« Er wies mit dem Kopf in Richtung des weißen Bretts, das einmal ein Spiegel gewesen war.

Der Alte trat ein wenig näher und nickte. »Ein schönes Stück«, sagte er, nachdem er es einige Male umrundet hatte, »und nur ein Silberstück hat es dich gekostet?«

Thomas glaubte, seinen Ohren nicht trauen zu können. »Nur ein Silberstück?«, hakte er zweifelnd nach.

»Ja, ich halte das, in Anbetracht dieser wunderschönen Arbeit hier, für geschenkt.«

Nun ging Thomas ebenfalls um den weißen Spiegel herum. Ein Brett, ein weißes Brett. Von hinten entdeckte er zudem einige dunkle Flecken auf der Farbe, die ganz nach Schimmel aussahen. Allerdings schoss ihm da ein Gedanke durch den Kopf. »Du findest das Ding hier also schön? Besser gesagt, sogar wunderschön?«

Der Alte nickte wortlos.

»Nun«, fuhr er, jetzt mit einem listigen Ausdruck im Gesicht, fort, »ich würde dir dieses wunderschöne Stück für nur zwei Silberlinge überlassen. Was sagst du dazu?«

Der Alte strahlte zuerst. Dann aber verfinsterte sich sein Antlitz. »Sagtest du nicht, du hättest es für nur ein Silberstück gekauft? Ich biete dir ein Silberstück und vier Kupferlinge.«

»Nein nein nein«, rief Thomas aus, »das ist zu wenig!«

Sie feilschten, bis die Dunkelheit hereingebrochen war. Schließlich wechselten ein Silberstück und acht Kupferlinge den Besitzer.

Bevor sie ihren Handel abgeschlossen hatten, stellte der Fremde jedoch eine Bedingung. »Wenn wir uns jetzt einig werden und danach sieht es ja aus, möchte ich, dass du den Spiegel mit zu dir nachhause nimmst. Ich hole ihn mir morgen, gleich bei Sonnenaufgang dort ab.«

»Gut, so soll es sein«, sagte Thomas, und schlug die Hand, die ihm der Alte reichte, ein. Dann steckte er das Geld in die Weste, nahm das weiße Brett und die Schmiedestücke und machte sich auf den Heimweg. Er würde morgen erneut zum Gutshof aufbrechen müssen.

Zu Hause lehnte er den weißen Spiegel, der ja nun kein Spiegel mehr war, achtlos an die Wand. Er wollte sich grade zur Nachtruhe fertigmachen, als ihn eine sanfte Stimme herumfahren ließ. »Hallo, wie ich sehe, hast du auf mich gewartet.«

Das schöne Mädchen aus dem Wald stand vor ihm und hob ihm sehnsüchtig die Arme entgegen.

Das Brett an der Wand war wie zuvor ein Spiegel mit glänzend weißem Rahmen, der in der Dunkelheit in mattem Blau erstrahlte und das schlichte Zimmer des Schmieds wie ein Märchenschloss erscheinen ließ.

Kaum jedoch, dass sie den jungen Mann berührte, erlosch das Licht und ihre Gesichtszüge zeigten erst einen fragenden, dann einen zornigen Ausdruck. Sie hielt die Münzen des Alten in der Hand und fuhr ihn an: »Das ist gegen unsere Vereinbarung. Du hast mir also nicht vertraut? Du hast mich für diese paar Münzen verkauft? Daran wirst du dein Leben lang denken!« Ihre Stimme war keineswegs zornig, eher traurig.

Wie durch ein Zauber, wahrscheinlich war es auch einer, verschwand sie in dem Spiegel. Der wurde erneut zu dem unansehnlichen weißen Brett.

Pünktlich am nächsten Morgen kam der Alte, um sein neues Eigentum abzuholen. Dem armen Thomas halfen kein Betteln, kein Flehen und auch kein Geld. Der Mann in Schwarz war nicht zu erweichen, den Kauf rückgängig zu machen.

Thomas der Schmied, heiratete nur wenige Monate später die Tochter eines wohlhabenden Kaufmanns. Sie war kaum minder schön, als die junge Frau aus dem Spiegel. Nur änderte sich dies schneller, als ihm lieb sein konnte. Nicht nur, dass Pellerie, so hieß seine Gemahlin, ständig an Leibesfülle zunahm, nein, sie erwies sich ebenso als eine Meisterin des Herrschens. Sie verstand es, ihren Forderungen, wenn es sein musste, auch mit Gewalt Nachdruck zu verleihen. So verging nicht ein Tag, an dem Thomas nicht an das Mädchen mit dem Spiegel dachte. Ganz so, wie diese es vorausgesagt hatte.

Als ich die Niederschrift dieser Geschichte beendet hatte, kam mir meine nachmittägliche Begegnung wieder in den Sinn.

Der Abend war kühl und so zog ich mir den schwarzen Mantel über und setzte den dazu passenden Hut auf. Ich nahm die beiden Hunde an die Leine und ging zu jenem Platz.

Ich glaubte, meinen Augen nicht trauen zu können. Dort, wo am Nachmittag das Mädchen gesessen hatte, stand noch immer der Spiegel mit dem weißen Rahmen.

Ein junger Mann lief aufgeregt davor hin und her. Seine Gesichtszüge waren grimmig.

Ich lüftete meinen Hut, wünschte ihm einen guten Abend und sagte: »Junger Mann, sie sehen aus, als wäre ihnen ein Missgeschick widerfahren.«

Er warf mir einen Blick zu, als würde er mich fressen oder zumindest mir den Hals umdrehen wollen.

Vorsichtshalber wich ich einen Schritt zurück.

»Schwanzgesteuert, verstehste? Ich bin ein hirnloser Ochse und habe dieses Teil hier«, er wies auf den Spiegel, »von dem Geld gekauft, für das ich meine Klamotten aus der Reinigung holen wollte.« Wie zur Bestätigung seiner Unzurechnungsfähigkeit schlug er sich mit der Hand vor die

Stirn.

»Fünfundzwanzig Euro?«, fragte ich.

Er nickte und sah mich verwundert an.

»Ich habe die junge Frau heute Nachmittag schon hier getroffen und sie hat mir diesen Preis genannt«, beeilte ich mich, zu beteuern, ehe er mich zu ihrem Komplizen erklären konnte. »Ein schönes Stück«, wagte ich hinzuzufügen.

Abrupt blieb er stehen. »Das olle Ding hier?«

Zugegebener Maßen sah der Spiegel in Abwesenheit Mädchen, lange nicht mehr so schön aus. Aber es war immerhin noch ein Spiegel. Der sich nicht, wie in dem Märchen, in ein weißes Brett verwandelt hatte.

Ich nickte und bevor er etwas sagen konnte, machte ich ihm ein Angebot. »Ich gebe ihnen dreißig Euro dafür.«

»Und das sofort?«

Erneut nickte ich, zog meine Börse heraus und reichte ihm drei Zehner. Er hatte wohl keine Lust zu handeln. Hastig ergriff er die Scheine und lief davon, ohne sich noch einmal umzuwenden.

»Kannst du mir mal sagen, was du mit diesem alten Spiegel willst?«, blaffte mich meine Frau an, als ich mit meiner neuesten Errungenschaft nachhause kam.

Ich stellte ihn vorsichtig in mein Arbeitszimmer. Gleich neben das Fenster, so dass die Sonne draufscheinen konnte.

Zu meiner Frau, die mir gefolgt war, meinte ich: »Hier soll er stehenbleiben. Ein würdiger Platz für etwas, an das man glauben will.«

Sie drehte sich um und schimpfte im Hinausgehen schroff:
»Du wirst immer schrulliger, je älter du wirst.«
Ich strich über den weißen Spiegel und sagte: »Der Mensch
stirbt mit seinen Träumen.«

Dornröschen

Es war einmal vor vielen, vielen Jahren, da lebten hier in der Nähe ein König und eine Königin.

Die beiden hatten einander so wenig lieb, dass es selbst dem Hofhund Sokrates zuviel wurde. Immer wenn er die zwei streiten hörte und das war fast jeden Tag, zog er sich in die Hundehütte zurück und fing leise an, zu jaulen. Das alte Holz dieses Verschlags, mehr war es ja nicht, knarzte dann mitleidig dazu, sodass die Leute sagten: »Das jammert ja mal wieder einen Hund mitsamt der Hütte.«

»Ich will endlich ein Kind haben«, zeterte die Königin in solchen Auseinandersetzungen meistens.

»Wenn du nicht ständig mit mir herumstreiten würdest, hätten wir schon eins. Ich habe mir sagen lassen, dass Kinder ein Produkt der Liebe sind«, schrie ihr Gatte, der König, dann zurück.

So ging es unaufhörlich hin und her, dass es im ganzen Schloss dröhnte.

Eines Tages, die Königin flüchtete, wie sooft, wütend aus dem gemeinsamen Schlafgemach. »Dieser verdammte Hornochse, dieser eigensinnige alte Esel, …«, fluchte sie ununterbrochen und lauthals, während sie durch die Gänge des Schlosses hastete. Dann riss sie die Tür zum Badezimmer auf. Hier wies sie eine Dienerin an, Wasser in den Zuber zu füllen und eine andere, eine Flasche Branntwein herbeizuschaffen.

Eine dritte und vierte Dienerin, entkleideten die Herrscherin und hoben sie mit samt dem Glas, dass sie sich in der Zwischenzeit mit dem Schnaps hatte füllen lassen, in das Badebecken.

Das Wasser duftete nach Rosenöl. Prickelnde Blasen stiegen vom Grund der Wanne auf und kitzelten die Haut der Königin. Für dieses Vergnügen mussten mehrere Dienerinnen zwei Blasebälge betätigen.

Schon bald jedoch hatte die Königin von dem Geblubber und Gekrabbel die Nase voll. Sie ließ sich von einem der Mädchen ihr Glas erneut füllen und jagte sie dann allesamt hinaus.

Allein im Wasser gab sie sich ihren Sehnsüchten hin, träumte von Liebe und von Mutterglück.

Wahrscheinlich war sie eingeschlafen, als ein Frosch, am Rand ihres Badebeckens, sie weckte. »Du möchtest also ein Kind, Königin? Quak«, fragte er mit der für Frösche unverkennbaren Stimme.

»Oh ja«, seufzte die Königin.

»Dann musst du mich in dein Bad lassen, quak.«

Die Königin nahm einen Schluck aus dem Branntweinglas und kicherte beschwipst: »Komm nur mein grüner Prinz.«

Es gab ein trocknes ›plopp‹, als der Frosch ins königliche Bad sprang. Die Königin hörte es kaum.

Dann jedoch überkam sie ein ihr gänzlich unbekanntes Gefühl. Von den Zehenspitzen bis in die Haarwurzeln breitete es sich aus. Und es wurde heftiger. Ein nie empfundenes Gefühl der Liebe durchdrang sie. Versetzte sie in einen Zustand, als drängte eine zweite Seele in ihren Körper. Der schlanke mädchenhafte Leib der Königin bäumte sich immer und immer wieder auf. Wohliges Stöhnen entrang sich ihrer Kehle und mündete in kleinen spitzen Schreien.

Kurz darauf sackte sie erschöpft zusammen, geriet mit dem Kopf unter Wasser und wäre zweifelsfrei ertrunken, hätte sie nicht eine Hand an den Haaren emporgerissen.

Sie hustete und spuckte, schaute in panischer Angst im Bad umher, entdeckte jedoch nur den Frosch in einiger Entfernung, wie er dasaß, sie mit seinen gelblich grünen Augen musterte und heiser quakte, als würde auch er nach Luft ringen.

»Quak, noch ehe ein Jahr vergeht, wirst du eine Tochter zur Welt bringen«, keuchte er und sprang in weiten Sätzen davon.

So wie der Frosch es vorhergesagt hatte, geschah es. Ehe ein Jahr vergangen war, gebar die Königin ein Kind. Ein Mädchen, mit rabenschwarzem Haar und großen gelblich grünen Augen, die ein wenig hervorstanden.

Die Königin war seit jenem Tag im Bad jeglichen Streit mit ihrem Gemahl aus dem Wege gegangen. Ja sie schien ihm sogar, einige Zuneigung entgegenzubringen. So war die Freude des Königs über das Töchterchen gar übermächtig. Jedem rief der stolze Vater zu, ob er es hören wollte oder nicht. »Seht her, wie schön sie ist, meine kleine Prinzessin!« Selbstverständlich stimmten alle in diese Lobpreisungen ein, oder nickten zumindest wohlwollend. Grad so, wie man es mit einem Kind tat welches ein Strichmännchen zu Papier gebracht hatte und nun im Brustton der Überzeugung erklärte, dass es sich hierbei um den Papa handelte.

Die Liebe macht eben doch blind, auch die Vaterliebe. So war es nicht verwunderlich, dass der König sich nie die Frage stellte, woher das Kind, die grünen vorstehenden Glubschaugen hatte.

Wo solch ungetrübte Freude herrschte, versetzte es niemanden in Erstaunen, dass der erste Geburtstag des Mädchens mit einem rauschenden Fest begangen werden sollte. Alle, die Rang und Namen hatten und auch einige von denen die nur dachten, dass sie über eines von beidem verfügten, fanden sich an diesem Tag auf der königlichen Burg ein.

Ein Wogen und Wimmeln herrschte dort. Es wurde musiziert und getanzt. Gaukler schluckten Feuer, Zauberer zogen Kaninchen aus Hüten, Artisten balancierten auf dünnen Seilen.

Prediger verkündeten den Weltuntergang und Taschendiebe klauten, was sie kriegen konnten. Händler boten ihre überteuerten Waren feil für die sie, aufgrund der gehobenen Stimmung, reichlich Abnehmer fanden.

Ein Tag wie aus dem Bilderbuch der ungetrübten Freude. Würdig als Gegenstand eines Märchens Erwähnung zu finden.

Im Thronsaal indes ging es nicht ganz so hektisch zu. Man war unter sich und aß und trank vornehm. Sobald einer der Festteilnehmer einen der nur mäßig abgenagten Knochen nach hinten, in die frisch aufgeschütteten Binsen geworfen hatte, balgten sich die Hunde lautstark darum. In einer Ecke des Saales hatten einige Musikanten Aufstellung genommen und gaben grässliche Töne, als Ausdruck ihres Könnens, von sich. Niemanden störte es, denn keiner hörte zu.

Der König und die Königin saßen am Kopfende der langen Tafel, ein wenig abgesondert, auf einer Empore. Neben ihnen, zur Rechten und zur Linken, die höchsten Würdenträger des Reichs. Auch sie widmeten sich mit sichtlichem Vergnügen dem Festschmaus.

Die eigentliche Urheberin des Ganzen, die Prinzessin, tat das was Babys nach der Fütterung am mütterlichen Busen, zu tun pflegen. Sie schlief. Sie war heute Morgen vom Bischof persönlich, der jetzt gleich neben der Königin saß, auf den Namen Rosalia getauft worden. Im Augenblick waren ihre grünen ein wenig hervorquellenden Augen geschlossen. Der fein geschnittene Mund lächelte im Schlaf, als befände sich seine Besitzerin im schönsten aller Träume.

In dieser Eintracht und Freude vermittelnden Szenerie, entstand vor der Tür des Thronsaals Unruhe.

Wegen der Musik und den Geräuschen des Gelages war das nicht gleich zu vernehmen. Deshalb sahen alle erst erschrocken auf, als die Tür des Saals derb aufgestoßen wurde und mit Krachen gegen die rückwärtige Wand schlug.

Eine hochaufgeschossene weibliche Gestalt erschien im Türrahmen.

Die Wachen versuchten sie aufzuhalten und mit den Hellebarden zu piken. Doch weder ihre Hände noch die Waffen, vermochten sie zu erreichen.

Langsam, mit erhobenem Haupt aber durch die Kapuze verdecktem Gesicht schritt sie auf das Königspaar zu. Niemand war in der Lage sich zu rühren. Alle saßen sie wie erstarrt. Nur mit den Augen vermochten sie der Gestalt folgen.

An der Wiege des Mädchens blieb sie stehen. »Verzeiht, wenn ich störe«, ihre Stimme klang melodisch, fast einschmeichelnd, »ich bin die Dame des Walds der Träume und der Märchen.«

Sie fügte eine Pause ein, die sie zu einer leichten Verbeugung gegen das Königspaar nutzte.

»Wenn sie fünfzehn sein wird«, sie drehte den Kopf in Richtung der Wiege, in der die kleine Rosalia weiterhin friedlich schlief, »wird sie, dank ihrer familiären Bindungen, über die Macht verfügen, auch meinen Wald zu beherrschen. Ihr werdet sicherlich verstehen, dass ich das nicht dulden kann.«

Mit einem plötzlichen Ruck riss sie beide Arme in die Höhe und sprach mit lauter, sonorer Stimme:

»Es schwirrt der Pfeil, der Knochen bricht,
Das Messer schneidet, die Nadel sticht,
Was immer dich auch wird ereilen,
Nur fünfzehn Jahr wirst du hienieden weilen.«

Sie ließ die Arme sinken, drehte sich langsam um und strebte dem Ausgang entgegen, wobei es den Eindruck erweckte, als würde sie schweben.

Kaum hatte sie den Saal verlassen, erhob sich ein wirres Durcheinander von Stimmen und Wehklagen, Zornesausbrüchen und Verwünschungen gegen die Hexe. Eine solche war es zweifelsfrei gewesen, behauptete der Bischof. Er war nachdem die Dame des Waldes, wie sie sich genannt hatte, auf die

Knie gesunken und betete unablässig das Vaterunser.

Der Lärm ebbte abrupt ab, als die Tür des Thronsaals erneut geöffnet wurde. Diesmal allerdings langsam, fast zögerlich. Aber, jetzt kam niemand herein. Oder doch?

Platsch, platsch, platsch, ein recht großer grüner Frosch hüpfte mit gewaltigen Sprüngen auf die Wiege zu, und zum Erschrecken aller, direkt in sie hinein.

Der König schrie auf und eilte auf sein Kind zu. Gefolgt von einer Anzahl Höflingen, die offensichtlich hofften, die Gunst ihres Herren zu erringen, indem sie es mit einem Frosch aufnahmen. Nur die Königin rührte sich nicht. Sie hatte den Frosch im Bad nicht vergessen. Wie konnte sie dass auch?

»Scheucht das Vieh dort heraus!«, schrien die Angreifer aufgeregt, blieben jedoch wieangewurzelt stehen, als eine laute schnarrende Stimme aus der Wiege schallte. »Haltet ein ihr Narren, quak. Es ist bereits genug Schaden angerichtet, quak.«

Niemand wagte es, sich zu rühren.

»Quak, Es tut mir leid, ich kann es nicht abwenden.« Das folgende quaak, klang sehr traurig, »ich vermag es nur zu schwächen, quak. Tut mir leid, quak.«

Langsam ließ er sich auf der kleinen Rosalia nieder, die von dem Lärm erwacht war und den Frosch mit diesen Augen, die den seinen so ähnlich waren, anschaute. Sie schlang ihre Ärmchen um ihn und lachte laut und jauchzend, wie es nur Babys können.

Der Frosch aber sprach:

»Tapferkeit und Mut sollen stärken dir das Herz,
Quak.
Fern von dir sollen bleiben, quak, Krankheit Not und Schmerz.
Es schwirrt der Pfeil, der Knochen bricht,
Das Messer schneidet, die Nadel sticht,
Was immer dich auch wird ereilen,
Fünfzehn Jahr wirst du hienieden weilen, quak.
Dann schläfst du unentdeckt,
Bis zur rechten Zeit, dich der Rechte weckt.«
Wie, um seinen Bannspruch zu bestätigen, quakte er dreimal laut und hüpfte aus der Wiege. Allerdings nicht ohne das Mädchen vorher mit dem breiten Maul auf der Stirn zu berühren. Es sah aus, als würde er sie dort küssen.

Kaum hatte sich die Tür hinter dem Frosch geschlossen, begann erneut eine lautstark geführte Diskussion, die jedoch nur zu einem Ergebnis führte: Die festliche Stimmung war dahin und das Fest zu Ende.

Fast fünfzehn Jahre waren seit jenem schicksalhaften Tag vergangen und aus dem Baby »Röschen«, war die Prinzessin Rosalia geworden. Sie war recht hübsch mit ihren langen schwarzen Haaren, dem schön geformten Mund und der ebenmäßigen Nase. Wenn da nicht die Augen wären. Froschaugen. Grün und hervorstehend wie bei einem Frosch. Einige Bedienstete munkelten, sie könne mit ihnen sogar nach hinten sehen. Ob das zutraf, vermochte allerdings keiner mit Bestimmtheit zu sagen und niemand getraute sich, sie danach zu fragen.

Die Prinzessin war leicht reizbar.

Sie hatte eine exzellente Schulbildung bei verschiedenen Lehrern genossen, verstand es ausgezeichnet, mit dem Bogen und dem Schwert umzugehen, und konnte mehrere Sprachen sprechen. Durch ihre ungekünstelte Art, war sie zum Liebling aller Bewohner der königlichen Burg geworden.

Eigentlich erinnerte sich kaum noch jemand an den Fluch.

Aber er sollte er in Erfüllung gehen, und zwar genau zu ihrem fünfzehnten Geburtstag.

Die Prinzessin hatte sich ein Bogenschießwettbewerb gewünscht, an dem die besten Schützen des Königreichs teilnehmen sollten.

Schon am frühen Nachmittag stand sie als Siegerin fest. Ein Schuss jedoch musste noch getan werden. Dabei war es egal, wie sie traf. Der Sieg war ihr nicht mehr zu nehmen.

›Hatten die Anderen sie mit Absicht gewinnen lassen, weil sie die Prinzessin war, oder gar wegen ihres Geburtstags?‹ Sie verwarf den Gedanken und konzentrierte sich.

Als sie die straff nach hinten gespannte Sehne von ihrer Hand gleiten ließ, schnellte diese mit einem ›Ratsch‹ vor und katapultierte den Pfeil auf die weit entfernte Scheibe. Genau auf deren Mitte mit dem roten Kreis zu. Ein triumphierendes Lächeln stahl sich auf ihre Lippen. Die Wangen glühten vor Eifer.

Aber was war das? Kurz bevor er einschlug, machte der Pfeil wie von Geisterhand gesteuert kehrt und kam zurückgeflogen. Ehe die ungläubig dastehende Prinzessin sich rühren konnte, hatte er sie erreicht und durchschlug ihr die Brust.

Mit vor Staunen geöffnetem Mund und weit aufgerissenen Augen sank sie zu Boden.

Niemand rührte sich vor Entsetzen, aber dann geschah es. Einer nach dem Anderen fiel ebenfalls hernieder. Nicht nur auf der Wiese, sondern auch im Schloss. Der König, die Königin, die Bediensteten fielen um, als hätte sie alle gleichzeitig der Schlag getroffen. Stille zog ein und sie blieb.

Jahr für Jahr, Jahrzehnt für Jahrzehnt Jahrhundert für Jahrhundert.

Es dauerte nicht lange und dichte Rosenbüsche wucherten die Burg und das umliegende Land zu. Selbst der Bergfried samt der Wetterfahne verschwanden unter dornigem Gestrüpp.

So wie sich die Rosenhecken um die Burg rankten, rankten sich die Legenden um die Prinzessin. Mit jedem verstrichenen Jahrzehnt wurde sie in diesen Geschichten schöner und reicher.

Prinzen aller Herrenländer versuchten sich darin, das Gestrüpp zu durchdringen, um die Prinzessin zu erlösen. Den Meisten ging es dabei eher um deren Vermögen und das Königreich, als um die Wiedererweckung der jungen Frau. Egal, sie verendeten alle jämmerlich an den Dornen und wurden nie wieder gesehen.

Allmählich blieben die Prinzen aus. Es gibt derer ja nicht unendlich viele und die Prinzessin Rosalia, die von den Menschen nur noch Dornröschen genannt wurde, geriet im Lauf der Zeit in Vergessenheit. Bestenfalls in einigen Märchen tauchte sie hin und wieder auf.

Nach dem Verschwinden des Königshauses folgten bewegte Jahre.

Die Höflinge des Königs, die Meisten waren Grafen oder Fürsten, begannen gegeneinander Kriege zu führen. Jeder wollte das Reich regieren, aber keinem gelang es.

Nur die Bauern und Landarbeiter verarmten immer mehr. Hunger und Krankheiten machten sich breit. Das Land verödete.

Da hatte ein mittelloser Junker die Idee, die Bauern um sich zu scharen und gegen diesen Adel zu Felde zu führen. Er wollte der Not der Bauern tatsächlich ein Ende setzen.

Die armen Menschen hatten nichts zu verlieren und gewannen eine Schlacht nach der Anderen. Die Prinzessin lag in der Rosenhecke und schlief.

Als die letzten Fürsten und Grafen vertrieben oder hingerichtet worden waren, beschlossen die Bauern und einfachen Leute, ihre Geschicke in die eigenen Hände zu nehmen und sich selber eine Regierung zu wählen. Eine ohne Lust auf Kriege. Die Prinzessin lag in der Rosenhecke und schlief.

Harry Sonnenschein war ein Farbiger. Den Namen, der so gar nicht zu seinem Äußeren passen wollte, hatte er von Emil und Frieda Sonnenschein erhalten. Das kinderlose Ehepaar hatte ihn, im Jahre 1995, in Afrika, adoptiert. Da er seine Eltern nicht kannte, gab es für ihn keinen Unterschied zu leiblichen Eltern. Außer eben, dass er farbig war.

Allerdings trifft es farbig nicht ganz, er war eher dunkelbraun. Früher sagte man einfach Neger. Da war man im Bilde, wer gemeint war. Heute tut man das nicht mehr und das verkompliziert die Sache erheblich. Dabei hatte Harry Sonnenschein eigentlich nichts dagegen, wenn man ihn Neger nannte, oder einen Mohren, was sehr lustig klingt.

Nigger konnte er nicht leiden. Das sagte aber kaum jemand, denn Harry Sonnenschein war Kickboxer und das war bekannt. Außerdem war er der jüngste Abgeordneter im Stadtparlament. Einer von jenen, die auch mal zupackten, wenn es nötig war; selbst bei unliebsamen Dingen oder solchen, mit denen eher kein Ruhm zu ernten war.

Diesmal ging es ihm um eine alte Sage. Immer wieder hatte es Anfragen im Parlament zu dem Dornengestrüpp am Rande der Stadt gegeben. unerklärlicherweise hatte bislang niemand den Versuch unternommen, jenen Anfragen nachzugehen. Dem Vernehmen nach musste dieses Gestrüpp seit hunderten von Jahren dort ungehindert wachsen und es sollte eine richtige Burg darin verborgen sein. Was Märchen eben so erzählen. Da solche Anfragen immer wieder auftauchten, sah Harry es als seine Verpflichtung an, dem mal nachzugehen.

Der junge Herr Abgeordnete bewaffnete sich also mit einer Kettensäge, die er eigens zu jenem Zwecke in einem Baumarkt entliehen hatte, stieg in sein kleines Auto (kein Dienstwagen) und fuhr zu dem besagten Gewächs. Es war ein trüber Tag und es nieselte. Sozusagen, ein Wetter zum zuhause bleiben.

Er parkte den Wagen vor dem Gebüsch und gestand sich ein, beeindruckt zu sein. Sie war riesig, diese Hecke. Schier undurchdringlich. Millionen rosafarbener Blüten erzeugten einen schweren Duft. Der schien einzig und allein dazu zu dienen, jeden davon abzuhalten auf das Dornengestrüpp zuzugehen. Bei den Meisten war die Wirkung dergestalt, dass sie es einfach ignorierten, als ob es gar nicht vorhanden wäre. Genau das geschah auch dem abgeordneten Sonnenschein.

Kaum, dass er ausgestiegen war und die geliehene Kettensäge zur Hand genommen hatte, stellte er sich die Frage, was er überhaupt hier wollte. Er legte die Kettensäge zurück in den Kofferraum, stieg in sein Auto und fuhr wieder davon.

Allerdings nur hundert Meter, dann erinnerte er sich. Die Anfrage im Parlament. Er wollte nach der Sage der alten Burg forschen. Er wendete den Wagen, fuhr zurück und griff erneut zur Kettensäge. Diesmal wappnete er sich innerlich gegen diesen Zauber und ging auf die Hecke zu.

Abermals bemerkte er ein Gefühl der Unsicherheit bei dem, was er zu tun beabsichtigte. Allerdings ließ er sich nicht nochmals einlullen. Er setzte die Säge an und ratsch ratsch, waren die ersten Äste abgeschnitten.

Schneller als gedacht hatte er einen grünen Tunnel von etwa zwei Meter Länge in das Dickicht gesägt. Da bemerkte er, dass die einzelnen Äste scheinbar allein vor ihm zurückwichen und den Tunnel, immer mehr erweiterten.

Ein wenig verwirrt war Harry Sonnenschein, als er auf die erste Ritterrüstung traf, die im Gewirr einiger Zweige hing. Er schob das Visier des Helms hoch und schrie erschrocken auf, als er in die leeren Augenhöhlen eines Totenschädels blickte. Der hier war seit Jahrhunderten tot. Gefangen im Dornengestrüpp.

Als er auf den Zweiten traf, vermied er es dessen Visier hochzuheben. Er schüttelte nur den Kopf und folgte, ohne dem Toten Beachtung zu schenken, diesem Tunnel.

Nachdem er an einigen weiteren steckengebliebenen Rittern vorbeigekommen war, gelangte er auf eine sonnendurchflutete Lichtung.

Sofort fragte er sich, warum hier die Sonne schien. Eben hatte es doch noch geregnet. Er verzichtete jedoch darauf, diesem Phänomen auf den Grund zu gehen, denn seine Aufmerksamkeit wurde von einer durchsichtigen Kuppel inmitten der Lichtung gefesselt. In ihr lag eine weitere tote Gestalt. Die trug allerdings keine Rüstung, sondern ein extrem altmodisches roséfarbenes Kleid.

Vorsichtig, die Kettensäge wie ein zweihändiges Schwert haltend, ging er auf diese Merkwürdigkeit zu. Als er die durchscheinende Kuppel erreicht hatte, gab sie einen leisen, singenden Ton von sich und schob sich zur Seite.

Harry Sonnenschein hatte es aufgegeben sich über irgendetwas zu wundern und zuckte bei dieser Bewegung nur leicht zusammen. Er ließ sich neben der Gestalt im rosa Kleid auf die Knie sinken und legte die Kettensäge ins weiche Gras.

»Ein Mädchen«, stellte er überflüssigerweise fest.

Es sah aus, als würde sie schlafen. Er befühlte mit der Hand ihre Stirn. Sie war warm, aber nicht heiß. Als er auf ihren nicht unbeträchtlichen Busen, den das Dekolleté nur notdürftig verdeckte, starrte, gewahrte er, dass dieser sich hob und senkte.

Sie atmete, also lebte sie, schlussfolgerte Harry Sonnenschein messerscharf.

Aus einschlägiger Märchenliteratur wusste er, dass man schlafende Mädchen, namentlich Prinzessinnen, wachküssen musste.

Er riss also seinen Blick von dem Busen fort und besah sich ihren Mund.

Die Lippen waren leicht geöffnet und strahlten einen verführerischen Glanz aus.

Hatte sie einen vergifteten Apfel verschluckt?

Egal, er küsste sie. Ein wenig zaghaft erst, als nichts geschah, heftiger.

Wieder nichts.

Er betrachtete sie erneut. Ein Pfeil hatte sie durchbohrt und steckte knapp unterhalb der Brust in ihrem Leib.

Was tut man denn damit? Rausziehen oder steckenlassen. Er wusste, dass es eigentlich falsch war, jedoch entschied er sich für das Erstere. Er zog den Pfeil mit einem Ruck heraus.

›Wie sie sehen, sehen sie nichts‹, dachte er enttäuscht, hatte aber gleichzeitig das Gefühl, beobachtet zu werden. Ein großer Frosch saß ihm gegenüber und starrte ihn an. Er blinzelte mit seinen runden grünen Froschaugen, gegen die Sonne.

Das Mädchen, das sich bis eben nicht gerührt hatte, sprang

auf, stieß einen spitzen Schrei aus und schrie entsetzt: »Ein Mohr! Schafft mir diesen Mohren fort!«

Obwohl der Abgeordnete sich außerordentlich erschrak, dachte er: ›Sie hat, die Augen eines Froschs.‹ Er konnte Frösche nicht leiden. Diese hüpfenden und wabbelnden Viecher mit den breiten Mäulern.

Die da allerdings hatte kein breites Maul, musste er sich eingestehen. Sie hatte einen ausgesprochen hübschen Mund. Er musste es schließlich wissen, denn er hatte ihn ja bereits geküsst. Dann fiel ihm ihr Busen ein und er konzentrierte seinen Blick erneut auf ihr Dekolleté, was ihn sichtlich beruhigte.

Schließlich glitt das forschende Auge des Abgeordneten über ihre Gestalt. Sie war sehr schlank. Das konnte er sehen, denn sie trug ein Kleid mit eng anliegendem Oberteil, das von der Taille an weit auseinanderlief und mit aufwendigen Spitzen verziert war.

Er konnte nichts dagegen tun. Sein Blick huschte gegen seinen Willen wieder zu ihren Augen. Erneut zuckte er zusammen. Weit hervorstehend, grün mit stechendem Blick, musterten sie ihn.

Prinzessin Rosalia hatte schon von Mohren gehört, wenngleich sie auch noch keinem begegnet war.

»Wilde aus fernen Ländern«, hatten ihre Lehrer gesagt. Einige sollen sogar Menschenfresser sein.

›Der hier sieht nicht aus wie ein Menschenfresser‹, dachte sie, betrachtete seine Kleidung und kam zu dem Schluss: ›ein

Gärtner, vielleicht auch Küchengehilfe.‹

»Was macht er hier in meinem Garten?«, fuhr sie ihn an.

»Wer?«

»Er, wer sonst? Sieht er hier vielleicht noch jemanden anderes?«

Harry Sonnenschein drehte den Kopf hin und her und schüttelte in dann.

»Nö, wir sind allein, niemand da.« Auch der Frosch war inzwischen verschwunden. ›Vielleicht war es ihm zu langweilig‹, dachte Harry.

Die Prinzessin zwinkerte verwirrt und Harry Sonnenschein, der Mohr, stellte verwundert fest, dass er bereits ganz normal in diese Augen schauen konnte, ohne dass ihm übel wurde.

»Will er mir nun endlich antworten, was er hier treibt?«, forderte die Prinzessin erneut.

Harrys Gedanken überschlugen sich. Die Kleidung, die merkwürdige Aussprache, na ja und diese Sage von Dornröschen und dem Schloss. Das dort war die Prinzessin und sie hatte hunderte Jahre geschlafen.

Er beschloss, in die Offensive zu gehen.

»Du bist die Prinzessin, nicht wahr?«

Er sah, Zorn in ihr emporsteigen. Aber sie beherrschte sich und antwortete mit einem Knappen, »Jawohl.«

Er nickte. »Du hast einige hundert Jahre geschlafen.«

Sie riss erschrocken die Augen auf.

Er hingegen dachte: ›Jetzt fallen die Dinger raus.‹

Aber sie fielen nicht heraus.

»Mehrere hundert Jahre?«, hauchte sie ungläubig.

Er nickte. »In dieser Zeit ist viel geschehen. Für dich das Wichtigste, es gibt kein Königreich mehr. Selbst der letzte König ist lange tot. Niemand weis, wo er abgeblieben ist. Es gab. Kriege unter den Adligen. Schließlich sind sie vertrieben worden und seitdem ...«

»...Herrschen die Mohren«, unterbrach sie ihn mit ehrfurchtsvollem Entsetzen.

Jetzt musste der Abgeordnete lachen. »Nein leider nicht. Außerdem nennt man uns nicht Mohren, sondern Farbige.«

»Ach was, gibt es euch auch in Grün und Blau?«

»Nein natürlich nicht. Nur in Braun. Mal heller und mal dunkler.«

Sie schürzte ihre Lippen. »Schade, also doch bloß Mohren. Was macht er hier? Ist er der Gärtner?«

»Nein, ich bin nicht der Gärtner, ich bin Abgeordneter im Stadtparlament und eigens gekommen, um dich aufzuwecken.«

Wieder sah er die Zornesröte in ihrem Gesicht aufsteigen, ließ sich aber diesmal nicht unterbrechen. »Kannst du dir vorstellen, Prinzessin, dass in diesen vielen Jahren einiges anders geworden ist?«

Sie überlegte kurz und nickte zaghaft, nun sichtlich eingeschüchtert. »Weißt du, was aus meinen Eltern und all den Leuten bei Hofe geworden ist?«

»Du kannst dich ja hier umsehen.«

Sie sah auf die Dornenbüsche, die die Burg dicht umwucherten. »Besser wohl nicht.«

»Gut«, fuhr er fort, »ich bin gekommen, um dir diese neue Welt zu zeigen, und dich so lange wie nötig, vor ihr zu schützen.«

Er hörte seine Worte, konnte jedoch nicht glauben, dass er es war, dem sie aus dem Mund quollen. War er denn völlig verrückt geworden? Was sollte er mit ihr anfangen? Aus dem Dornengestrüpp meinte er, einen Frosch quaken zu hören.

Der schön geschwungene Mund der Prinzessin verzog sich zu einem Lächeln. »Das ist nett von ihm, ich werde in seiner Schuld stehen.«

»Ja so bin ich nun mal«, sagte er resigniert. »Du musst mir etwas versprechen, erzähle niemals jemandem, wer du bist und schon gar keinem von der Presse.«

»Was ist Presse«, fragte sie und folgte ihm in Richtung Straße. Harry Sonnenschein antwortete nicht, weil er grade den Eindruck hatte, der Tunnel wäre in der Zwischenzeit kürzer geworden. Fast so, als hätte die Hecke angefangen zu schrumpfen.

›Wenigstens eine parlamentarische Anfrage erledigt‹, dachte er, dann hob er die Prinzessin vom Bürgersteig auf, wo sie ohnmächtig zusammengebrochen war, als die erste Kutsche ohne Pferde an ihr vorbeigedonnert war.

Die Reifen des Autos hatten den großen Frosch, der gleichzeitig mit ihnen aus der Hecke gekommen war und in weiten Sprüngen die Straße überquert hatte, nur knapp verfehlt.

›Wie soll ich das meiner Mutter erklären?‹, dachte er, als er sein kleines Auto startete. Die ohnmächtige Prinzessin hatte er auf den Beifahrersitz bugsiert. Keine einfache Angelegenheit, mit diesem langen unförmigen Kleid.

 Dann fiel ihm noch etwas ein. Er hatte die Kettensäge vergessen. ›Das ist jetzt auch egal‹, dachte er.

Und wenn sie niemand gefunden hat, dann liegt sie heute noch da.

Aber das ist nun wirklich unwahrscheinlich.

Der Steinmetz

Ein Steinmetz schlägt ein Vögelein
aus einem großen Stein.
Er stellt sich´s schon im Geiste vor,
es wird sehr zierlich und sehr klein.

Die Fachwelt und die Presse,
die warten schon gespannt,
denn dieser Steinmetz ist,
für seine Kunst bekannt.

Man munkelt schon in Kennerkreisen,
dieses Vogeltier,
soll dem Handwerk neue Richtung weisen,
zu seinem Ruhm allhier.

So meißelt nun der Steinmetz,
mit gekonntem Griff,
er meißelt so sein Lebenswerk,
ein Vögelchen mit pfiff.

Darauf vergehen viele Wochen
mit Arbeit und mit Schweiß,
stets hört man den Meister pochen,
am Vogel, wie man weis.

Endlich war das Werk vollbracht,
es lag in seiner Hand,
das war gestern um halb acht,
nie hat man Schöneres gekannt.

Da war nur eine Kleinigkeit,
die ihm noch nicht gefällt,
nur ein letzter Hammerschlag,
dann wirds ausgestellt.

Ein Hammerschlag, der Meister schreit,
ein Flügel bricht entzwei,
hier lag es wie im Leben oft,
Am Fehler im Detail.

Die Prinzessin und das Zepter der sieben Bewahrer

Prinzessin Violetta schlug die Augen auf. Etwas hatte sie geweckt. Sie lauschte in die Dunkelheit ihres Gemachs. Ein unschönes Gefühl beschlich sie. War es Furcht? Beklemmung? Sie konnte es nicht deuten, doch da war etwas Fremdes um sie herum; etwas Feindliches.

Corvus die Krähe, schlief auf dem Balken über dem Bett und hatte den Kopf unter das Gefieder gesteckt.

Angestrengt in die Dunkelheit lauschend stand Violetta auf und bewegte sich tastend zur Tür. Sie öffnete sie und betrat den Flur. Es war still im Schloss. Nur das Ticken einer Wanduhr war aus einem der Zimmer zu hören.

Die Prinzessin ging den Gang entlang, bis sie die Treppe, die in den Thronsaal führte, erreicht hatte. Hier war es eisig. Frösteln zog sie das dünne Nachthemd über der Brust zusammen. Durch einen nicht verschlossenen Fensterladen drang ein wenig Mondlicht herein. Sie vermeinte, unten im Saal schemenhaft die Umrisse eines Schattenwesens erkennen. Gänsehaut überzog ihre Arme und sie spürte, wie die Härchen auf der Haut sich aufrichteten. Zögernd begann sie die Stufen hinab zu steigen. Dieses Etwas dort hatte die undeutliche Gestalt einer Raubkatze. Oder war es ein Wolf? Sie verschwamm ständig und schien sich zu verändern. War nicht zu erfassen.

Schritt für Schritt, einen Fuß vor den anderen setzend, kam sie der Erscheinung näher. Die betrachtete sie mit glutroten

Augen und geneigtem Kopf.

Violetta verharrte. Das Tier oder was immer es war, begann sich zu bewegen und kam seinerseits auf sie zu. Die Prinzessin wich einen Schritt zurück. Im gleichen Augenblick hatte sie das Gefühl im Erdboden zu versinken. Der Raum begann sich zu drehen. Der Prinzessin schwanden die Sinne und sie sank zu Boden.

Als sie wieder zu sich kam, fand sie sich in einer Schlucht wieder, umgeben von Bauwerken mit glatten gläsernen Fassaden, höher als jeder Riese. Es stank entsetzlich. Menschen mit starren Blicken hasteten an ihr vorüber. Nur wenige schauten sie kurz und dann zumeist verwundert an. Glänzende Kutschen ohne Pferde rasten dröhnend an ihr vorbei, hielten, fuhren weiter, verursachten neue Lautheit. Eine Kakofonie des Wahnsinns. Wo waren hier die Bäume, die Wiesen, die Vögel? Wo war eigentlich der Himmel?

Sie riss den Kopf in den Nacken und starrte an den gläsernen Wänden empor. Ganz weit oben flog dröhnend ein silberner Vogel, ohne seine Flügel zu bewegen, vorbei.

Sie hielt sich die Hände an die Ohren um den Lärm zu dämpfen und begann zu schreien, aber sie konnte den eigenen Schrei, in dem fremden Lärm nicht hören.

Eine silberhelle Kugel schoss knisternd an ihr vorbei und schlug mit einer grellen Lichtexplosion in jenes fremde Wesen, das noch immer vor ihr stand, ein.

All das Grauen, das sie noch eben umgeben hatte, verschwand so plötzlich, wie es gekommen war. Ein Strudel riss sie nach oben. Im Halbdunkel gewahrte sie, dass sie an den neun Musen vorbeiflog. Sie standen wie erstarrt auf neun steinernen Säulen inmitten eines herrlichen Palastes.

Als ihr Flug kurz darauf endete, fand sie sich im Saal ihres Schlosses wieder. Die Prinzessin schaute in die Richtung, aus der die silberne Kugel geflogen gekommen war. Eine Frau, ebenfalls in einem Nachtgewand, stand am oberen Ende der Treppe. Sie hielt einen Stab in der Hand, dessen Spitze orangefarben leuchtete.

»Alles in Ordnung Hoheit?«, fragte sie.

»Ja. Alles in Ordnung. Was war das?«

Die Frau blickte auf das Schattenwesen, das nun auf dem Boden lag und in einem dunkelroten Nebel verschwand.

»Ein Schattendämon, ein höchst gefährliches Wesen. Es kam anscheinend aus der Anderswelt.«

»Aus der Anderswelt? Ist das so etwas wie die der Dunkelheit?«

»Nein, schlimmer, viel schlimmer«, antwortete sie.

»Früher waren wir vereint. Sophokles, Alexandros, Homer, Äsop oder Dante. Sie beflügelten uns alle. Solange, bis die Menschen begannen einem neuen Gott zu dienen, ›Mammon‹. Heute schreiben millionen von eingebildeten Dichtern, selbst wenn sie kaum das Lesen und Schreiben beherrschen, ihre kranken Fantasien nieder und nennen es Literatur. Menschen, die weder Noten kennen, noch ein Gefühl für Takt haben, nennen sich Musiker. Alle warten, dass eine der Musen sie küsst. Sie werden es nicht tun, denn diese Leute schreiben und komponieren nicht für die Seele, sie tun es für Geld. Das allerdings verdienen andere. Denn Kunst kommt von Können und das muss man lernen. Auch Talent gehört natürlich dazu, aber dass ist der kleinste Anteil. Nun wollen sie uns die Musen rauben und sie und uns in die Anderswelt ziehen. Dieser Niedergang muss verhindert werden. Deshalb haben deine Eltern zu ihren Lebzeiten die Bewahrer ernannt und haben sie mit Macht ausgestattet. Nur sie können das Schlimmste verhindern, solange sie sich ihres Auftrags bewusst sind.«

»War dies hier, das einzige Wesen von dort oder gibt es im Schloss mehr davon?«

Die Frau schien kurz zu überlegen, bevor sie sagte: »Bis jetzt scheint es das Einzige gewesen zu sein, aber ich fürchte, das wird nicht lange so bleiben. Gefahr droht uns allen.«

»Ich habe die Musen gesehen. Sie standen wie versteinert auf Säulen.«

Die Frau erschrak sichtlich. »So weit ist es schon?«

»Was kann ich tun?«, fragte Violetta.

Die Frau senkte ihren Blick. Sie zögerte, als fiele ihr die Antwort schwer.

Die Prinzessin sah fordernd zu ihr empor. »Die Bewahrer, habe ich recht?«

Die Andere nickte kaum wahrnehmbar. »Es ist so lange her, dass sie berufen wurden.« Ihre Stimme war fast ein Flüstern. »Nie sind sie gefordert worden. Niemand kann sagen, ob sie sich von ihrer Macht trennen werden. Du wirst dich in Gefahr begeben müssen.«

Das Mädchen stieg die Treppe hinauf und legte der Frau eine Hand auf den Arm. »Ich bemühe mich vorsichtig sein Fabula, versprochen«, sagte sie.

Dann ging sie zu ihrem Gemach zurück, setzte sich dort auf die Kante des Betts und verharrte reglos, bis ein grauer Streifen Lichts den beginnenden Tag ankündigte.

›Ich fürchte, dass mir nicht alle Bewahrer bereitwillig helfen werden‹, dachte sie. Dann erhob sie sich, lief zum Fenster, zog die Vorhänge auf und zeichnete mit den Fingern eine Sonne auf das Glas. Drei Strahlen gelben Lichts fielen in das Zimmer und wandelten sich dort zu einem Mädchen mit sonnengelben Haaren und auffallend blauen Augen. Musik erklang wie aus himmlischen Sphären. Harfen, Geigen, Posaunen und Schalmeien. Das blonde Mädchen, oder war es eine Frau, wiegte sich zart im Rhythmus der Klänge.

Die Prinzessin, noch immer nur mit dem Nachtgewand bekleidet, sank auf die Knie und schaute zu der von einem goldenen Schein umgebenen Gestalt hinauf. »Euteria, Bewahrerin der Musik und der Wärme, ich brauche deine Hilfe.«

Statt einer Antwort hob Euteria eine Flöte an die Lippen. Zarte Töne voller Harmonie und Poesie schwangen aus dem Instrument empor und drangen tief in Herz und Seele, der vor ihr knienden Prinzessin, ein. Auch sie hatte, wie Euteria die Augen geschlossen und wiegte sich im Reigen der Musik. Nichts von den Sorgen und der Last ihrer Aufgabe war mehr zu spüren, bis Euteria die Flöte absetzte und Stille in dem Gemach einkehrte.

»Ich kann mir denken, worum es geht«, erwiderte die Bewahrerin mit leiser Stimme. Sie hob ihre Arme in Richtung des Fensters, wo die Sonne sich anschickte, aus den Tiefen des Firmaments, neu zu erstehen. Ein Schwall glitzernder Sterne schwebte herein. Sie formten sich in Violettas Hand zu einem goldenen Stab, auf dessen Spitze ein klarer Kristall, wie ein Diamant funkelte. »Vereine die Macht aller Bewahrer in ihm«, sagte sie.

»Hab' Dank, edle Euteria.« Die Prinzessin neigte ihr Haupt bis zum Boden.

Als sie wieder aufschaute, war sie allein in dem Gemach. Dort, wo noch eben die Bewahrerin gestanden hatte, hatte die Morgensonne einen Kreis von Licht auf den Teppich gezaubert.

Violetta fieberte nun vor Tatendrang und Ungeduld. Dennoch zwang sie sich zur Ruhe. Sie durfte nichts übereilen.

Einige Zofen halfen ihr beim Ankleiden und kämmten ihr schwarzes Haar, bis es seidig glänzte und in losen Wellen auf ihre Schultern fiel.

Dann ging sie nach draußen, umrundete das Schloss, bis sie an die Treppe des Schlossgartens gelangte. Das goldene Zepter Euterias fest in der schmalen Hand.

Sie stieg hinunter, durchquerte den Garten und näherte sich dem Schlossteich. Ihr Herz begann ein wenig schneller zu schlagen.

Als sie mit den Füßen fast das Wasser berührte, ging sie in die Hocke und malte mit dem Zepter ein Gebilde in den Sand. Es sah aus wie ein Tropfen. Oder war es ein Herz?

Nur wenige Lidschläge später schlugen heftige Wellen an das Ufer. Die Prinzessin machte einen erschrockenen Satz nach hinten, sonst wären ihr die Schuhe und das rosa Kleid ruiniert gewesen.

Eine Gestalt streckte den Kopf aus dem See empor. Ein Mädchenkopf mit langen grünen Haaren. Der See wurde ruhig; kein Vogel sang, keine Libelle flog. Weiter und weiter entstieg sie dem Wasser, bis sie gänzlich auf dem See zu stehen schien. Ihr Körper war von tropfenden Algen, wie von einem wallenden grünen Kleid bedeckt.

Die Strahlen der Sonnen funkelten golden auf dem Wasser, Musik setzte ein, diesmal kräftiger und schneller als bei Eutheria. Erst wiegte sie sich nur im Takt, dann fing sie an zu tanzen. Wild wie im Rausch, schwebte sie über dem Wasser dahin. Drehte sich wie im Wirbel und sprang, als würde sie fliegen.

Jäh brach sie den Tanz ab. Mit einem Plektron brachte sie nun die Seiten einer Lyra zum Klingen und ein Chor, wie aus himmlischen Gestaden begann zu singen.

»Es schlafen der Gebirge Gipfel und Täler,

Klippen und Schluchten hienieden auf Erden,

Und der Wald und alle Wesen,

Die von der schwarzen Erde genährt werden,

Und die Tiere, die in den Bergen ihr Lager haben

Und der Bienen Geschlecht in ihren Waben,

und die Wesen in den Tiefen der purpurnen See,

Es schlafen die Völker der flügelbreitenden Vögel.«

Abermals sank die Prinzessin auf die Knie. Diesmal achtete sie nicht auf ihr Kleid. »Terpochora, Bewahrerin des Tanzes und des Chorgesangs, der Flüsse und der Seen. Ich bitte dich, und Acheloos, deinen Gatten, ich brauche eure Hilfe.«

»Ah Prinzessin Violetta, schön seid ihr geworden.« Sie sprach langsam und mit dunkler Stimme, der man anhörte, dass sie sie nicht oft gebrauchte. »Was veranlasst euch, mich aus den Tiefen meiner Heimat, an den Odem des hellen Tages zu rufen?«

Sie erzählte ihr von jener geheimnisvollen nächtlichen Begegnung mit dem Wesen aus der Anderswelt und fügte, einer Eingebung folgend hinzu: »Die Vögel in der Luft, die Fische in den Seen und Flüssen, alle sind in Gefahr.« Sie tat das, weil sie wusste, dass Acheloos, ihr Gatte, der Mächtigste der Flussgötter war.

›Sicherlich kann ein bisschen Hilfe zusätzlich nicht schaden‹, dachte sie.

Die Bewahrerin schwieg lange, schien in sich hineinzulauschen, wiegte das Haupt hin und her, bis sie sprach: »Ihr seid mutig, schöne Prinzessin. Acheloos sagt, er weis nichts von euch. Aber er sagt auch, dass ihr Recht habt, wenn ihr meint, dass wir alle in Gefahr sind. Das Licht im Tempel der Musen ist bereits erloschen. Wir werden euch helfen. Vielleicht ist das ja hier, das Richtige.«

Der Kristall an der Spitze des goldenen Zepters leuchtete auf und eine Muschel war darin zu erkennen.

»Dank dir, herrliche Terpochora und dir göttlicher Acheloos.«
Violetta, die noch immer auf den Knien war, neigte ihr Haupt
bis auf den Sand des Ufers. Er war feucht und kühl.
»Die Muschel enthält die Kraft des reinen Wassers«, gurgelte
die Bewahrerin und ließ sich langsam in die Tiefe sinken.
»Danke«, sagte die Prinzessin erneut und erhob sich. Auf dem
Rückweg überlegte sie, wen sie als nächstes um Hilfe bitten
sollte.
Kloido, Bewahrerin der Dichtkunst, fiel ihr ein.
Violetta verlies den Schlossgarten und begab sich auf den
Weg zu Kloidos Burg. Sie liebte die Abgeschiedenheit um all
den Helden und Göttern, die sie in ihren Werken zum Leben
erweckte, einen passenden Rahmen zu bieten, ohne gestört
zu werden. Auch nannte sie so manch Geheimnis ihr eigen.
Violetta lief den Pfad hinauf, der in den großen Wald führte.
Bald hatte sie ihn erreicht und je höher sie kam, desto finsterer
und dichter wurde er, bis die Bäume ihr, wie ein natürlicher
Vorhang, jegliche Sicht versperrten. Nur unter Mühen konnte
das schlanke Mädchen sich hindurchzwängen. Hier sang kein
Vogel mehr und blühte keine Blume. Ein einsamer Schrei
hallte durch das Dickicht und dann stand sie vor der Umfas-
sungsmauer der Burg. Das Tor, ein Stück entfernt, stand weit
offen.
Sie vermutete, dass es sinnlos war, sich still zu verhalten.
Kloido wusste längst, von ihrer Anwesenheit.
Sie durchquerte das Burgtor, spürte, wie ihr Herz in der Brust
schlug. Nur allzugut war ihr in Erinnerung, dass sich unter

ihren Füßen eine Falltür befand. Klappte sie auf, wollte die Bewahrerin sie nicht sehen. Sie würde direkt in eine Grube mit Bestien fallen, wie sie sich nur eine kranke Fantasie ersinnen konnte, eben Kloido.

Violetta atmete auf, als sie den Hof unbeschadet erreicht hatte. Hier war es grabesstill. Sie überquerte ihn langsam und sich immer wieder umblickend.

Die Eingangstür zur Hauptburg war nur angelehnt. Violetta stieg die achtstufige Treppe empor und betrat das Burginnere. Sie holte tief Luft. Ihr Herz begann, schneller zu werden. ›Oh Gott, wenn es nur nicht so schlagen würde. Kloido kann Herzschläge hören, da bin ich mir gewiss‹ dachte sie. ›Ich will nicht noch einmal ihre Gefangene sein.‹ Dann besann sie sich darauf, dass sie ja hergekommen war, um sie zu treffen, nicht um sich vor ihr zu verbergen. Oh Gott, wie sie das hasste.

Als sie noch ein kleines Mädchen war, hatte Kloido sie entführt und wochenlang gefangen gehalten. Das war zu einer Zeit, als es im Reich noch keiner Bewahrer bedurfte. Als die Anderswelt mit der ihren noch im Einklang stand. Als Magie und Mystherien, Träume und Fantasie auch dort noch zuhause gewesen waren.

Sie hatte nie erfahren, wie es ihrem Vater gelungen war, sie zu befreien. Sie wusste nur, dass die Dichterin nicht bekommen hatte, was sie wollte; den schwarzen Diamanten. Nachdem sie Bewahrerin geworden war, hatte sie sich nicht mehr um den Stein gekümmert.

Hastig lief die Prinzessin durch den Eingangsraum hindurch,

bis zu einer bronzenen Flügeltür. Sie drückte die Klinke herunter und trat in den anschließenden Saal. Auch hier herrschte Dämmerlicht. Das einzige Möbelstück in dem Raum, ein hoher hölzerner Stuhl. Ein Dichterthron, über dem ein goldener Lorbeerkranz schwebte. Zwei Fackeln brannten rechts und links von ihm und warfen ein unstetes Licht.

Plötzlich drang das Geräusch von Schritten an ihr Ohr. Langsam drehte sich Violetta um.

Ein Mann trat auf sie zu. Er hatte im Dunklen, gleich neben der Tür gestanden.

»Guten Abend Prinzessin«, sagte er, »welch angenehme Überraschung.«

An dem Tonfall seiner Stimme hörte Violetta, dass es keineswegs eine Überraschung für ihn war. Sie hatte richtig vermutet, ihre Ankunft war längst bemerkt worden.

»Darf ich wissen, wer du bist«, fragte sie und erschrak über die Kälte in ihrer Stimme.

»Verzeiht, Höflichkeit ist leider keine meiner hervorstechenden Tugenden, ich bin Hyazin. Kloido ist meine Mutter.«

Sie überlegte kurz, ›da war doch irgendetwas?‹

Dann fiel es ihr ein. »Man behauptet, du wärest tot.«

Er lächelte ein wenig wehmütig. »Ich weis, von einer Disskussscheibe erschlagen. Ein hervorragender Moment, sich davonzustehlen und den Toten zu geben. Nun, wie ihr seht, weile ich noch unter den Lebenden. Allerdings darf ich mich rühmen, durch diese kleine Lüge, Namensgeber einer wundervollen Blume geworden zu sein.« Er strahlte sie an und rezitierte:

»Sooft der Lenz den Winter verjagt
und auf die regenbringenden Fische
im Tierkreis der Widder folgt,
so oft entstehst du aufs neue
und blühst auf grünendem Rasen.«
Sie lächelte ein wenig unkonzentriert. »Oh ja, ich kenne und
liebe die Hyazinthe.«
Er wollte ihre Hand ergreifen, wahrscheinlich um sie zu
küssen, aber sie wandte sich geschickt ab und entgegnete:
»Das ist jetzt allerdings nicht gut, ich meine, dass deine Mutter
nicht da ist, ich hätte ihrer Hilfe bedurft.«
Er tat so, als bemerkte er diesen Affront nicht. »Vielleicht kann
ich euch ja helfen.«
»Ich glaube nicht Hyazin, es sei denn, du verfügtest über die
gleiche Macht wie ein Bewahrer.«
»Ich kann mich durchaus und zu jeder Zeit der Kräfte meiner
Mutter bedienen«, sagte er.
Sie sah ihn erst verwundert, dann, als sie seinen lauernden
Blick sah, misstrauisch an.
»Und wobei soll sie euch helfen?«, fragte er und kam langsam
näher. Er lächelte sie an, wie eine Freundin.
»Fabula hat mich ermächtigt die Wesen der Anderswelt aus
dem Schloss zu vertreiben und dazu benötige ich die Kraft
aller Bewahrer.« Sie hob das Zepter, bis der Kristall sein blei-
ches Antlitz beleuchtete.
»Ah, verstehe. Aber dafür ...«, er machte eine Pause und trat

dichter an sie heran. So dicht, dass sie seinen Geruch einatmen konnte. Ein betörender Duft nach Göttlichkeit und Macht. Sie sog die Luft ein und ein leiser Schwindel erfasste sie. ›das ist es, warum die Götter und die Weiber nach ihm verrückt sind‹, schoss es ihr durch den Kopf.

»... dafür verrätst du mir, wo der Vollmonddiamant ist. Verstanden?« Violetta schrak aus ihren Gedanken, besann sich einen Moment und schüttelte den Kopf. »Du weißt, dass ich das nicht darf.«

Hyazin schloss die Augen und sog scharf den Atem ein. »Hat euch euer Vater, vor seinem Tode, nicht erzählt, warum meine Mutter euch freigelassen hat? Ohne das er ihr das Versteck des Steins nennen musste?«

»Nein und es interessiert mich auch nicht«, platzte sie heraus.

»Das sollte es aber.« Sein Lächeln hatte jetzt Ewas anzügliches. »Er und meine Mutter hatten vereinbart, uns zu verheiraten.«

»Das lügst du!«

»Bestimmt nicht.«

Violetta erinnerte sich, dass ihr Vater damals keine Spur von Trauer gezeigt hatte, als die Nachricht vom Tod des Hyazin, dem Sohn der Kloido, durch das Land ging. »Manchmal hilft der Tod den Lebenden«, hatte er gesagt.

Sie hatte das nie verstanden. Jetzt machte es Sinn. »Ich werde dich nie heiraten!«, stieß sie hervor.

»Oh«, sagte er und sein Lächeln wurde noch eine Spur anzüglicher, »auch ich würde mir diese Unannehmlichkeit gern ersparen, verehrte Prinzessin. Ich finde euch nämlich hässlich.«

Sie erbebte vor Zorn.

»Also genaugenommen, finde ich alle Frauen hässlich. Natürlich mit Ausnahme meiner geliebten Mutter.«

Violetta hatte von Männern gehört, deren Neigungen ausschließlich dem eigenen Geschlecht galten und fühlte nun, gegen ihren Willen, doch ein wenig Enttäuschung.

»Und nun?«

»Gebt mir, was ich verlange und ihr erhaltet von mir was ihr benötigt und außerdem den Ehevertrag, den unsere Eltern für uns geschlossen haben.«

Sie überlegte kurz, dann nickte sie.

Er ließ einen erleichterten Seufzer hören, so als hätte er einen großen Sieg errungen, einen Sieg, an den er schon nicht mehr geglaubt hatte.

Einige schwarze Sterne senkten sich hernieder und verbanden sich mit dem Kristall auf dem Zepter. Die Muschel darin war nun von einem schwarzen Ring umgeben.

Eine Pergamentrolle schwebte in ihre Hand. Sie ließ sie in ihrem Kleid verschwinden ohne einen Blick darauf zu werfen. Er würde sie nicht betrügen. »Danke«, sagte Violetta knapp.

»Der Diamant ist im Schloss. Hinter dem Edelsteinzimmer. Der Raum dort wird an den Wänden von zehn Säulen gestützt. Drückt man von der Tür aus gesehen, links an der vierten Säule die kleine Figur des Jupiter nach unten, öffnet sie sich und gibt den Diamanten frei.«

»Sehr schön«, flüsterte Hyazin. Er hob eine Hand und legte sie Violetta auf die Wange. Eisige Kälte durchströmte sie.

»Solltet ihr mir nicht die Wahrheit gesagt haben, werdet ihr es bereuen Prinzessin. Diesmal wird kein Papa da sein, der euch hilft.«

Der Prinzessin stockte der Atem. Sie ahnte, dass dies keine leere Drohung war.

Dennoch nahm allen Mut zusammen und erwiderte genauso flüsternd: »Du bist doch bewandert in der Lüge Hyazin, du und deine Mutter. Ihr solltet Wahrheit und Lüge leicht unterscheiden können.«

Er lachte dröhnend aber auch ein wenig falsch. »Ihr bewegt euch auf schmalen Pfaden Prinzessin. Achtet darauf, nicht vom Wege abzukommen.«

»Ich werde gut Obacht geben«, sagte sie und ließ ihn stehen. Sie hatte nicht gelogen, was den Stein betraf. Dennoch würde ihm das Wissen um den Ort des mächtigsten aller Edelsteine nichts nützen. Er war für jedermann, außer ihr, unantastbar. Gewonnen hatte also nur sie.

Auf dem Weg zurück ins Schloss zitterten ihr immer noch die Knie. Sie besah sich das Zepter und hoffte inständig, dass es mit den anderen Bewahrern leichter ging.

Ihr Weg führte sie an einer großen Wiese vorbei, auf der sie ein kleines braunes Wesen gewahrte, das dort auf und ab lief. Sie sah genauer hin und erkannte, dass es Hymnus war. Das Gras zu seinen Füßen schien sich vor ihm zu verbeugen. Er hatte die Gestalt eines Fuchses angenommen. Wahrscheinlich war er gerade beim Fabulieren.

Als er Violetta entdeckte, kam er zu ihr herüber geflitzt.

»Hallo Prinzessin, ich vermute mal, ihr wollt zu mir, stimmt's?«

Sie nickte. »Ich brauche deine Hilfe Hymnus. Es geht um …«

»… die Wesen der Anderswelt denke ich.«

»Woher weißt du das?«

»Woher ich das weis?« Er lachte sein meckerndes Fuchs-lachen. »Habt ihr es vergessen, ich bin der Bewahrer der Erzählkunst. Es gibt keine Geheimnisse vor mir. Alles wird mir erzählt und einiges ist wahrscheinlich nichtmal erfunden.«

Sie lächelte ihn an und nickte. »Ich brauche etwas von deiner Macht«, bat sie.

»Das dachte ich mir«, er verneigte sich, »natürlich sollt ihr sie haben. Das ist die Pflicht der Bewahrer.«

»Würden doch nur alle so denken«, seufzte sie.

Er schloss die Augen und lies, grüne Sterne auf Violetta herabfallen. Seitlich des Rings, oben auf dem Zepter, erschie-nen an dem Kristall jeweils zwei Flügel. »Hab vielen Dank Hymnos, Bewahrer der Fabulierkunst.« Sie lächelte ihn an und er verschwand in weiten Sprüngen im hohen Wiesengras.

Zurück im Schloss lief die Prinzessin ins Kaminzimmer und entzündete dort ein Feuer.

Sorgfältig zog sie alsdann die Vorhänge zu, sodass das Zimmer nur vom Schein des Kaminfeuers erhellt wurde.

Der Nächste sollte Thal sein, Bewahrer der Komödien. Sie ging zum Kamin und begann mit zwei Fingern einen Stern in die Luft zu zeichnen. Nur wenige Augenblicke später sprang ein Funke aus dem Feuer, der sich vor ihr zu einem Männchen formte.

»Thal, ich grüße dich«, sagte sie und kniete sich zu ihm herunter, damit sie ihm grade in die Augen schauen konnte.

»Hallo Prinzessin«, grüßte er zurück.

»Thal, ich brauche deine Hilfe.«

Er kam einige tippelnde Schritte näher und grinste sie an. Eine Rauchwolke stieg ihm aus den Ohren und an seinem Kinnbärtchen züngelten Flämmchen. Die Hitze, die er ausstrahlte, brannte ihr auf der Haut und sie hatte das Gefühl, ihre Augenbrauen hätten Feuer gefangen.

›Warum hat ein Komödiant solche Hitze‹, fragte sie sich.

»Wetten, es geht um die Bewohner der Anderswelt.«

Violetta machte große Augen. ›Woher wissen die das alle schon?‹, dachte sie, erinnerte sich jedoch an Hymnus.

»Der Tempel, er beginnt zu verfallen, ich habe es gespürt«, sagte er. »Vielleicht kann euch das hier weiterhelfen.« Er schloss die Augen und einige Sterne drangen in dem Stab ein und der wurde so heiß, dass sie nahe daran war, ihn fallen zu lassen. Oben auf dem Kristall erschien eine winzige rote Flamme zwischen den Flügeln. »Vielen Dank Thal, Bewahrer der Komödien«, sagte sie.

Der verneigte sich vor der Prinzessin und verschwand mit einem knisternden Lachen im Kaminfeuer.

Sie erhob sich und verließ das Kaminzimmer, durchschritt die Halle und stieg die breite Treppe empor.

›So‹, dachte sie dabei, ›auch das wäre geschafft, nun noch

Melpomos und Kallipos.‹

Oben angekommen machte sie sich auf den Weg zum Ballsaal. Dort kam ihr ein Staubwedel entgegengeschwirrt. »Pulvisculus!«, rief Violetta erfreut, als sie ihn sah und klatschte sogar in die Hände. Er gehörte zu ihrem engsten Vertrautenkreis.

»Wollt ihr mit mir Verstecken spielen Hoheit?«, fragte der Wedel. Er flog ein paar Loopings und brach voller Schabernack in übermütiges Gelächter aus. »Ihr wisst doch, ich liebe dunkle Ecken.«

Das Lachen der Prinzessin erstarb. »Das geht jetzt leider nicht. Vielleicht Morgen, einverstanden?«

»Einverstanden, aber ihr müsst suchen Hoheit.«

»Abgemacht«, lachte sie.

Pulvisculus schwebte den Flur hinunter und wackelte mit seinen Federbüschen. Sie sah ihm lächelnd nach, bis er um die nächste Ecke verschwunden war. Dann betrat sie den Ballsaal.

Ein buntes Treiben unterschiedlichster Art erwartete sie. Da waren Orchester, die stimmungsvolle Weisen spielten, die in Molltönen gehalten waren. Frauen und Männer, die Lieder und Arien sangen. Auf einer Theaterbühne sprach jemand Ferse.

»Was hilft euch Schönheit, junges Blut?
Das ist wohl alles schön und gut,
Allein man läßt's auch alles sein;
Man lobt euch halb mit Erbarmen.
Nach Golde drängt,

Am Golde hängt

Doch alles. Ach wir Armen!.«

An einer anderen Stelle war ein Geschichtenerzähler in einem reich bestickten Kaftan zu sehen und zu hören, der mit sanfter Stimme erzählte: »Man behauptet, einst lebte in Indien ein mächtiger König von hoher Statur und starkem Körperbau, sein Name war Kalad. Er gebot über zweiundsiebzig Vizekönige; dreihundertundfünfzig Kadis war die Justizpflege anvertraut, und in seinem Diwan saßen siebzig Veziere, von denen je zehn einem Obern gehorchten ...« Auf anderen Bühnen starben Männer oder Frauen mit Gummimessern in den Brüsten und lagen in künstlichem Blute.

Bei alldem gab es jedoch kein Durcheinander, denn man hörte immer nur das Orchester oder den Künstler, dem man grade zuhören wollte. Ein Tempel der Dichtkunst und der Musik.

»Ah, die Prinzessin Violetta beehrt unseren Saal des Schauspiels. Welch Freude euch zu sehen«, Melpomos, näherte sich ehrerbietig. Er trug eine weinende Maske, die er an einem Stock befestigt, in der Hand hielt.

Sie hatte sich mit erstaunten Augen umgeschaut und konnte scheinbar nicht genug zu sehen bekommen.

»Seid mein Gast, schaut euch um und staunt und lernt«, sagte der Bewahrer der Dichtkunst und Musik in seinem singenden Tonfall und wollte sich abwenden, aber die Prinzessin hielt ihn auf.

»Nein warte, ein andermal will ich gern und länger hier verweilen, heute ist mein Anliegen ein Anderes.«

Der Bewahrer schaute sie aufmerksam und zugleich ein wenig ängstlich an. »Ist es das, was ich befürchte?«

»Es kommt darauf an, was du befürchtest edler Melpomos.«

Sein Blick schien jetzt abzuschweifen. »Der Musentempel, er verfällt. Die Anderswelt greift nach uns, droht uns zu überrollen, weil wir verschwinden, oder schlimmer noch, wie sie werden sollen«, deklamierte er.

Die Prinzessin nickte. »Ja, und deswegen benötige ich deine Hilfe.«

Mellpomos sog die Luft ein.

»Was können Dichtkunst und Tragödie groß bewegen,

geschweige denn die Schönheit der Musik?

Kein Schwert vermögen sie zu führen

und keinen Krieg zu kommandieren.

Keinen Mächt`gen, dem wir sie zu Füßen legen,

werden auf Dauer sie bewegen.«

Der Prinzessin stieg eine Zornesfalte zwischen die Augenbrauen. »Was redest du da? Schwatz dich doch nicht klein. Keines Bewahrers Macht ist so groß wie die Deine. Das geschriebene Wort des Dichters, das gesungene Lied des Barden; sie haben Königreiche schon ins Wanken und zum Sturz gebracht. Die Feder sie ist eine Macht«, rief sie aus.

»Und nun meint ihr, mit dieser Macht, die Anderswelt zu fall bringen zu können?«

Sie überlegte kurz, dann schüttelte sie vehement mit dem Kopf, sodass ihr die schwarzen Locken nur so flogen. »Nein nein, Melpomos, nicht vernichten, das vermag ich nicht, aber aufhalten. Sie darf uns nicht überrennen und so, am Ende gar zerstören.«

»Nun edle Dame, euer Wort in das Ohr des Schöpfers allen Seins«, die Stimme des Bewahrers der Dichtkunst und der Musik, klang jetzt erleichtert, »was ich tun kann, will ich leisten.«

In einer weitausholenden Geste hob er beide Arme und etwas Grünes schwebte hernieder und wob einen Lorbeerkranz um den Kristall des Stabes.

Auch vor Melpomos machte die Prinzessin eine tiefe Verbeugung, bevor sie den Ballsaal verließ.

›Jetzt noch Kallipos, der Mächtigste von Allen‹, dachte sie, ging in ihr Zimmer zurück und setzte sich aufs Bett. Corvus die Krähe, kam zu ihr geflattert und lies sich auf ihrem Knie nieder. Mit seinen runden Kulleraugen sah er sie wie fragend an. Der Kopf ruckte dabei zur Seite. Es sah fast so aus, als machte er sich Sorgen. »Krah krah«, stieß er hervor.

»Sei leise«, sagte die Prinzessin. Sie drückte den Vogel liebevoll an sich. Daraufhin begann sie mit zwei Fingern einen Kreis in die Luft zu zeichnen.

Violetta wandte den Kopf, als eine dunkle Kugel auf sie zugerast kam und die Krähe am linken Flügel traf. Der Vogel krächzte schmerzerfüllt auf.

»Corvus mein armer Freund, geht es dir gut?«, rief Violetta erschrocken, sichtlich bemüht, nicht die Fassung zu verlieren.

Aus der Kugel jedoch, wurde ein Habicht, der sich augenblicklich in einen hochgewachsenen Mann verwandelte. Er war in einen schwarzen Federumhang gewandet. »Guten Abend Prinzessin. Es ist lange her, dass ich das Vergnügen eurer Gegenwart hatte.« Er verneigte sich vor der Prinzessin. Das schwarze Haar fiel ihm strähnig vor das Gesicht und verdeckte so sein Minenspiel.

Violetta atmete tief durch. »Ja, das ist es, lange her.«

Er machte einige Schritte auf sie zu.

Sie hob den Stab.

»Meint ihr, dass ihr mit der Kraft dieser Bewahrer gegen mich, bestehen könntet?« Er lächelte undurchsichtig.

»Das, das weis ich nicht«, sie trat einen Schritt zurück und senkte das Zepter ein wenig. »Ich wollte nur, dass du siehst, dass ich es habe. Ich beabsichtige nicht, es hier und jetzt auszuprobieren. Es gibt doch auch keinen Grund dafür oder?«

Nun ging sie ihrerseits einen Schritt auf den Obersten der Bewahrer zu. Ihre Stimme war zu einem flüstern herabgesunken. »Im Gegenteil Kallipos, ich brauche auch von deiner Kraft, ein reichliches Maß in diesem Zepter.«

»Und wozu?«

»Die Bewohner der Anderswelt sind im Schloss erschienen. Fabula befürchtet das Schlimmste. Der Tempel ist bereits fort. Sie hat mich ermächtigt, die Wesen aufzuhalten.«

Er nickte wissend, als würde sie ihm nichts Neues erzählen.

»Vielleicht hilft euch ja das hier weiter.« Er hob den linken Arm und einige schwarzglänzende Sterne glitten ihm aus der Hand auf das Zepter zu. Sie ordneten sich in Spiralen um den goldenen Stab. Wieder glomm der Edelstein an dessen Spitze auf;

diesmal länger und heller.

»Ich danke dir«, sagte Violetta.

Der oberste Bewahrer nickte, schloss die Augen und lies zwei große sandfarbene Flügel auf seinem Rücken erscheinen. Er breitete sie aus und sagte: »Prinzessin würdet ihr mich begleiten.«

Langsam, ganz langsam ging sie auf ihn zu. Was wollte er? Sie schauderte, zwang sich ihn anzusehen. Er würde ihr nichts tun. Er durfte ihr nichts tun. Oder doch?

Als sie bei ihm war, schloss er sanft die Flügel um sie.

»Was ist mit meiner Krähe?«

»Oh die, ihr müsst wissen, ich beherrsche die Kunst des Fliegens nicht.«

»Ja und?«

Er lachte. »Ich beherrsche aber die Krähe. Keine Angst, sie wird wieder zu sich kommen. Und nun festhalten!« Sie verschwanden in einer nachtschwarzen Wolke und die Prinzessin meinte, das Krah Krah ihrer Krähe zu hören. Sie hatte nicht das Gefühl zu fliegen, nein sie meinte zu stürzen. In die Erde hinein. Tiefer und tiefer ging ihr Fall.

Schließlich sah sie sich in einem fensterlosen Raum wieder, der nur von einigen Fackeln erleuchtet wurde. Trist und schmucklos. Es roch nach Verfall.

Er lies sie los.

»Prinzessin«, fragte Kallipos, »alles in Ordnung?«

Sie nickte. »Wo sind wir?«

»Im Tempel der Musen.«

Sie erschaudere. Der Tempel der Schönheit und der Künste verkommen zu einer stinkenden Ruine.

»Ist alles bereit?«, fragte der Oberste der Bewahrer.

Jemanden, der hinter Violetta zu stehen schien, sagte. »Ja, alles bereit.«

Sie drehte sich herum.

Euteria, Melpomos, Hymnus, sogar Kloido mit einem triumpierenden Lächeln auf den schön geschwungenen Lippen, Terpachora und Thal. Alle hatten sich um einen Kreidekreis herum aufgestellt. Kallipos machte einen Schritt zurück und nahm den Platz zwischen Hymnus und Kloido ein. Kaum war der Kreis geschlossen, erscholl ein ohrenbetäubendes Donnern, welches von außerhalb des Tempels zu kommen schien. Der Boden, auf dem sie standen, bebte und sie liefen in Gefahr, zu stürzen. Es kreischte und hupte und schrillte. Sirenen jaulten, dass einem die Trommelfelle zu platzen drohten. Stimmen schrien durcheinander und ein übler Gestank machte sich breit, der das Atmen fast zu einem Kraftakt werden ließ.

»Sie sind bereits anwesend«, schrie Euteria durch den Lärm.

»Los Prinzessin«, rief Kallipos, »das Zepter!«

Violetta nickte, richtete das Zepter nach oben, und sprach mit lauter Stimme: »Im Namen der fantastischen Welt! Ich die Prinzessin der Fiktionen, aller Fabeln der Dichtung und jeglicher Fantasie. Beherrscherin der Traumbilder und Visionen. Ich verbanne euch mit der Kraft der Bewahrer aus dem Reich der Sagen, der Märchen und Utopien. Verbanne euch aus den Hallen der Künste und den Weiten der Traumlande! Ich verschließe euch den Zugang zur Magie.«

Die Erde begann leicht zu beben. Ein Regenbogen schoss aus dem Zepter in Richtung der Raumdecke. Er riss ein Loch in das darüberliegende Erdreich und fuhr direkt in den Himmel, der schwarz verfärbt war und die Welt in tiefe Dunkelheit gehüllte hatte.

In jeder der vier Himmelsrichtungen erschien jetzt ein leuchtender Turm. Jeglicher in einer anderen Farbe und bei jedem dieser Türme hellte sich der Himmel ein wenig auf. Einer für die Musik, einer für die Farben, der Dritte für die Dichtung und der Vierte für die Fantasie.

Schließlich war alle Finsternis von der Erde verschwunden und der Himmel zeigte das schönste Blau, dessen er fähig war.

Überwältigt vor Glück sah die Prinzessin sich im Palast der Musen um. Mit seinen goldenen Reliefs an den Wänden, den marmornen Statuen und weißen Springbrunnen. Eine Schaar bunter Vögel flatterte munter zwischen blühenden Büschen umher und mittendrin eine schwarze Krähe, die zwar optisch ein wenig störte, aber umso mehr Krach machte, krah krah krah.

›Ich habe es geschafft‹, dachte Prinzessin Violetta, ›die Wesen der Anderswelt sind gebannt. Jedenfalls für diesmal. Der Tempel ist wieder am Licht, und hoffentlich für lange, lange Zeit.‹

Die Bewahrer hatten ihre Aufgabe erfüllt. Auch die neun Musen waren da. Kalliope, Klio, Erato, Euterpe, Melpomene,

Polyhymnia, Terpsichore, Urania und Thalia. Sie lächelten und winkten ihr zu.

Violetta wandte sich ab und hörte sich sagen: »Was ist das hier für ein gottverdammter fucking Mist. Diesen Kitsch hältst du ja im Kopf nicht aus und woanders auch nicht. Fehlt nur noch, das jetzt alle anfangen zu heulen und zu kiffen.«

Hatte sie das eben gesagt? Schamesröte stieg ihr ins Gesicht. Schwindel erfasste sie und sie stürzte ohnmächtig zu Boden.

Als sie die Augen aufschlug, fand sie sich auf dem Bett in ihrem Schlafgemach liegend. Vor ihr stand Fabula und lächelte sie an. »Zweimal hatt die Anderswelt dich berührt Violetta. Es bleibt immer etwas zurück davon und es wird mit jedem Mal mehr. Sei vorsichtig Kind, die Anderswelt lebt weiter.«

Der Hirsch

Ein Hirsch, sehr alt und auch ein wenig lahm,
dem Wolf als Beute sehr gelegen kam.
Dieser pirscht von hinten sich heran,
um ihn anzuspringen dann.

Grad, als er sich fertigmacht zum Sprung,
sprach der Hirsch: »Du bist noch jung,
was willst du mit mir zähen Knaben?
Du kannst doch was Zartes haben.
Oder hat dein Mut dich schon verlassen,
dass du dich nicht traust, so etwas zu fassen?
Oder sind die Pfoten dir schon lahm?
Fürwahr, du scheinst zum Jagen mir zu zahm.«

Dem Wolf ging das Gerede an die Nieren,
er sprang nicht auf den Hirsch und blieb auf allen vieren.
»Mein Mut«, rief er, »ist unvergleichlich groß.
Ich gehe auch auf jeden Löwen los!
Keine Gazelle kann sich mit meinen Pfoten messen.
Ich kann alles jagen und auch alles fressen!«

Plötzlich wirds dem Wolf sehr kalt,
der Löwe tritt tatsächlich aus dem Wald.
Der Wolf macht kehrt und gibt Fersengeld,
als gilt's zu rennen um die ganze Welt.
»Mit den Pfoten ist er wirklich schnell«, brummt der Löwe nur,
und wandert weiter majestätisch stur.

Hänsel und Gretel - das verkaufte Herz.

Es war einmal vor vielen vielen Jahren, da lebte in einem fernen Dorf ein Mann namens Heinrich.

Dieser Heinrich war ein Spieler und übler Trunkenbold. Ständig war er in Schlägereien verwickelt und schon oft hatte er deswegen im Turm gesessen.

Gänzlich anders dagegen, sein achtjähriger Sohn Hans. Der war die Friedfertigkeit in Person. Nie geriet er in einen Streit und überall dort, wo sich einer anbahnte, versuchte er zu schlichten. Leider endete das nicht selten für ihn mit einer blutigen Nase oder einem blauen Auge. Und weil ihn keiner sonderlich achtete, er Hans hieß und ihn alle, ob seiner Friedfertigkeit hänselten, nannten sie ihn der einfachheitshalber Hänsel.

Eines Tages, Vater Heinrich saß wieder mal im Wirtshaus, hatte sein ganzes Geld verspielt und niemand wollte ihm neues leihen, trat ein Fremder an den Spieltisch.

Er war ein, hochgewachsener Kerl, mit glutroten Augen und einem überheblichen Grinsen auf den schmalen Lippen.

»Du willst spielen, mein Heinrich?«, fragte er.

Dem war plötzlich die Kehle wie zugeschnürt und er konnte nur nicken.

Das Grinsen des Fremden verstärkte sich. »Na schön, mach dein Gebot.«

Wieder brachte Heinrich kein Wort heraus und schüttelte verneinend den Kopf. Ganz bleich war er geworden.

»Ah, verstehe, du hast kein Geld«, sagte der Fremde. »Nun, ich gewähre dir einen Kredit. Sagen wir, wir spielen um drei Goldstücke. Wenn du gewinnst, bist du deine Schulden gleich wieder los und besitzt drei funkelnde Goldstücke.«

Heinrich wurde es schwindlig vor Aufregung. Drei Goldstücke, er hatte im ganzen Leben nicht ein Goldstück besessen, geschweige denn drei.

»Und wenn ich verliere?«, kam es krächzend über seine trockenen Lippen.

Wieder verzog der Fremde den Mund zu einem hämischen Grinsen. »Ich lasse dir ein wenig Zeit die Schulden zu begleichen, das ist doch fair oder? Und wenn du das nicht kannst, ich nehme auch deine Seele. Aber, du brauchst ja nur, zu gewinnen. Ich kenne einige, denen das gelungen ist.«

Abermals musste Heinrich schwer schlucken. Ein Kloß schien ihm die Kehle zuzuschnüren. »Wer bist du? Bist du der Teufel? Willst du mich betrügen?«

»Ja der bin ich. Betrügen? Nein, warum sollte ich? Ich spiele niemals falsch.« Die Antwort kam prompt und trocken. Dann zog er ein Blatt Papier aus der Tasche seines Wamses und drei Goldstücke. »Hier ist mein Einsatz. Mach den Daumenabdruck mit deinem Blut auf diesen Vertrag und wir sind im Geschäft.«

Er schob ihm das Blatt herüber, wobei er auffordernd nickte. Heinrich brach der Schweiß aus allen Poren. Drei Goldstücke, er hätte für den Rest seines Lebens ausgesorgt.

Mit einem Ruck zog er ein Messer aus dem Gürtel, ritzte sich in den Daumen der linken Hand und drückte dessen Abdruck auf das Papier.

Der Teufel grinste zufrieden und ließ den Vertrag in der Tasche verschwinden. »Karten oder Würfel?«, fragte er.

Wenige Minuten später saß Heinrich auf den Stufen, die zum Wirtshaus empor führten, und hielt das Gesicht in den Händen vergraben. Er hatte seine Seele dem Teufel verkauft; für drei Goldstücke.

»Vater«, vernahm er da eine Stimme, »was ist dir? Komm bitte nach Hause, ich habe Hunger.«

Heinrich zuckte zusammen und Wut stieg in ihm auf. ›Der nutzlose Bengel‹, fuhr es ihm durch den Kopf und er schrie ihn an. »Ich habe kein Geld dich zu füttern, du nutzlose Last!«

Dann durchfuhr ihn ein anderer Gedanke, wie ein Blitz aus der Hölle. Er packte Hänsel derb am Arm und zerrte ihn mit sich fort.

Unweit des Dorfes begann der Wald der Träume, wie ihn die Bewohner der Umgebung nannten. Tief in ihm, das wusste er, wohnte in einer einsamen Hütte, die Dame des Waldes. Eine Hexe ohne Herz.

Wenn es stimmte, was er gehört hatte, konnte selbst sie auf Dauer nicht ohne auskommen. Man munkelte, sie bevorzugte solche von unschuldigen Jungen. Die besaßen die stärksten Herzen, die am längsten hielten.

Er packte Hänsel derb am Arm und zog ihn mit sich fort in den Wald.

Als die Hexe hörte, dass Heinrich für seinen Sohn vier

Goldstücke forderte, er hatte sicherheitshalber eins mehr verlangt, als er dem Teufel schuldete, schüttelte sie sich schier aus vor Lachen. »Vier Goldstücke? Bist du des Wahnsinns Kerl? Dafür bekomme ich drei Herzen!«

»Möglich«, lautete die Antwort des Spielers, »aber nicht von solcher Qualität, wie es in meinem Jungen schlägt.«

Die Dame des Waldes stutzte. Dann riss sie Hänsel zu sich heran und presste ihm ihr Ohr an die Brust.

»Bum bum, bum bum, bum bum …«

Sie lauschte. Verzückung machte sich in ihr breit. Zauberte gar ein Lächeln auf ihren zahnlosen Mund.

»Kräftig schlägt es, stolz und gut,

wie es nur die Unschuld tut.

Tapfer ist es und so rein,

nun soll es das Meine sein«,

murmelte sie und lief um den Jungen herum, um dem Herzschlag auch vom Rücken her zu lauschen. Dann richtete sie sich zufrieden auf und ging auf einen Küchenschrank an der Wand zu. »Vier Goldstücke und nicht eins mehr.«

Sie hob den Deckel einer metallenen Dose mit der Aufschrift ›Mehl‹ an, und entnahm ihr ein paar Münzen. Vier davon zählte sie Heinrich in die Hand.

»So, nun verschwinde und komme am besten nie wieder.«

»Tut mir leid für Dich«, sagte der Vater, als er sich noch einmal zu seinem Sohn umdrehte, »Ich habe mit dem Teufel gespielt und verloren. Ich brauche das Geld.«

Die Dame des Waldes schob ihn mit einer heftigen Bewegung

zur Tür hinaus. »Nun jammere nicht herum, der Teufel wird dich schon nicht gezwungen haben.« Als sie zurückkehrte, hockte sie sich vor den Jungen nieder und strich ihm mit einem messerlangen Fingernagel über die Brust. »Für den Moment kannst du es noch behalten, mach dich jedoch bereit. Der Rest von dir taugt immerhin noch für den Topf oder als Braten im Ofen. Wie auch immer, ich werde dich etwas anfüttern müssen. Du kostest mich ein Vermögen, elender Bengel.«

Der erwähnte Ofen stand mit bedrohlich schwarzer Öffnung gleich neben dem Küchenschrank, auf dem auch die Mehldose mit den Goldstücken seinen Platz hatte.

Hänsel begann ein wenig zu zittern. Er hatte Angst.

Es klopfte an der Hüttentür.

»Wer stört?«, blaffte die Dame des Waldes und schlurfte auf die niedrige Eingangstür zu. Dort schnippte sie mit ihren knochigen Fingern. Die Tür sprang mit einem Knall und so heftigem Schwung auf, als wollte sie aus den Angeln reißen. Dabei schlug sie rückwärts gegen die Hüttenwand.

Ein Knäuel Lumpen kollerte mit einem erschreckten Aufschrei herein, prallte gegen den Küchenschrank, und blieb reglos liegen. Ihm folgte ein heftiger Windstoß, der eine solche Wolke von Staub in der Hütte aufwirbelte, dass man einen Moment lang die Hand vor Augen nicht sehen konnte. Hänsel, der vor Schreck Mund und Nase aufgerissen hatte, musste Husten und Niesen zugleich. Sehr unangenehm. Jedenfalls dann, wenn es nicht aufhören wollte.

226

»Hast du wieder an der Tür gelauscht Gretel?«, keifte die
Hexe das Bündel an.

Das begann sich zu bewegen und dabei leise zu jammern.
»Aua, ich habe mir sicherlich den Arm gebrochen wegen dir
herzlosen Schlampe.«

Das Bündel Lumpen erwies sich als ein Mädchen von etwa
dem gleichen Alter wie Hänsel. Sie war mit einem vielfach
geflickten Sack bekleidet, hatte lange dunkle Haare, die ihr
fettig und verfilzt bis auf die Schultern reichten.

Sie rieb sich den Arm und machte dabei ein schmerzerfülltes
Gesicht.

Die Dame des Waldes schien über die Bemerkung des
Mädchens nicht im mindesten beleidigt zu sein. Im Gegenteil,
sie verzog den zahnlosen Mund, mit den schmalen Lippen, zu
einem Grinsen und erwiderte: »Der Teufel möge dir deine
Artigkeiten vergelten, und nun sieh dir unseren neuen
Mitbewohner an.« Sie wies mit dem Kopf auf Hänsel. »Er trägt
mein nächstes Herz. Dass du mir ja Obacht gibst auf ihn.
Wenn er abhaut, bist du tot.«

Das Mädchen, das die Hexe Gretel genannt hatte, kroch in
lauernder Haltung auf den Jungen zu, wobei ihre Nasenflügel
bebten, als würde sie dessen Witterung aufnehmen wollen.

»Der stinkt nach Angst, der wird kaum fliehen«, sagte sie mit
gepresster Stimme.

Hänsel hustete und nieste noch immer unaufhörlich, obwohl
sich ein großer Teil des Staubs schon gelegt hatte. Brustkorb
und Hals schmerzten ihm unerträglich. Tränen rannen in

Strömen aus seinen Augen. Er war sich sicher, gleich ersticken zu müssen.

Gretel ging einmal um ihn herum, wobei sie ihn musterte, als wäre er ein Hase und es ginge um die Frage, ihn zu schlachten oder mit ihm zu spielen.

Als sie wieder vor ihm stand, griff sie in eine Tasche ihres Lumpengewands und holte einen kleinen Holzstab hervor. Mit dem tippte sie Hänsel an die Brust. Es gab einen Blitz und er flog in hohem Bogen auf eine Pritsche an der Wand, von der er hätte schwören können, dass die bis eben nicht dort gestanden hatte.

Vor Schreck und Angst stieß er einen leisen Schrei aus und blieb liegen, ohne sich zu rühren. Husten und Niesen waren allerdings wie weggeblasen. Auch der Schmerz in der Brust war fort.

»Kein Problem«, sagte Gretel und ein fast herzlich zu nennendes Lächeln zeigte sich auf dem verschmutzten Gesicht, »der wird sich nicht von der Stelle rühren.« Sie machte jetzt sogar eine leichte Verbeugung vor der Hexe und fügte hinzu: »Verehrte Meisterin.«

Die Dame des Waldes nickte knapp mit dem Kopf und griff nach dem Besen, der neben dem Küchenschrank, an der Wand lehnte. »Ich bin denn mal weg.«

Sie rauschte auf dem Besen durch die noch immer offene Tür, die hinter ihr mit einem Krachen ins Schloss fiel.

»Wer bist du und wo kommst du her?«, herrschte sie den Jungen an, kaum das sie allein waren.

Hänsel, der sich ja nicht rühren konnte, brachte keinen Ton heraus. Außerdem hatte er Angst, das Husten und Niesen würde erneut einsetzen, sobald er den Mund öffnete, um Luft zu holen.

»Ich habe dich was gefragt, oder kannst du nicht reden?«

Schließlich krächzte er: »Ich bin Hänsel.«

»Und weiter?«

»Mein Vater hat mich an die Hexe verkauft wegen meines Herzens«, seine Stimme wurde allmählich fester.

»Ah«, sagte sie, »fast wie bei mir. Meine Mutter ist eine Fee, musst du wissen. Leider hat sie sich in einen Metamorphen verliebt.«

»Was ist das denn?«, fragte Hänsel verdattert.

Gretel zuckte leichthin mit den Schultern. »Ein bisschen doof bist du also auch. Metamorphen sind Gestaltwandler. Du weist nie, was sie wirklich sind. Mein Alter war leider ein Ghul. Und ehe du auch noch fragst, was das für Welche sind, will ich dir sagen, das Ghule Leichenfresser sind.«

Hänsel schauderte: »Und du …?«

»Halt die Klappe, ich fresse keine Leichen. Aber er hat mich und meine Mutter ständig verprügelt. Schließlich hat sie das wohl nicht mehr ausgehalten und mich heimlich an die Dame des Waldes, als Mädchen für alles verkauft.«

Was sollte er dazu sagen. Es fiel ihm nichts anderes ein wie: »Aha und was willst du jetzt machen?«

Wieder schaute sie ihn mit diesem abschätzigen Blick an und ihm wurde ganz mulmig in der Magengegend. Dann entspannte sich ihr Gesicht, jedenfalls soweit es unter der Dreckschicht zu erkennen war. Plötzlich fragte sie ihn völlig überraschend:»Möchtest du mal Kinder haben?«

»Wie bitte?«

»Ob du mal Kinder haben willst? Wir Feen wollen alle Kinder haben. Wusstest du das nicht?«

Er schüttelte mit dem Kopf und eine unerklärliche Röte überzog sein Gesicht.»Darüber habe ich nie nachgedacht. Ich werde nächsten Monat erst neun.«

»Dann solltest du langsam damit anfangen. Ich gedenke nämlich, von hier abzuhauen. Wenn ich dich mitnehme, rette ich dein Leben. Danach bist du an mich gebunden, für den Rest deines Lebens.«

Hänsel musste nicht lange darüber nachdenken. Die Aussicht, als Organspender für die Dame des Waldes zu dienen, war für ihn nicht sonderlich verlockend. Genauso wenig wie die, den Rest seines Körpers, als Braten in einer Röhre zu wissen.

»Wie viele?«, fragte er.

»Was wie viele?«

»Wie viele Kinder du willst?«

»Na so viele wie möglich. Wir Feen lieben Kinder, bekommen aber selten welche. Also, so viele wie möglich.«

Hänsel verzog das Gesicht säuerlich. Soweit voraus hatte er noch nie gedacht. Eigentlich wollte er Held werden. Drachentöter oder ein berühmter Geisterjäger. Wie sollte das gehen, wenn er von einer Schar Kinder umgeben war. Das war doch viel zu gefährlich für die Kleinen und für die Mutter sicherlich auch.

»Also ich sage zwei, mehr nicht.«

Sie schüttelte sogleich mit dem Kopf. »Auf keinen Fall. Mindestens drei. Mit drei Kindern bin ich unter den Feen garantiert eine Berühmtheit. Dann kann ich meine Mutter von diesem Guhl befreien.«

Das kam Hänsel entgegen. Er witterte hier sofort die Chance auf eine erste Heldentat. »Einverstanden und ich werde dir wegen deiner Mutter helfen.«

Er spuckte in die Handfläche seiner rechten Hand, wie er es bei den Pferdehändlern gesehen hatte, und hielt sie ihr hin. Ein wenig angeekelt sah sie darauf nieder. »Was soll das?«

»Schlag ein, dann gilt unser Handel als besiegelt.«

Zögerlich ergriff sie die dargebotene Hand, dann drückte sie sie kräftig. Hänsel verspürte ein leises Kribbeln in den Fingern, das sich von dort durch den Arm, in die Brust und bis zu Herzen zog. Da wusste er, der Pakt war geschlossen.

»Und was hast du nun vor?«, fragte er, nachdem sie ihn wieder losgelassen hatte.

»Wir Feen gehören zu den magischen Wesen«, sagte sie. »Normalerweise beherrschen wir keine schwarze Magie. Allerdings habe ich hier einiges davon gelernt. Lass mich nur machen.«

Erneut griff sie in ihren Lumpenumhang und förderte diesen kleinen Stab zutage. Sie schwenkte ihn und murmelte dazu ein paar Worte, die Hänsel nicht verstand.

Der Ofen neben dem Küchenschrank begann zu wachsen, bis

er die doppelte Größe erreicht hatte. Mit einem weiteren Schlenker des Stabes ließ sie das Monstrum von Ofen an die Hüttentür schweben und öffnete die Klappe. »Das sollte reichen«, sagte Gretel und das Lächeln, das sich auf ihrem Gesicht zeigte, machte dem Jungen ein wenig Angst.

»Ich habe noch etwas zu erledigen«, murmelte sie und verschwand, mit einem leisen Plopp, als hätte sie der Boden verschluckt.

Hänsel lag noch immer auf der Pritsche und konnte nur die Arme bewegen.

»Hey, wo willst du hin? Nimm mich gefälligst mit. Denk an unseren Pakt!«, rief er ihr hinterher.

Es dauerte eine geraume Zeit bis erneut, dieses Plopp zu hören war, aber an Stelle von Gretel, erschien eine Fremde mitten im Zimmer.

Ein Mädchen stand da. Sie war von zierlicher Statur, hatte rabenschwarzes Haar und ebenmäßige Gesichtszüge. Das hellblaue Kleid umschmeichelte ihre kindliche Figur. Die blauen Augen schienen Blitze zu werfen, als sie ihn ansprach.

»Mach deinen Mund zu und sage mir, dass ich schön bin.« Sie wiegte sich in den Hüften und drehte sich vor ihm um die eigene Achse. Da wusste Hänsel, das war Gretel.

Der Junge errötete bis unter die Haarwurzel, knurrte aber: »Du könntest mich mal von diesem Sofa befreien, ich muss nämlich pinkeln.«

»Kerle«, schnaufte sie, wedelte jedoch mit ihrem Zauberstab und Hänsel fühlte, wie sein Körper sich von dem Sofa löste.

Ein wenig steifbeinig stand er auf.

Das Mädchen trat einen Schritt auf ihn zu und sagte auffordernd: »Na und, was sagst du?« Sie drehte sich abermals und lächelte ihn auffordernd an.

Ein Knall erschütterte das Haus. Die Tür war aufgesprungen und die Dame des Waldes flog ungebremst in den geöffneten Herd.

»Verdammte Scheiße, was soll …«

Den Rest verschluckte der Herd, dessen Tür sich geräuschvoll geschlossen hatte.

Gretel hüpfte vor Freude in der Hütte auf und nieder. »Es hat geklappt, es hat geklappt, schau Hänsel, sie ist im Ofen.«

Eine dumpfe Stimme kam daraus hervor. »Lass mich sofort hier heraus du missratene Kröte. Ich werde dir bei lebendigem Leib die Haut abziehen!«

Gretel stellte sich vor die Ofentür und sprach mit einem diabolischen Grinsen auf den Lippen: »Einen Scheiß werde ich tun, meine Hassenswerte. Und wenn du nicht die Klappe hältst, kommst, du dort nie wieder heraus. Hänsel und ich werden jetzt verschwinden. Wenn du ruhig bleibst, öffnet sich der Ofen in drei Tagen von alleine. Solltest du versuchen Zauber zu weben, heizt er sich bei jedem etwas stärker auf. Nach diesen drei Tagen wirst du dich nicht mehr an uns erinnern. Leb wohl und vielen Dank für die gute Lehrzeit.«

Sie griff Hänsel bei der Hand und hieß ihn, sich auf den Besen zu setzen.

Der aber wehrte ab. »Warte noch.« Er lief zu dem

Küchenschrank und Griff nach der Dose mit der Aufschrift ›Mehl‹.

Sie war schwer. Er hatte seine liebe Mühe, sie von dort herunter zu wuchten und zu dem Besen zu schleppen.

Schließlich war sie voller Goldstücke.

Als er sich hinter Gretel auf den Besen schwang, sackte der bis auf den Boden der Hütte durch. Auch Gretel vermochte ihn nicht zu starten. Erst, als sie mit einem Schwung ihres Stabes, der Dose ihr Gewicht nahm, konnten sie abheben. »Was willst du überhaupt mit der Dose?«, wollte sie wissen.

»Na von irgendetwas müssen deine künftigen Kinder ja leben.«

»Unsere künftigen Kinder«, korrigierte sie, dachte aber gleichzeitig, ›na wenigstens denkt er an sowas.‹

Hänsel zuckte bei dem Gedanken an Kinder förmlich zusammen und er platzte heraus: »Wie geht das überhaupt mit den Kindern? Hast du da eine Ahnung?«

»Was ist denn das für eine Frage. Sag mal, sind eigentlich alle Menschenjungen so blöd?« Dass sie es auch nicht wusste, jedenfalls nicht genau, musste sie ihm ja nicht auf die Nase binden. Kommt Zeit, kommt Rat. Der Flugwind, der ihnen ins Gesicht schlug, nahm an Stärke zu und verhinderte jede weitere Unterhaltung.

Unten in der Hütte glühte es im Ofen kurz auf. Sicherlich hatte die Dame des Waldes einen Zauber versucht. Ein Schmerzensschrei hallte über die Wipfel der Bäume. Fern im Osten kündigte ein zartrosa Streifen den nahenden Tag an.

Es geht immer ein wenig schlimmer!

Rache

An einem Tag wie diesem,
Erfüllt von Heiterkeit,
An einem Tag wie diesem,
Voller Sonne weit und breit,
An einem Tag wie diesem,
Ward das Herz mir bange,
An einem Tag wie diesem,
Fiel mein Hansi von der Stange,
An einem Tag wie diesem,
Wollt er wohl Rache für den Käfig nehmen,
An einem Tag wie diesem,
War er tot. Er sollte sich was schämen.

Komische Tanten

Eine Dame, die ich recht gut kannte,
war eine Verwandte,
drum nannte ich sie Tante.
Eine andere Dame,
die ich bis dato gar nicht kannte,
war keine Verwandte.
Als sie ihre Arme um mich wandte,
und ich für sie entbrannte,
auch sie, ich Tante nannte,
da ich sie jetzt besser kannte.
Warum sie nun von dannen rannte?

Grünkäppchen und die Räuber im Hexenhaus

»So, meine kleine Prinzessin«, sagte die Mutti, »nun wird aber geschlafen.«

Sie drückte dem blonden Mädchen, das sich tief in ihre Bettdecke gekuschelt hatte, einen Kuss auf die Nasenspitze. Die sonst so sanften Augen der Kleinen blitzten zornig. »Erst eine Geschichte«, forderte sie.

Die Mutti schüttelte den Kopf. »Nein, keine Geschichte. Es ist spät und du musst schlafen.«

»Du hast es versprochen«, die Stimme des Mädchens wurde schmollend.

Die Mutti schloss ergeben die Lider und seufzte. Sie hatte es Tatsache versprochen.

»Also gut«, lenkte sie ein, »eine Kurze. Welche möchtest du hören?«

Das Mädchen in dem Bett stieß ein vergnügtes Quietschen aus. »Die von Rotkäppchen, wie es vom Wolf gefressen wird und wie der Jäger ihm den Bauch aufschneidet.«

Die Mutter schloss für einen Moment die Augen. Wie von selbst fanden ihre Finger den kleinen Ring, den sie an einer goldenen Kette um den Hals trug. Zwei winzige Edelsteine waren darin eingelassen. Ein Grüner und ein Roter. Jetzt sah es aus, als leuchteten sie. »Warum sollte ein Wolf das tun?«, fragte sie. »Woher kennst du solche Geschichten?«

»Aus dem Kindergarten und außerdem ist der Wolf böse. Er hat auch die Großmutter gefressen.«

Die Kleine zog sich die Bettdecke bis unter die Nase und tat, als hätte sie Angst.

»Ich denke nicht, das der Wolf böse ist, er ...«, ein Flugzeug flog über das Haus, sodass die weiteren Worte der Mutter im Dröhnen der Triebwerke untergingen. Sie wollte grade anfangen zu erzählen, da wurde sie von der Kleinen unterbrochen. »Ein richtiges Märchen fängt mit, es war einmal, an.«

Die Mutter lächelte ergeben. »Also schön. Es war einmal, vor gar nicht so langer Zeit, da lebte in einem Kinderheim, hier in der Nähe, ein kleines Mädchen Namens Jade.

Von allen Kleidungsstücken, die sie besaß, trug sie am liebsten ihre grüne Kappe. Da sie ohne die niemals aus dem Haus ging, wurde sie bald von allen Grünkäppchen genannt.«

»Aber es war eine rote Kappe«, widersprach die Kleine in ihrem Bettchen und richtete sich vor Erregung steil auf, »und sie wurde Rotkäppchen genannt.«

Die Mutter drückte sie sanft auf das Kissen zurück und sagte mit einem listigen Lächeln. »Diese hier nicht, denn dies ist meine Geschichte. Soll ich weiter erzählen?«

Das Mädchen nickte, allerdings war auch ein wenig Verwirrung in ihrem Blick.

Dann fuhr die Mutter fort. »Grünkäppchen war in dem Kinderheim, in dem sie seit einigen Jahren wohnen musste, nicht glücklich. Aber wo sollte sie hin, es war ihr Zuhause. Ihre Mutter war bei der Geburt der Zwillinge gestorben, und als ihr Vater ebenfalls starb, waren die Kinder grade vier Jahre alt gewesen.

Ja, Grünkäppchen hatte eine Schwester, Rosa. Wo die steckte, das wusste sie nicht. Zu aufregend und zu traurig war die Zeit nach dem Tod des Vaters gewesen. Jade lebte bei einer Frau, zu der sie Mutter sagen musste und die sie nicht mochte. Wohin es ihre Schwester verschlagen hatte, konnte oder wollte ihr niemand sagen.

Eines Tages, hatte ihre Pflegemutter, die kleine Jade ins Auto gesetzt und war mit ihr davongefahren. Direkt in jenes Kinderheim.

›Die Mutter ist tot, der Vater ist tot und ich habe, Gott ist mein Zeuge, besseres zu tun, als mich um diesen Balg zu kümmern.‹

Sprachs und rauschte wieder davon. So war Jade ins Heim gekommen.

Von Liebe war auch hier keine Spur zu finden. So saß Grünkäppchen, wenn sie allein war, oft in sich zusammengesunken und weinte. Als ihre Mitbewohnerinnen das bemerkten, hatte ihr das den Beinamen Heulsuse eingebracht.

All das bestärkte Grünkäppchen darin diesem Heim den Rücken zu kehren. Sie war jetzt zehn Jahre alt und wollte nach Amerika. Sie hatte Amerika im Fernsehen gesehen. Es war riesig. Da würde man sie vergeblich suchen, und vielleicht fand sie ja, wie ihr großes Vorbild Tom Sawyer, ebenfalls einen Goldschatz.

Sie begann heimlich alle möglichen Dinge zu sammeln, von

denen sie meinte, sie könnte sie auf ihrer Flucht nach Amerika gebrauchen. Ein Feuerzeug, eine alte Taschenlampe, ein Messer. Einen ganzen Karton Knallfrösche, den sie einigen Jungens am Silvesterabend gemopst hatte. Spekulatiuskekse, eine Taschenuhr, die nicht ging, eine Trillerpfeife und eine Mausefalle. Einmal im Jahr machten die Kinder vom Heim einen Ausflug, der den ganzen Tag dauerte. Das war für Jade der ideale Tag, ihre Fluchtabsichten in die Tat umzusetzen. Sie meldete sich krank und musste das Bett hüten.

Als alle weg waren, schlich sie sich in ihr Zimmer, packte ihre Sachen und verließ das Kinderheim.

Jade, die das Alleinsein gewohnt war, war ziellos durch den Wald gelaufen. Grad so, als erwartete sie, das Amerika sie finden würde und nicht umgekehrt.

Sie liebte die bunten Blumen, wie sie im Wald und auf der Wiese wuchsen und folgte einfach deren Spur. Ein Blümchen hier, ein Blümchen dort, und da hinten noch eins. Dabei hatte sie schnell die Orientierung verloren.

So hatte sie sich ihre Flucht aus dem Heim eigentlich nicht vorgestellt. Der Wald schien endlos zu sein, und jetzt, wo sie sich eingestehen musste, dass sie sich verlaufen hatte, war er auch ein wenig unheimlich.

Sie schaute in ihre Tasche und nahm sich einen Apfel.

Wirkliche Angst hatte sie nicht. Wer sollte ihr hier etwas tun? War ja niemand da.

Im dichten Unterholz raschelte es und jemand stöhnte leise. Oder hatte sie sich das eingebildet?

Nun war ihr doch ein wenig ängstlich zumute. Das Geräusch war dicht hinter ihr. Sie schnellte herum und wich einige Schritte zurück.

Da war es wieder, das leise Stöhnen.

›Ist da jemand?‹

Statt einer Antwort, teilte sich das Buschwerk vor ihr und ein großer grauer Wolf kroch auf allen vieren hervor.

Er war es wohl, so vermutete Grünkäppchen, der gestöhnt hatte.

›Hilf mir‹, keuchte er.

Etwas wie ein Pfeil steckte in seiner Hüfte.

Das Mädchen ging zögernd näher.

›Was hat dich denn erwischt?‹, fragte sie.

›Der Jäger‹, sagte der Wolf, ›mit einer Spritze. Bitte, rette meine Kinder.‹

›Ich glaube, dir muss man zuerst helfen.‹

Es war tatsächlich eine Spritze, die den Wolf getroffen hatte. Vorsichtig umfasste sie den Glaszylinder und zog die Nadel mit einem Ruck heraus. Nur die Hälfte des Inhalts hatte sich in dem Tier ergossen. Der Rest war noch in der Spritze.

›Du musst meine Kinder finden. Bring sie mir.‹

Der geschundene Körper des Tiers kippte der Länge nach auf den Waldboden.

›Ah du bist kein Wolf, du bist eine Wolfsmutter‹, dachte Grünkäppchen. ›Deinen Jungen soll es nicht ergehen wie mir. Ich muß sie suchen.‹

Laut sagte sie: ›Du bleibst hier, ich werde sie holen.‹

Lange irrte sie durch das Unterholz, ohne etwas zu finden. Irgendwann, eigentlich hatte sie bereits jede Hoffnung aufgegeben, kam ihr in den Sinn, anstatt sinnlos nach den Wolfswelpen Ausschau zu halten, auf Spuren zu achten. An einigen Zweigen entdeckte sie ein paar Haare. Da wusste sie, sie hatte eine Spur gefunden. Ein abgeknickter Ast hier, ein Pfotenabdruck da, wieder ein paar graue Wolfshaare. Und dann, die Abenddämmerung hatte bereits begonnen, leise Pieptöne, denen sie folgte.

Sie fand drei kleine Wölfe in einer Höhle, die nicht viel mehr war als eine Mulde im Waldboden. Die Kleinen außer sich vor Angst, als sie das Menschenmädchen erblickten und drängten sich in der äußersten Ecke ihres Baus zusammen.

Grünkäppchen zog eins nach dem anderen zu sich heran und begann damit, ihnen liebevoll das Fell zu streicheln und beruhigend auf sie einzureden.

Es half. Die Kleinen wurden zutraulicher und schmiegten sich an sie. Weil sie hungrig waren, hatte jedes einen Finger des Mädchens ins Maul genommen und begonnen, daran zu saugen. Das half natürlich nicht gegen den Hunger, aber es schien sie zu beruhigen.

Grünkäppchen öffnete ihre Tasche und zog eins der belegten Brote heraus, das sie aus der Küche stibitzt hatte. Sie riss Stücke davon ab, kaute sie weich und fütterte die Kleinen damit. Dann erst biss auch sie von dem Brot ab.

Die Nacht war längst hereingebrochen. Die Welpen und das Mädchen kuschelten sich zusammen, um sich gegenseitig zu wärmen. Wenig später schliefen sie bereits.

Als die Vögel zu zwitschern begannen und der neue Tag den Wald in ein dunkles Grau zu hüllte, war sie wieder auf den Beinen.

Jade hatte eins der Kleinen in ihre Umhängetasche gesteckt. Natürlich nicht, ohne vorher das Brot herauszunehmen. Die anderen Beiden hatte sie sich unter den Arm geklemmt. So marschierte sie los, um der Wolfsmutter ihre Jungen zu bringen. Jade war verwundert, wie kurz der Weg war, für den sie gestern so lange Zeit benötigt hatte.

Die Wölfin war bei Bewusstsein. Sie stieß ein erleichtertes Grunzen aus, als sie Grünkäppchen, mit ihren Welpen erkannte.

Sie versuchte, sich zu erheben. Unterließ es aber, als die drei Kleinen sich auf sie stürzten und gierig die kräftigende Muttermilch, in sich hinein zu saugen begannen.

›Wie geht es dir‹, fragte Grünkäppchen.

›Gut bis auf das Brummen in meinem Schädel.‹

›Das wird dieses verdammte Zeug hier sein.‹ Das Mädchen hatte die Spritze aus dem Gras aufgehoben und warf sie nun in hohem Bogen ins Gebüsch.

›Warum ist der Jäger hinter dir her?‹

›Eine ganz dumme Sache. Die Menschen behaupten, ich hätte das Rotkäppchen mitsamt ihrer Großmutter gefressen. Welch ein Irrsinn. Die Alte ist dick wie ein Wildschwein. Wie soll ich die denn runterwürgen? Außerdem waren die Beiden stets sehr nett zu mir gewesen. Aber wenn es um uns Wölfe geht, scheinen die Menschen aufzuhören zu denken.‹

Jade schien, eine Weile angestrengt zu überlegen. Sie hatte die Stirn in Falten gelegt und die Augenbrauen über der Nasenwurzel zusammengezogen. ›Rotkäppchen, sagtest du?‹ ›Ja, so heißt das Mädchen, das hier im Wald mit seiner Großmutter lebt.

Seit kurzem sind beide spurlos verschwunden und wer war wieder Schuld? Natürlich der böse Wolf. Als ob ich keine anderen Sorgen hätte.‹

Die Wölfin hielt kurz in ihrer Rede inne und schaute auf das Mädchen. ›Jetzt, wo ich dich so sehe; du siehst ihr ähnlich. Nur ist deine Kappe grün und ihre rot. Selbst die blonden Haare und die Zöpfe sind bei euch gleich. Meinst du, ihr seid verwandt?‹

Grünkäppchen nickte. ›Ich glaube ja, meine Schwester Rosa ist seit langer Zeit weg. Die alte Frau könnte unsere Großmutter sein. Willst du mir helfen, sie zu suchen? Da du sie ja nicht gefressen hast, müssen sie ja irgendwo sein.‹ ›Natürlich helfe ich dir. Schließlich verdanken meine Welpen dir, ihr Leben. Bleib hier und pass auf die Drei auf. Ich muss mich ein wenig stärken. Womöglich erfahre ich bei der Gelegenheit etwas.‹

Ohne ein weiteres Wort lief sie in den Wald, wo das Unterholz sie alsbald verschluckt hatte. Ihre Welpen machten noch einige Schritte hinter ihr her, blieben dann jedoch stehen und kamen mit wehleidigem Piepsen zu dem Mädchen zurück. Erst am nächsten Morgen kam die Wölfin wieder. Sie sah erschöpft aus, aber zufrieden. Sofort legte sie sich nieder und ihre Kleinen begannen, gierig an den Zitzen zu saugen.

›Has du etwas in Erfahrung gebracht?‹, erkundigte sich Grünkäppchen.

›Glaub schon. Wir bekommen wohl gleich Besuch.‹ Sie leckte behutsam das Fell der Welpen.

Tatsächlich raschelte es unmittelbar darauf kräftig im Unterholz. Das Mädchen zuckte zusammen. Ein großer Hirsch mit einem mächtigen Geweih kam zum Vorschein.

Der schnaubte erschrocken, als er sie sah: ›Von Menschen hast du nichts gesagt.‹

›Beruhige dich Alter‹, knurrte die Wölfin, ›das ist Grünkäppchen. Sie sucht ihre Schwester und ihre Großmutter. Na, pfeift dir da der Spatz was? Erzähle es ihr.‹

Der Hirsch schüttelte sein Geweih und stieß dabei ein Röhren aus. ›Tief im Wald steht eine alte Hütte. Man sagt, dass in ihr früher eine Hexe gewohnt hätte. Die ist lange fort, dafür wohnen jetzt drei finstere Kerle dort. Sie besitzen Waffen. Damit haben sie mein Weib erschossen. Aus ihrem schönen braunen Fell hat…‹

Der Wolf knurrte den Hirsch böse an. ›Hör auf deine Familiengeschichte zu erzählen und komm zum Wichtigsten.‹

Das Tier senkte gekränkt den Kopf und das Geweih stieß dabei fast auf Grünkäppchens Knie.

Die rückte vorsichtshalber ein Stück zurück. ›Was sollst du mir erzählen‹, fragte sie und sah den Hirsch gespannt an.

›Seit einiger Zeit leben noch zwei Menschen dort. Ein

Menschenkind, so wie du und eine alte Frau. Die Beiden müssen für die Kerle schuften. Die Alte kocht und die die Kleine muss sauber machen. Haben ein paar Mal versucht, zu fliehen, sind nie weit gekommen.‹

Grünkäppchen war aufgeregt hin und her gerutscht.

›Trug das Mädchen eine rote Kappe‹, wollte sie wissen.

›Ja, wie du eine Grüne, als wäre sie deine Schwester.‹

›Sie ist meine Schwester, erwiderte Grünkäppchen, ›und unsere Großmutter ist bei ihr. Wir müssen sie befreien. Kannst du uns hinführen?‹

›Sicherlich, aber die Kerle sind bewaffnet.‹

Die Wölfin war aufgestanden. ›Reis dich zusammen du Memme. Wir brechen sofort auf.‹

Weil sie sehr grimmig dreinschaute, vermied es der Hirsch, zu widersprechen.

Die Gruppe begab sich auf einen Weg, der sie immer tiefer in den Wald hineinführte.

Grünkäppchen trug wieder die drei Welpen und folgte als Letzte. Der Hirsch ging voran. Nun machte er keine Geräusche im Unterholz.

Sie liefen, bis die Nacht hereinzubrechen begann.

Der Hirsch behauptete zwar, dass sie gleich da wären, die Wölfin jedoch bestand auf eine Rast. ›Es ist zu gefährlich im Dunkeln etwas zu unternehmen, wenn man die Gegend nicht kennt‹, beharrte sie, ›wir bleiben bis morgen Früh hier, dann sehen wir weiter.‹

Nach kurzer Zeit waren alle, ermüdet von dem langen Marsch,

eingeschlafen.

Nur Grünkäppchen konnte nicht schlafen. Sie war einfach zu aufgeregt. Ihre Schwester, ihre geliebte Schwester war unweit von hier gefangen und sie musste untätig herumliegen, obwohl sie nicht im Mindesten müde war. Sie gähnte ausgiebig, dann erhob sie sich, um gleich darauf, wie zu einer Salzsäule zu erstarren.

Wenige Meter weiter, leuchtete ein Licht im Wald.

Sie wollte schon aufschreien, doch nein, darum musste sie sich alleine kümmern. Schließlich ging es hier um ihre Familie. Sie dachte an den armen Hirsch, dessen Frau von den Kerlen dort umgebracht worden war und an die Wölfin, die ihre drei Jungen großzuziehen hatte.

Das hier, ging nur sie an. Vorsichtig pirschte sie sich an das Licht heran.

Die Tür der Hütte war nur angelehnt. Sie schlich darauf zu, zögerte einen Moment, als wollte sie es sich anders überlegen, stieß sie dann aber doch auf. Die Tür knarrte in den Angeln und die drei Männer, die im Schein einer Petroleumlampe um einen roh gezimmerten Holztisch saßen, schreckten hoch.

›Guten Abend‹, sagte Grünkäppchen.

Die drei Kerle hatten die Augen und die Münder aufgerissen und starrten sie an wie eine Geistererscheinung.

Das Mädchen starrte zurück und als nichts geschah, sprach sie weiter. ›Sie haben vermutlich meine Großmutter und meine Schwester gefangen. Ich bin gekommen, um die beiden abzuholen.‹ Das läuft doch prima, dachte sie.

›ist ja interessant Mädchen‹, sagte einer der Kerle. Seine Stimme war ganz kratzig, so erschrocken war er. ›Komm doch herein. Bist du allein da draußen?‹

Grünkäppchen, die ihre schlafenden Freunde im Wald natürlich nicht verraten wollte, nickte nur und trat einen Schritt in die Hütte hinein.

Der Mann grunzte den Kerl rechts von sich an: ›Bring sie her und mach die Tür zu.‹

Der Kerl begriff wohl sofort, was von ihm verlangt wurde. Er sprang auf, packte das Mädchen, ehe die auch nur Piep sagen konnte, und zerrte sie in den Raum hinein. Mit dem Fuß stieß er die Tür zu.

›Schon erledigt Chef‹, grinste er und hielt sie fest umklammert.

Jetzt erst bemerkte Grünkäppchen die Frau und das Mädchen, welche gefesselt und geknebelt auf der Ofenbank hockten.

Beide starrten sie mit weit aufgerissenen Augen an.

Waren das ihre Schwester und ihre Oma? Sie hatte sich oft gefragt, wie ihre Schwester jetzt aussieht und wie es sein würde, eine Oma zu haben. Hatte sich oft vorgestellt, wie es wäre, sie kennenzulernen. Allerdings nicht so. Gefesselt, geknebelt und in der Gewalt von drei Gangstern.

Mit einem Ruck befreite sie sich aus dem Griff des Mannes. Er war von dieser Aktion so überrascht, dass er sie losließ. Jade rannte zu den beiden herüber und riss ihnen die Knebel von den Mündern.

›Großmutter, Rosa liebste Schwester‹, rief sie mit vor

Aufregung halb erstickter Stimme. Dann fiel sie dem anderen Mädchen um den Hals und drückte sie fest an sich.

›Jade meine Liebste‹, schluchzte Rosa, ›du lebst, ich bin so froh.‹

Die Großmutter stieß ein herzergreifendes Schluchzen aus. Die Freude des Wiedersehens war indes nicht von langer Dauer. Schnell hatten die Kerle sich von ihrer anfänglichen Verblüffung erholt. Derbe Hände griffen nach Grünkäppchen und zerrten sie von ihrer Schwester fort. Die Arme wurden ihr auf den Rücken gefesselt. Dann stieß man sie ebenfalls auf die Ofenbank. Sie schlug mit dem Kopf gegen eine der Kacheln und schrie vor Schmerz auf. ›Läuft doch nicht so prima‹, dachte sie.

Grünkäppchens Schrei war es, der die Wölfin, die ja unweit der Hütte im Wald geschlafen hatte, aus ihren Träumen riss. Sofort war ihr klar, dass ihre neue Freundin nicht mehr da war. Nachdem sie sich kurz umgesehen hatte, entdeckte auch sie die Hütte der Banditen und schlich heran. Kurze Zeit später wusste sie, was sie wissen musste.

Am Morgen des nächsten Tages beobachtete die Wölfin, aus einem Versteck heraus, die Hütte. Den Hirsch, der sie mit seiner ständigen Angst zur Verzweiflung gebrachte hatte, hatte sie tiefer in den Wald geschickt.

Kurz nachdem die Sonne aufgegangen war, öffnete sich die knarrende Tür der Hütte und die Männer traten ins Freie. Wie auf Kommando ging jeder auf einen Baum zu und alle drei pinkelten, so dass das Plätschern bis zu der Wölfin drang.

Einer von ihnen pupste.

Zwei der Kerle gingen, nachdem sie ihr Geschäft verrichtet hatten, wieder ins Haus, der Dritte sagte: ›Ich kümmere mich mal ums Frühstück.‹

Er lief ein Stück in den Wald, wobei er unentwegt in die Wipfel der Bäume sah. Dann blieb er stehen und sprach zu sich selbst: ›Ah, da haben wir ja, was wir suchen.‹

Geschickt begann er einen Baum emporzuklettern. Die Wölfin, die seinem Tun mit den Augen folgte, wusste sofort, was da vor sich ging.

Er suchte Eier. Bald hatte er ein Nest in dem Baum erreicht, griff hinein und holte etwas heraus, was er sorgfältig in einem Beutel vor der Brust verstaute.

Als er sich auf den Rückweg machte, hörte sie einen Raben klagend krächzen. Der arme Vogel würde wohl in diesem Jahr keinen Nachwuchs haben.

Nachdem sie das Versteck des Hirsches erreicht hatte, stellte sie zu ihrer Verwunderung fest, dass sich Gäste eingefunden hatten.

Herr und Frau Rabe.

Sie klagten lautstark über den Verlust ihrer Eier und machten auch sonst ziemlichen Lärm. Das brachte die Wölfin auf eine Idee. ›haltet endlich eure Schnäbel‹, rief sie den Vögeln zu, die prompt verstummten. ›Wir müssen den Menschen dort helfen‹, sagte sie.

Sofort protestierten die Raben. ›Die haben unsere Eier geklaut!‹

Der Hirsch schüttelte sein Geweih. ›Auf ihrer nächsten Jagd erschießen sie uns dafür. Ohne mich!‹

›Ich rede nicht von den drei Kerlen, sondern von den Mädchen und ihrer Großmutter.‹ Sie machte eine Pause, in der sie mit schräg geneigtem Kopf nachzudenken schien. ›Hört zu, ich habe da einst von einer Geschichte gehört, die sich im Norden abgespielt haben soll, und die hat mich eben auf eine Idee gebracht.‹

Während die vier Tiere, tief im Wald, diese Geschichte und die Idee der Wölfin besprachen, mussten Rosa und Jade die Hütte dieser Banditen reinigen, die Wäsche der Kerle waschen und den den Garten am Haus bearbeiten. Die Großmutter war derweil mit Kochen beschäftigt.

Einer der Männer bewachte die Gefangenen und achtete darauf, dass sie nicht miteinander sprachen.

So verging der Tag wie im Flug und der Abend brach herein. Kaum das es dunkel geworden war, teilte die Großmutter an alle das Essen aus. Natürlich auch an die Mädchen, die sich mit Appetit darüber hermachten.Es wurde still in der Hütte. Leises Schmatzen und Schlürfen waren zu hören.

Plötzlich, ein infernalischer Krach vor der Hütte. Ein Kreischen, Brüllen, Jaulen, und Bellen. Die Ohren dröhnten davon und die Scheiben in dem Fenster klirrten. Eine zerbarst sogar.

Alle erstarrten vor Schreck. Nur Grünkäppchen ahnte, was da vor sich ging, obwohl auch ihr der Schrecken in die Glieder gefahren war.

Die drei Kerle ließen ihre Bestecke fallen, griffen zu ihren

Waffen und rannten Hals über Kopf aus der Hütte.

Sofort wurde es draußen still.

Grünkäppchen jedoch lief zu ihrer Tasche, die die Männer achtlos in eine Ecke geworfen hatten. Mit fliegenden Fingern kramte sie darin herum. ›Wo ist es? Wo ist es? Es muss doch… ah, hier ist es!‹ Triumphierend hielt sie eine Schachtel in der Hand. Die Knallfrösche. Mit der anderen versuchte sie, das Feuerzeug zu entzünden. Natürlich ging das verdammte Ding nicht. Ihre Schwester Rotkäppchen lief auf sie zu. ›gib her, das Ding. Ich heize bei Großmutter immer den Ofen.‹ Sie schnippte zweimal mit dem Feuerstein und es flammte auf. Jade hielt die Zündschnur des ersten Knallfroschs an die Flamme. Sofort zischte es.Die Männer waren ums Haus gelaufen und schienen nichts entdeckt zu haben. ›Los, wir gehen wieder rein.‹In diesem Augenblick ertönten Schüsse aus Richtung der Hütte. Das war natürlich der Knallfrosch. Grünkäppchen kramte weiter in ihrer Tasche und holte die Trillerpfeife heraus. Sie blies ein paarmal kurz darauf. Es klang wie eine Polizeipfeife. Rotkäppchen hatte den nächsten Knallfrosch entzündet und ihn durch die kaputte Scheibe des kleinen Fensters geworfen. Wieder meinten die drei Männer, sie würden beschossen werden. Zu allem Überfluss begann die Wölfin nun wie ein Polizeihund zu bellen. ›Los weg hier‹, brüllte ihr Anführer, ›ehe sie uns schnappen!‹ Sie rannten in Panik durch den Wald, verfolgt von dem Röhren eines Hirschs und dem Bellen eines Wolfs.

Zwei schwarze Vögel kamen aus der Dunkelheit geschossen und krallten sich in den Haaren eines der Männer fest. Mit ihren langen Schnäbeln hackten sie auf seinen Kopf ein. Er schrie auf vor Schmerz und Schreck. Dabei ließ er die Waffe fallen und versuchte nach den Vögeln zu schlagen. Er traf sie nicht. Mühsam richtete er sich auf und rannte hinter seinen Komplizen her. Niemals wurden sie wieder im Wald gesehen. Grünkäppchen und Rotkäppchen umarmten einander. Sie lebten noch viele Jahre glücklich mit ihrer Großmutter, bis deren Zeit auf Erden schließlich abgelaufen war. Da jedoch waren aus den beiden Mädchen schon junge Frauen geworden, die fortan, ihre eigenen Wege zu gehen begannen. Jede von ihnen, hatte von der Großmutter einen goldenen Ring, mit zwei kleinen Steinen bekommen. Einen Roten und einen Grünen. Wenn eine, an die Andere dachte, funkelten sie.«

Das kleine blonde Mädchen hatte in ihrem Bett der Mutti aufmerksam zugehört. »Das Grünkäppchen hieß Jade. Genau wie du Mama. Wie kommt das?«

»Ich habe doch gesagt, das hier ist meine Geschichte«, erwiderte sie lächelnd. »Und nun schlaf endlich. Sie war viel zu lang für ein kleines Mädchen wie dich.«

Die Kleine lächelte und wollte grade die Augen schließen, da schoss ihr wohl noch eine Frage durch den Kopf: »Was war das für eine Geschichte, die der Wölfin eingefallen war?«

»Das war die Geschichte der Bremer Stadtmusikanten, aber die erzähle ich dir ein anderes Mal.«

Irrungen und Wirrungen der Prinzessin Rosa

Prinzessin Rosa

Wenn Märchen dazu dienen können, neben einem gewissen Spannungs- und Unterhaltungswert, unsere Kinder auf Konfliktsituationen im Leben vorzubereiten, sollte das Anschließende durchaus in der Lage sein, einen Beitrag zú leisten.

Begeben wir uns zu diesem Zweck in das Märchenschloss der Königin Sophia. Die lebte hier in Frieden und fast in Eintracht mit ihrem Töchterchen, der Prinzessin Rosalie, die von allen Rosa genannt wurde.

Die Königin gehörte seit vielen Jahren dem Witwenstand an, denn ihr Gemahl, der König Karlemann, hatte kurz nach der Geburt seines einzigen Kinds, eben jener Prinzessin Rosalie, dass Zeitliche gesegnet.

Einige Leute bei Hofe behaupten noch heute, er wäre an Gram gestorben, weil er sich nämlich nichts sehnlicher wünschte, als einen Sohn, einen richtigen Erben und Thronfolger.

Hätte er doch seine Tochter aufwachsen sehen können, jeglicher Gram wäre ihm vergangen.

Rosa war erwachsen geworden und die Mutter hatte sich schon diesen und jenen Prinzen ausgeguckt, von dem sie annahm, dass eine Verbindung mit dem Königshause von Vorteil sein könnte.

Rosa war hübsch anzuschauen, jedoch keine Schönheit im

klassischen Sinne. Ihre Gesichtszüge waren ebenmäßig, allerdings eher ein wenig knabenhaft. Verstärkt wurde dieser Eindruck von den schulterlangen Haaren, die sie nach Art der Schildknappen in der Mitte gescheitelt, glatt herunterfallen ließ. Ihre Schultern waren eine Spur zu breit und der Busen zeichnete sich nicht durch Üppigkeit aus.

Aber sie war die Prinzessin und das sollte all die winzigen Unvollkommenheiten hinlänglich ausgleichen.

Allerdings hatte Prinzessin Rosa sämtliche Vorschläge bezüglich der Wahl eines Gatten, die ihr die Mutter machte, rundheraus abgeschmettert. Da war nicht einer dabei, dem sie die leiseste Zuneigung entgegenbringen konnte. Zu dumm, zu schlau, zu groß, zu klein, zu dünn, zu dick, zu grob, zu sanft. Irgendetwas hatte sie an jedem, der hoch angesehenen Bewerber auszusetzen.

Die Königin, war darüber betrübt. Sie wünschte sich nicht erst seit gestern königliche Enkelkinder, mehr Leben in der Familie, und eine auf längere Zeit absehbare Thronfolge.

Vielleicht aus diesem Grund, genau wird man es wohl nie erfahren, überraschte sie ihre Untertanen eines Tages mit der Nachricht, dass nun sie es sei, die heiraten werde.

Der Bräutigam und künftige König erwies sich als ein älterer Witwer. Einer, so wurde hinter vorgehaltener Hand geflüstert, mit beträchtlichem Vermögen. Außerdem brachte er einen Sohn, von gleichem Alter wie Prinzessin Rosa, mit in die Ehe. Darüber war Rosa durchaus erfreut. Einen Bruder hatte sie sich immer gewünscht. Wenngleich ihre Wünsche auch in

Richtung eines jüngeren Bruders gegangen waren. Schließlich sagte sie sich, dass man nicht alles haben konnte, wie man es wollte und nahm es, wie es war. Zumindest bis zu dem Augenblick als sie den künftigen Stiefbruder kennenlernte.

»Das ist ja wohl der größte Schnarchsack, der jemals auf Gottes Erden hervorgebracht wurde«, vertraute sie ihrer Freundin und Zofe an.

»Ich finde ihn nett«, sagte diese sofort.

»Na klar, weil du hoffst, ihm schöne Augen machen zu können«, schnaufte die Prinzessin.

»Nein, wo denkt ihr hin, königliche Hoheit«, im Falle einer Meinungsverschiedenheit nutzte sie diese förmliche Anrede vorsichtshalber, »wie ihr wisst, heirate ich nächsten Monat.« Aber Prinzessin Rosa war sauer. »Pah, was hat das bei dir schon zu sagen.«

Nun war die Zofe eingeschnappt, sagte sicherheitshalber nichts mehr, aber schnaubte wütend.

Die Hochzeit war jedoch nicht aufzuhalten und so hatte das Reich bald einen neuen König, Rosa einen Stiefvater und einen Stiefbruder, die sie im Übrigen beide nicht ausstehen konnte.

Ihr Stiefbruder trug zwar den Namen Bertram, aber Schnarchsack war noch die mildeste Bezeichnung der Prinzessin für ihn.

Er litt übrigens permanent an Verdauungsstörungen und wenn ihm einer seiner Winde entfuhr, war in weiterem Umfeld von ihm, nur schwer an Luftholen zu denken.

»Stellt euch vor Graf Eisenfaust«, sagte die Prinzessin zu dem Fechtmeister, bei dem sie die Kunst des Schwertkampfes erlernte, »dieser Pfau, schreibt doch tatsächlich Gedichte. Und was für ein jämmerliches Zeug.« Sie wusste, dass der Graf dieses ›Weichei‹ ebenfalls nicht ausstehen konnte, und Gedichte als weibischen Firlefanz bezeichnete.

Nun ja, da lag sie möglicherweise richtig. Prinz Bertram hatte es sich nicht nehmen lassen, anlässlich der Trauung seines Vaters und der damit verbundenen Ernennung zum König, einige Verse zum Besten zu geben, von denen hier aus Feingefühl nur einer wiedergegeben werden soll.

»Des Himmels Glückes weißer Pferde,

streben nieder

auf die Erde,

um mit des Engelschores Lieder,

Gottes Segen übers Land zu breiten,

für dessen Glück sie fortan streiten.«

Aus einem dieser neumodischen Romane, den die Prinzessin jüngst gelesen hatte, zitierte sie, während der Prinz sein Machwerk zum Besten gab, halblaut:

»... und er bläst aus der Retorte,

Der Winde allerschlimmster Sorte.«

Obwohl, nur halblaut gesprochen, wurde sie in ihrem Umfeld gut verstanden und einige der Gäste lachten und applaudierten sogar.

Da der frischgebackene Prinz diese Ovationen fälschlicherweise auf die von ihm vorgetragene Dichtkunst bezog, verbeugte er sich huldvoll und ließ eine Zugabe seines Könnens folgen.

»Dieses Paares Glanz
selbst den Schatten hell erleuchtet,
auf das in Zukunft ganz
im Reich die Dunkelheit entfleuchtet.«

Der neue König klatschte begeistert in die Hände, die Königin verdrehte, wenn auch kaum sichtbar die Augen. Einige Höflinge räusperten sich verlegen, und es trat für einen Moment Ruhe ein.

Dummerweise achtete Prinzessin Rosa nicht auf diesen augenblicklichen Stimmungswandel. Sie war zu wütend auf den Möchtegernpoeten und deklamierte ihrerseits:

»Nur um sich trefflich einzuschleimen,
furzt er nun auch noch in Reimen.
Die Ferse hat kein denkend Geist verbrochen,
Die sind wem aus dem Arsch gekrochen.«

Ebenfalls keine Meisterleistung der Dichtkunst, jedoch spontan entstanden und diesmal erreichten ihre Worte den Adressaten.

Ihr frischgebackener Stiefbruder errötete bis unter die Haarwurzeln. Und da nun fast alle Anwesenden in Gelächter ausbrachen, machte er auf dem Absatz kehrt, um davonzueilen. Dabei stolperte er über den kurzen Säbel, den er aus Anlass der neuen Prinzenwürde umgeschnallt hatte. Er purzelte die Stufen, die zu dem Thron des Königspaares emporführten herunter und landete direkt vor den Füßen der lächelnden Rosa. Einige der umstehenden Höflinge halfen ihm beim Aufstehen.

Er klopfte sich umständlich den Staub vom Festtagsgewand, wobei er Prinzessin wütend anfunkelte. »Das wird sie mir büßen«, stieß er hervor, dann eilte er, hochrot im Gesicht, davon.

Als sie zufällig in das Antlitz des Königs, ihres neuen Stiefvaters, blickte, erstarb ihr Lachen jäh und es beschlich sie ein ungutes Gefühl. Er schaute sie mit nachdenklichem Ernst an, grad so, als würde ein Plan in seinem Kopf heranreifte. Ein Plan, von dem sie sich sicher war, dass er ihr nicht gefallen würde.

Bereits am nächsten Morgen, sie hatte kaum gefrühstückt, erschien ein Bote ihrer Mutter und befahl sie in deren Gemächer.

Von schlimmen Vorahnungen befallen, eilte sie unverzüglich los.

Königin Sophia saß, noch im Nachtgewand, auf ihrem Bett. Ihre schlanke, hohe Gestalt richtete sich kerzengerade auf, als die Prinzessin das Gemach betrat.

Der König, bereits gänzlich angekleidet, stand ein wenig im Hintergrund. Ganz so, als wollte er sich aus dem Folgenden heraushalten.

»Meine liebe Rosa«, begann die Mutter, »wir haben ja schon öfter über deine Vermählung gesprochen. Nun, heute Nacht bin ich diesbezüglich zu einem Entschluss gekommen. Du wirst«, sie machte eine kurze Pause, wohl um die Spannung erhöhen, »Bertram heiraten.«

Die Gedanken in Rosas Kopf überschlugen sich, ›Bertram, Bertram?‹, sie hatte sich noch immer nicht an den Namen ihres neuen Bruders gewöhnt, weil sie ihn für sich ja nur den Schnarchsack nannte. Aber dann brach es aus ihr heraus.

»Aber der ist doch mein Bruder!«

Eine Wolke des Unwillens überzog das Gesicht der Königin.

»Red keinen Unsinn Kind. Er ist dein Stiefbruder und nicht im Mindesten mit dir verwand. Außerdem ist es eine durchaus wünschenswerte Verbindung. Er wird das Vermögen seines Vaters erben, das so, in der königlichen Familie verbleibt.«

Der Prinzessin wurde schwindelig und sie musste sich am Pfosten des Himmelbetts festhalten.

»Das kannst du doch nicht machen«, stöhnte sie.

»Oh doch, und wie ich kann.«

Wie zur Bestätigung ihrer Worte ging die Tür des Schlafgemachs erneut auf und ließ den frischgebackenen Prinzen ein.

Rosa sah zu ihrem Stiefvater hinüber, auf dessen Gesicht sich ein zufriedenes Lächeln breitgemacht hatte. Immerhin würde sein Sohn nun einmal König werden.

»Ihr habt mich rufen lassen meine Königin«, hörte sie Bertram neben sich, in flötender Stimmlage, zu ihrer Mutter sagen. Er verbeugte sich tief.

»Ja in der Tat«, ein gewisser Unmut über diesen Auftritt war ihr durchaus anzumerken. Sie liebte es, geradeheraus zu sein und ohne Umschweife zur Sache zu kommen. »Dein Vater und ich haben beschlossen, dass du die Prinzessin Rosa ehelichen wirst.«

Einen Moment lang herrschte Schweigen in dem Raum und nur das Atmen der vier Anwesenden war zu hören.

Rosa gewahrte, wie der Blick ihres Stiefbruders auf ihr lag. Er musterte sie von oben bis unten, als taxierte er ein Pferd auf dem Viehmarkt. Ein unverhohlenes Grinsen erschien auf seinem Gesicht, in dem sich Triumph und Wollust gleichermaßen spiegelten.

›Niemals!‹, schoss es dem Mädchen durch den Kopf, ›niemals werde ich die Frau dieses Idioten.‹

Mit einem Ruck drehte sie sich um und stürmte wortlos aus dem Raum. Krachend fiel die Tür hinter ihr ins Schloss. Erst als sie draußen war, begann sie laut zu weinen. Ihre schlanken Hände hatte sie zu Fäusten geballt.

Ihr erster, spontaner Gedanke war, sich ein Messer in das Herz zu stoßen, um dieser unseligen Heirat zu entgehen.

Dann dachte sie daran, dass der Schnarchsack auch das noch als seinen Triumph auskosten könnte. Nein, das wollte sie verhindern.

Aber wie?

›Durch Flucht‹, schoss es ihr durch den Kopf, ›wer nicht da ist, kann nicht verheiratet werden.‹

Ein Bündelchen mit dem Notwendigsten war schnell gepackt. Vom Schwertmeister hatte sie zum fünfzehnten Geburtstag einen Dolch mit reich verzierter Scheide geschenkt bekommen. Den holte sie, als Erstes aus ihrer Truhe.

Sie trug weite Pluderhosen und ein langes, ebenfalls weites Hemd, wie es die Bauern in der Gegend bevorzugten. Nun noch einen Wollmantel gegen Wind und Wetter und sie war reisefertig. Um die schmalen Hüften hatte sie einen breiten Ledergürtel gebunden. Hinter diesen schob sie nun das Messer.

Als der Abend dämmerte, huschte sie durch eine kleine Nebentür in der Stadtmauer, von der sie wusste, dass sie nicht bewacht wurde.

Nun stand sie zwar außerhalb der Burg, aber wo sollte sie hin? Am besten einfach der Nase nach. So wandte sie sich in Richtung der untergehenden Sonne und begann leichten Herzens, frei auszuschreiten.

Viele Tage und Wochen war sie gewandert, hatte die Dörfer gemieden, war jedem Menschen aus dem Weg gegangen und hatte das Königreich ihrer Mutter längst verlassen.

Niemand würde sie mehr finden und niemand würde in dem abgerissenen Jüngling, die Prinzessin des Märchenschlosses erkennen.

Das war nicht weiter verwunderlich, denn in dieser Gegend hatte keiner von ihr und ihrem geheimnisvollen Verschwinden gehört.

Sie hatte sich, wie schon oft in der vergangenen Zeit ein Lager im Wald aufgeschlagen und grade zur Ruhe gebettet, da begann es heftig zu regnen. Zudem zog ein Sturm auf, der die Wassertropfen, die da vom Himmel stürzten, wie Geschosse durch die Luft peitschte.

Augenblicklich war das Feuer, das die Prinzessin entfacht hatte, ausgegangen.

Mühsam richtete sie sich auf, raffte ihre paar Habseligkeiten zusammen und kämpfte sich durch Regen und Sturm, in der Hoffnung, irgendwo einen trockenen Unterstand zu finden. Bald war sie bis auf die Haut durchnässt. Der Wollmantel war mit Wasser vollgesogen. Er klebte so schwer an ihrem Körper, als wolle er sie zu Boden ziehen.

Da gewahrte sie im unsteten Schein einiger Blitze das Gemäuer einer Burg. Neue Hoffnung schöpfend, kämpfte sie sich darauf zu.

Der Prinz und der Frosch

Wenn es draußen stürmt und regnet, dann stürmt und regnet es natürlich auch auf der Burg Nimmerland.

Der König und die Königin, denen die Burg und das umliegende Land gehörten, hatten sich wegen dieses Wetters bereits früh zu Bett begeben. Bis auf wenige Kamine besaß die Burg keine Heizung. Dass die Fenster dicht abschlossen, kannte der König nichtmal aus seinen Kindertagen.

Ein einziges Zimmer bildete diesbezüglich eine löbliche Ausnahme. Es war das Zimmer des Prinzen. Hier schlossen die Fenster dicht, der Kamin zog hervorragend und verbreitete eine wohlige Wärme in dem Raum. Der Prinz hatte da nämlich jemanden, der genaustens darauf achtete, dass in dem Seitenflügel, den er bewohnte, alles seine peinliche Ordnung hatte. Hendrik von Sagenburg, Kammerdiener, ständiger

Begleiter, Freund seiner prinzlichen Hoheit.

Der Prinz, der Prinz Ottokar hieß, allerdings von den meisten Ottilein genannt wurde, ein Umstand, den er wohl seiner Mutter zu verdanken hatte, saß in einem seiner beiden Ohrensessel und las. Möglicherweise in der Heiligen Schrift.Vielleicht in einem der grade in Mode gekommenen Romane, wie zum Beispiel, ›der Abentheurliche Simplicissimus Teutsch‹, von diesem Hans Jakob Christoffel von Grimmelshausen. Eine nicht ganz unumstrittene Neuerscheinung, deren Verbreitung wie eine Krankheit um sich griff und vor allem, vor jungen Leuten keinen Halt machte.

Jedenfalls war das Minenspiel des Prinzen von einem unaufhörlichen Wechselbad der Gefühle gezeichnet. Mal mochte er lachen, mal weinen, dann wieder riss er erstaunt oder ängstlich die Augen auf. Also eher doch nicht die Heilige Schrift.

So war es kaum verwunderlich, dass er das Hämmern am Burgtor überhörte.

Nicht überhören tat es die Königin. Sie hatte einen leichten Schlaf und schreckte bereits nach dem ersten Schlag gegen das Tor von ihren Kissen hoch.

Mit einem unchristlichen Fluch rüttelte sie den neben ihr schnarchenden Gemahl, den König, wach. »Hörst du das, da klopft jemand an das Tor.«

Der König grunzte im Halbschlaf und murmelte: »Na dann schicke jemanden hin.«

Erneut schüttelte sie ihren Mann. »Sei kein Narr, es ist niemand mehr wach. Soll ich vielleicht die ganze Burg wecken, nur weil es klopft?«

Nun fuhr der König zornig in seinen Federn hoch. »Dann geh selbst und öffne.«

»Geh du gefälligst, du bist der Mann.«

»Es regnet, hörst du das nicht. Außerdem geht ein Sturm. Soll ich mir da draußen vielleicht den Tod holen?«

Sie schnaubte wütend »Aber, wenn ich ihn mir hole, ist das in Ordnung ja?«

Der König verdrehte die Augen und sagte: »Hör zu Weib, Männer sterben immer vor den Frauen, also fast immer. Da ich aber noch lebe, bist du folgerichtig noch nicht dran. Nun geh und mach das Tor auf oder lass es. Vor allem aber lass mich in Ruhe.« Er drehte sich um, zog sich die Decke über den Kopf und schnarchte schon bald wieder vernehmlich.

Erneut hämmerte es gegen das Tor. ›Wer mag das zu so später Stunde sein und bei diesem Wetter?‹

Sie schlug die Bettdecke fort und stand auf.

Der Torschlüssel hing im Wachhaus an einem eisernen Dorn. Sie zog ihn von dort ab, mühte sich zuerst mit dem rostigen Schloss und dann mit dem schweren Tor. Als sie beides endlich nachgegeben hatte, klebte das Nachthemd an ihrem knochigen Körper. Sie zitterte vor Kälte.

Vor dem Tor stand ein Jüngling, der seine Kapuze trotz des Wetters zurückschob. »Ich hätte gern für die Nacht ein Dach über dem Kopf. Ich bin die Prinzessin Rosa.«

Die Königin war zwar der Meinung, sich verhört zu haben, zog jedoch die durchnässte Person durch das Tor und verschloss es hinter ihr wieder.

»Kommt mit ins Trockene, wir holen uns sonst hier noch den Tod.«

Mit weitausholenden Schritten ging sie voran. Die Prinzessin folgte ihr weniger forsch, sie war am Ende ihrer Kräfte.

In der Waschküche, in der es trotz der nächtlichen Stunde noch angenehm warm war, hielt sie an und hieß die Prinzessin sich niedersetzen. »Ihr müsst erst einmal ein heißes Bad nehmen.«

Sie hatte den Eindruck, ihr später Gast wollte widersprechen.

»Keine Widerworte, ihr seid durchgefroren und werdet euch unweigerlich erkälten.« Allerdings dachte sie eher daran, bei dieser Gelegenheit zu überprüfen, ob es sich bei der sogenannten Prinzessin, wenigstens um ein Mädchen handelte. Dann ging sie fort, um die Mägde zu wecken, damit sie ein warmes Bad bereiten konnten.

Wenn sie sich auch anfänglich gesträubt hatte, mitten in der Nacht zu baden war sie doch froh, nachgegeben zu haben. Das Bad mit seinen vielen Kräutern hatte ihr gutgetan und ihre Lebensgeister wieder geweckt. Die Mägde der Burg waren nette lustige Mädchen und hatten die Waschküche mit ihrem Lachen, Geschwätz und Gegacker erfüllt.

Die Königin war gegangen. Sie hatte erfahren, was sie wollte. Der nächtliche Besuch war zweifelsfrei ein Mädchen. ›Nun werden wir auch noch herausbekommen, ob es sich um eine echte Prinzessin handelte oder nicht‹, dachte sie.

Dieses Wissen war ihr wichtig, denn sie suchte für ihr ›Ottilein‹, seit langem eine passende Prinzessin als Gemahlin. Der Junge war äußerst wählerisch. Keine passte ihm. Zu dumm, zu schlau, zu groß, zu klein, zu dünn, zu dick, zu grob, zu sanft. Irgendetwas hatte er an jeder der hoch angesehenen Bewerberinnen auszusetzen.

Sollte sich erweisen, dass das hier eine richtige Prinzessin war, musste es diesmal anders laufen. Sie hatte mit dem Instinkt einer Mutter erkannt, dass dieses junge Ding im Waschhaus zu ihrem Sohn passen würde. Außerdem hatte sie sie von Anfang an gemocht.

›Es muss doch mit dem Teufel zugehen, wenn daraus nichts wird‹, dachte sie. Schnell schlug sie das Kreuz ob solcher sündigen Gedanken.

Dann bereitete sie eigenhändig den Schlafplatz ihres nächtlichen Gastes vor. Dazu legte sie zuerst eine Erbse auf die Erde und stapelte zwanzig Matratzen darüber. Obenauf tat sie noch einmal zwanzig Daunendecken und darüber ein weißes Laken, das bis auf den Boden reichte. ›So, nun wird sich ja zeigen, ob sie ist, was sie vorgibt zu sein.‹ Eine wahre Prinzessin, davon war sie überzeugt, musste diese Erbse spüren.

Die Mägde hatten in der Zwischenzeit Prinzessin Rosa abgetrocknet und in ein seidenes Schlafgewand gekleidet. Eine von Ihnen, die Netteste, geleitete sie in die Schlafkammer. Erstaunt blieb die Prinzessin vor dem hohen Bett stehen. »Da oben soll ich schlafen?«

Die Magd wusste natürlich, was das bedeutete und erzählte ihr von dem Vorhaben der Königin. Die Aussicht, die nette

Fremde, mit dem Prinzen verheiratet zu sehen hatte etwas Verlockendes für sie.

Ein wenig ärgerlich war Rosa aber schon. ›Warum fragt mich niemand?‹, dachte sie.

Als die Magd gegangen war, kletterte sie auf den Matratzenstapel. Allerdings legte sie sich nicht nieder, sondern nahm lediglich die obersten zwei Daunendecken ab, warf sie zu Boden und stieg wieder herunter.

»So ein Unsinn«, schimpfte sie dabei. »Wie soll jemand Vernünftiges da drunter eine Erbse spüren?«

Dann breitete sie einer der beiden Decken auf dem nackten Boden aus, legte sich hin und deckte sich mit der Anderen zu.

›Morgen wirst du dich schon wundern‹, dachte sie noch und war gleich darauf eingeschlafen.

Am nächsten Morgen betrat die Königin als Erste die Schlafkammer der Prinzessin. Die schiere Enttäuschung stand ihr im Gesicht geschrieben. ›Doch keine Prinzessin, schade.‹

»Habt ihr gut geschlafen«, fragte sie und schob die schweren Vorhänge beiseite.

Prinzessin Rosa blinzelte und brauchte einen Moment, um sich die Ereignisse der letzten Nacht, in Erinnerung zurück zurufen. Dann sagte sie: »Danke Majestät, sehr gut.«

Die Königin nickte huldvoll und wollte die Kammer schon verlassen, als sie die Stimme ihres Gastes noch einmal aufhielt.

»Allerdings solltet ihr mal unter diesem Fußboden nachschauen. Ich befürchte, in der Etage darunter liegt ein Stein, der mich die ganze Nacht gedrückt hat. Sicherlich habe ich einen blauen Fleck auf dem Rücken.«

Sie hob das Nachthemd und tatsächlich war dort ein blauer Fleck zu sehen. Dass der von einem Ast herrührte, den ihr der Sturm in der vorigen Nacht ins Kreuz geschleudert hatte, ließ sie dabei allerdings unerwähnt.

Die Königin riss die Augen auf. »In der Etage darunter? Das ist das Kellergewölbe. Wie könnt ihr …« Sie lies den Satz unvollendet und eilte hinaus.

Sofort schickte sie einen Diener in den Keller und der kam bereits kurze Zeit später mit einem walnussgroßen Stein in der Hand zurück. »Der da, lag genau unter dem Schlafgemach der Prinzessin«, sagte er. Dass der ganze Keller voller solcher Steine war, erwähnte er vorsichtshalber nicht.

›Eine wahre Prinzessin‹, dachte die Königin beglückt und begann sofort, Hochzeitspläne zu schmieden.

Nachdem Prinzessin Rosalie gefrühstückt hatte, spazierte sie durch die Burg. Der König, konnte nicht umhin, gleichsam von ihr eingenommen zu sein. Er hatte ihr kurzerhand versichert, dass sie gern so lange bleiben könne, wie sie wolle.

Sie gelangte auf den Burghof. In seiner Mitte stand ein Brunnen. Auf dessen Rand ließ sie sich nieder und überlegte, wie es mit ihr weitergehen sollte. Sie konnte doch nicht immer fliehen. ›Irgendwann musst du auf eigenen Füßen stehen‹, dachte sie.

Aber wie? Sie hatte nur eins gelernt; Prinzessin. Wo bekam man für solche Ausbildung Geld?

Etwas berührte ihre Hand. Ein Frosch. Sie zuckte erschrocken zurück, denn sie mochte keine Frösche. Als sie ihn weiter betrachtete, anfänglich voller Ekel, stellte sie fest, dass der hier anders aussah. Seine Augen waren sanft, ja fast sehnsüchtig.

Schritte erklangen hinter ihr. Mit einem leisen Plopp, verschwand der Frosch im Brunnen.

»Ah, ihr müsst Prinzessin Rosa sein.« Ein junger Mann kam auf sie zu. Als er vor ihr stand, verbeugte er sich artig und fuhr fort: »Ich bin Ottokar, des Königs Sohn.«

»Also der Prinz«, vervollständigte sie und lächelte ihn an, »den alle hier Ottilein nennen?«, scherzte sie.

Ottilein errötete. Sie hatte ihn keinesfalls beleidigen wollen, und entschuldigte sich für ihren vorlauten Mund. Dabei errötete auch sie. Das wiederum sah von einem der oberen Fenster die Königin und rieb erfreut die Hände aneinander: »Wer sagt`s denn, diesmal wird`s was, ich spüre das«, frohlockte sie.

›Er ist nett‹, dachte Prinzessin Rosa, ›außerdem starrt er mich nicht an, als ob er gleich über mich herfallen will.‹

Das tat der Prinz tatsächlich nicht. Er schaute krampfhaft an ihr vorbei und wusste nicht so recht, was er sagen sollte.

»Kein Problem«, stotterte er, »es sagen wirklich alle Ottilein zu mir, natürlich dürft ihr das ebenfalls tun.«

Dann betrachtete er sie doch und errötete erneut, denn er stellte fest, ›sie ist zwar nett, aber heiraten werde ich auch sie nicht.‹

Etwas zu schroff wandte er sich ab und sagte im Davongehen:

»Es war mir eine Ehre eure Bekanntschaft, gemacht zu haben, Pfrinzessin.«

Ein wenig verwirrt blieb sie am Brunnen zurück. ›Ist er doch beleidigt?‹, fragte sie sich, ›egal, ich will ihn ja nicht heiraten.‹ Der Frosch fiel ihr wieder ein und sie schaute zu dem Brunnen. Er war schon da. Saß auf dem Brunnenrand und schaute sie an.

Ganz ganz leise quakte er.

Es klang traurig.

Der Prinzessin überkam ein Gefühl der Wärme, wie sie es nie zuvor verspürt hatte. Mit für sie ungewohnter Zärtlichkeit blickte sie das Tier an und hob es langsam und liebevoll auf.

»Es tut mir leid, ich war zu schroff zu euch.«

Die Stimme ließ sie hochschrecken.

Der Prinz war zurückgekehrt und stand wie ein Sünder, der sich selbst einer Gerichtsbarkeit stellte, mit hängenden Schultern, vor ihr.

Den Frosch in ihrer Hand schien er gar nicht zu bemerken.

»Es ist alles, wie es sein sollte«, sagte sie spitz, »ich wollte euch ja schließlich nicht heiraten. Obgleich dies wohl der Wunsch eurer Mutter ist, wie mir schien.«

»Ich will euch doch auch nicht heiraten«, entfuhr es dem Prinzen.

Nun war es an ihr, verwundert zu sein. Oder war es nur verletzte Eitelkeit? »Ach und darf ich den Grund dieser Ablehnung erfahren?«

Er tapste verlegen von einem Bein aufs Andere, dann setzte

er sich plötzlich neben sie, blickte sich ängstlich nach allen Seiten um und flüsterte mit rauer Stimme: »Ich vertraue euch. Ich weiß nicht warum, aber ich tue es. Ich liebe einen Anderen.«

Die letzten Worte stieß er in einer Mischung aus Trotz und Entschuldigung hervor. So, als erwarte er heftigen Widerspruch.

»Einen Anderen?«, hakte sie nach.

»Ja, meinen Kammerdiener Hendrik von Sagenburg.«

Das war jetzt doch ziemlich peinlich und sie wusste nicht recht, was sie erwidern sollte. Sie versuchte so viel Sanftheit wie möglich, in ihre Stimme zu legen. »Aber es ist euer Herz, das ihr vergebt und ich habe es nie gewollt. Versteht mich richtig, ich würde eher diesen Frosch hier küssen als euch«, sie hob das Tier hoch und hielt es dem Prinzen vor die Nase.

Aua, das hatte sie gar nicht sagen wollen. Wer hatte ihr solche Worte in den Mund gelegt?

Zu spät. Ottilein war wieder sauer. »Dann tut es doch«, fauchte er und wollte aufstehen, um davonzueilen.

Sie jedoch hob den Frosch an den Mund.

Der Prinz verharrte mitten in der Bewegung und starrte sie wie gebannt an.

Die Prinzessin küsste das breite Maul des Froschs, der ihr just in diesem Moment so lieblich erschien, wie nie etwas zuvor.

So, als würde das Himmelreich sie umfangen und auf sanften Schwingen in sein unendliches Blau emportragen.

Als die beiden Jungen Leute ihre Fassung wiedergewonnen

hatten, saß neben der Prinzessin ein Mädchen. Sie trug eine kleine, goldene Krone auf dem Kopf und hielt Rosa lächelnd bei den Händen.

»Du hast mich erlöst schöne Rosalia«, sprach sie mit sanfter melodiöser Stimme, »mein Name ist Prinzessin Himmelreich. Als ich mich weigerte, den königlichen Hofmagier zu ehelichen, hat er mich verdammt. Viele Jahre musste ich in der Gestalt eines Frosches verbringen. Der Bannfluch besagte, wenn du keinen Mann begehrst, soll es ein Mädchen sein. Erst ein solches kann dich erlösen. Dies ist geschehen. So du es willst, gehöre ich nun auf ewig dir.«

Die Stimme versagte ihr und Tränen, rannen über das ebenmäßige Gesicht.

Auch die Prinzessin Rosa war nahe am Weinen. »Ja das will ich«, hauchte sie und die beiden Frauen fielen sich in die Arme.

Neben ihnen saß noch immer Prinz Ottilein. Er konnte nun gleichfalls die Fassung nicht mehr wahren und ließ dem Strom der Tränen, die unaufhaltsam nach oben drückten, freien Lauf.

Ein junger Mann war ihm an die Seite getreten. »Was machen wir nun?«, schluchzte der Prinz ihn an.

Hendrik von Sagenburg schaute auf seinen Freund und sagte in eher nüchternem Tonfall: »Das bietet sich doch an, mein Prinz. Ihr heiratet die Prinzessin. Wir beide leben dann im linken Flügel der Burg und sie und ihre Liebste im Rechten. Eure Eltern nutzen doch sowieso nur den mittleren Teil.«

Und so geschah es.

Es war ein großartiges Fest. Ein wunderschönes Brautpaar. Ein herrlich herausgeputzter Trauzeuge des Bräutigams, die schönste Trauzeugin, die sich eine Braut nur wünschen konnte und die miserabelsten Verse, die zu einem solchen Anlass je gedichtet wurden, denn Rosas Mutter, ihr Stiefvater und auch Prinz Bertram war zugegen. »Nehmen wir es als seine Rache dafür, dass er nun nicht mehr König werden kann«, lachte Rosa und warf ihrer Trauzeugin einen verliebten Blick zu.

Und wenn sie nicht gestorben sind, so leben sie noch heute.

Liebesgedicht

Wir wandelten durch das Gras, du hattest mich fest
umschlungen,
auch ich hatte meinen Arm irgendwie um deinen Körper
gerungen.
Immer wieder hast du gesagt: »Du musst mich jetzt küssen.«
Ob ich dich auch liebe, wolltest du dann wissen.
Ich habe stets ja gesagt,
und als Zugabe, so quasi ungefragt,
dass du für mich die Schönste bist.
Da hast du mich wieder geküsst.
Aber da tat mir vom Küssen das Maul schon weh,
und die Arme vom Umschlingen, oh je.
So hab ich dich also losgelassen,
um woanders hin zu fassen.
Aber das hast du mir verboten
und schlugst mir auf die Pfoten.
Schließlich wolltest du mit mir unter einer Buche sitzen
und tatest, ›Ich liebe Dich‹ in die Rinde ritzen.
Genau darüber stand schon ›Peter ist dämlich‹.
Ich fand das gemein, so heiße ich nämlich.
Heute sind wir verheiratet. Allerdings jeder mit einem
Andern,
und das ist gut so, ich hasse das Umschlingen beim Wandern.

ENDE

Die Strahlen der Morgensonne weckten sie. Sie hatten vergessen, die Vorhänge vor die Fenster zu ziehen.

Es war ein netter Abend gewesen. Sie spielten Spiele, redeten, tranken Wein und er hatte sie geküsst. Sogar mit einem Hauch jener Leidenschaft, die sie früher immer so an ihm mochte. Sie seufzte wohlig, bei den Gedanken an früher und an gestern Abend.

Langsam öffnete sie die Lider und blinzelte zu dem lichtdurchfluteten Fenster. ›Die Scheiben müssten geputzt werden‹, dachte sie.

Ihr Blick glitt zu dem Mann neben ihr. Er hatte die Augen geöffnet. Sein Blick war zur Zimmerdecke gerichtet. Ja, der Zahn der Zeit hatte an ihm genagt. Große und kleine Fältchen zeichneten die Konturen des Gesichts nach. Es war ein altes, aber gutes Gesicht. Die Lachfältchen in den Augenwinkeln und die Sorgenfalten auf der Stirn. Alle das war ihr vertraut geworden. War in dem täglichen Miteinander, in Jahrzehnten mit ihr verwachsen. Mit einem Lächeln beugte sie sich zu ihm herüber und hauchte ihm einen Kuss auf die Wange. »Guten Morgen Liebster.«

Er wandte den Blick nicht von der Decke und rührte sich nicht. Etwas gefiel ihr nicht. Sie roch nichts. Sie mochte seinen Geruch, aber der war fort. Von einer Vorahnung beschlichen, griff sie mit zitternder Hand nach seiner Stirn. Sie war kalt. Zu kalt.

»So, du bist also gegangen«, flüsterte sie. Sie richtete sich auf und starrte lange auf diesen Körper, der fast ein ganzes Leben bei ihr gewesen war.

Dann beugte sie sich zu ihm herüber und strich ihm mit der Hand über die Augen, um sie für immer zu schließen.

»Bis bald.« Ihre Stimme war ein tonloses Flüstern.

Mit einer heftigen Bewegung warf sie die Bettdecke zur Seite und stand auf. Sie ließ das Nachthemd von ihren Schultern gleiten und ging ins Bad. Kurz darauf rauschte die Dusche und sie lief und lief und lief.

Irgendwann kam sie zurück, das Badetuch über der Brust zusammengebunden. Die Haare hingen ihr strähnig und nass am Kopf herunter. Sie griff zum Telefonhörer, wählte eine Nummer und wartete. Als sich am anderen Ende eine Stimme meldete, sagte sie: »Guten Tag Herr Fröhlich. Mein Mann ist von uns gegangen.« Sie machte eine Pause, wahrscheinlich kondolierte der Andere.

»Danke. Bitte holen sie ihn ab und walten sie ihres Amtes.« Wieder eine Pause. »Nein ein Arzt war nicht hier. Wann? In einer Stunde. Gut, dann werde ich noch hier sein.«

Sie wählte erneut. Diesmal war ihr Tonfall geschäftsmäßig, fast schroff. »Wann geht der nächste Flug nach Paris?«

Sie wartete einen Moment.

»Gut, das ist perfekt. Buchen Sie für mich einen Platz erster Klasse, am Fenster. Des Weiteren ein Zimmer in einer Pension Nähe Zentrum ...« Sie gab einige Anweisungen betreffs weiterer Ziele in Athen und Rom.

Als es eine Stunde später an der Tür klingelte, trug sie ein weinrotes Kostüm, eine weiße Bluse, schwarze Strümpfe und Schuhe. Die Haare waren frisch frisiert und hatten einen Hauch von Lila im Grau.

Mehrere Herren standen vor der Tür, alle in Schwarz, bis auf einen, der schien der Arzt zu sein. Sie bat sie herein und wies sie an, im Esszimmer Platz zu nehmen. »Einen Augenblick bitte. Die sterblichen Überreste meines Mannes stehen ihnen sofort zur Verfügung.«

Als sie ins Schlafzimmer zurück kam, warf sie das erste Mal, nachdem sie das Bett verlassen hatte, einen Blick auf den Toten. Natürlich lag er noch wie zuvor, still und reglos unter seiner Bettdecke.

Im Alter hatte er angefangen, Bücher zu schreiben, dieser Kindskopf. Sie hatte nie sonderliches Verständnis dafür aufgebracht, aber sie hatte es toleriert. Auch dann, als abzusehen war, dass seine Bücher kaum Interesse fanden. Sie selbst hatte nie eins davon gelesen.

»Mich hält das wach,«, hatte er gesagt. »Ich muss mein Gehirn in Gang halten. Solange Gedanken aus ihm herausfließen, die des Aufschreibens wert sind, fühle ich, dass ich lebe.«

Ob er die letzte Geschichte seines Lebens fertig geschrieben hatte? Sie wusste es nicht.

Er achtete penibel darauf, dass zum Schluss, in allen Büchern, ›ENDE‹ stand.

»Warum tust du das?«, hatte sie ihn gefragt, »Man sieht doch, dass das es hier zu ende ist.«

»Wie ein Schwert den Kopf vom Rumpf trennt«, hatte er erwidert, »soll dieses Wort den Leser von meiner Geschichte abtrennen. Wenn er das bedauert, oder es ihn ein wenig traurig stimmt, dann hat er seine Zeit mit dem Buch nicht sinnlos verbracht.«

Ein Lächeln huschte über ihr, von Runzeln durchzogenes Gesicht. »Es war eine gute Zeit und niemals sinnlos«, sagte sie leise zu der reglosen Gestalt, »bis zum Ende.«

Behutsam nahm sie das Erste seiner Bücher aus dem Regal und stopfte es in den kleinen Rollkoffer. Während sie ihn am Esszimmer vorbeizog, sagte sie zu den dort Wartenden: »Nun gehört er ihnen.«

Vor der Tür hupte ein Taxi.

ENDE

Eine Trilogie märchenhafter Fantasy Teil1

Als die beiden Alten das weinende Kind am Rande des großen Waldes fanden, war es nur wenige Wochen alt. Es war ein Mädchen und sie gaben ihm den Namen Maja. Bald stellte sich heraus, dass sie blind war. Aber Maja verstand es, all ihre übrigen Sinne so zu nutzen, dass sie die Welt fast wie jeder andere Mensch wahrnehmen konnte. So vermochte sie bald Kräuter und Früchte des Waldes zu erkennen und zu nutzen, lernte zu jagen, zu fischen und vieles mehr. Als ihre Pflegeeltern starben, war Maja sieben oder acht Jahre alt. Eine Dürreperiode und den strengen Winter hatten sie, nicht überlebt. Die Leute im Dorf machten das blinde rothaarige Kind für alles Unglück, dass ihnen widerfahren war verantwortlich. Schließlich konnte es nicht sein, dass eine Blinde, wie eine Sehende umher ging. Für Maja begann eine einsame Odyssee voller Gefahren und Abenteuer. Als sie schließlich auf den Zauberer Bergil trifft, öffnet sich ihr unverhofft die zweifelhafte Welt der Magie.

Eine Trilogie märchenhafter Fantasy Teil 2

Nachdem der erste Teil nicht für alle Beteiligten zufrieden- stellend ausgegangen ist, kommt die Hexe Paula nach vier Jahren, die sie als Eiche im Park von Tabingen verbringen musste, wieder zurück zum Tafelberg. Dort muss sie feststellen, dass sie alles verloren hat. Ihre Hütte ist abgebrannt, die Hexen folgen einer neuen Oberhexe und ihre magische Energie ist verbraucht. Außerdem steckt ihr ein Pfeil im Hintern. Einzig ihre Freundin Pessima ist ihr geblieben. Dies alles verdankt sie Bergil, dem weißen Magier. Paula schwört ihm Rache bis zum Tod. Bergil aber sitzt, mit vielen anderen magischen Wesen, auf seinem Planeten Euphora. Paula braucht Hilfe. Mächtige Hilfe. Ist der schwarze Magier Abdul al-Rahm der richtige Partner, um ihren Rachedurst zu stillen? Schafft es die Hexenschülerin Lilo mit ihrer Methode 517, Variante 3a, Bergil und seine Freunde zu warnen?

Teil 3 ist in Arbeit und erscheint in Kürze.

Ein zauberhaftes Buch für Kinder ab 10 Jahre

Ihre Mutter sagte immer: »Elli mit deinem Namen musst du später einfach berühmt werden«, daraufhin hob sie meist theatralisch die Arme in die Höhe und deklamierte: »... und hier die große Elli Poldini!« Die große Elli Poldini war allerdings grade sieben Jahre alt und deshalb hob die Mutter sie dann auch hoch und drückte sie an sich: »Aber vorher muss meine kleine Elli erst einmal groß werden.«

Das jedoch ist gar nicht so einfach. Da ist noch der Kellermann, vor dem sie sich fürchtet, ein über hundert Jahre alter Gendarm, der König der Mäuse, Muridan XXXII. und vor allem, Bromenius Hagen, der Widerling aus ihrer Klasse.

Schwierige und auch gefährliche Abenteuer erwarten sie. Gut, dass ihre beste Freundin Sinah und deren Hund Horus ihr fest zu Seite stehen.

Freut Euch auf schaurig-schöne Geschichten.

Ein Krimi der Extraklasse!

Foto: © Martin Oberhauser

Isabell Valentin,

geboren 1978, ist Autorin,
Grafik-Designerin, Illustratorin
und Dozentin für Malerei.
Sie ist verheiratet
und hat drei Kinder.

Umschlaggestaltung: Isabell Valentin, verwendete Fotos: © „robtek", „Illya", „Constantinos" / Fotolia.com

UBV

Der Fährmann

Isabell Valentin

Ein Damian Johannsson-Krimi

„Sein Leben in meiner Hand. Ich bestimmte,
wann und wie es enden würde. Ich war sein
Gott."

Als sich Damian Johannsson nach Saarbrücken in
die Mordkommission versetzen lässt, geht er damit
ein großes Risiko ein. Denn sein neuer Vorgesetzter,
Kriminalhauptkommissar Aaron Breuer, ist einer der
wenigen Menschen, die das dunkelste Geheimnis in
Damians Leben kennen. Ein Geheimnis, welches seiner
Karriere bei der Polizei ein jähes Ende bereiten könnte
und nur darauf wartet, ihn erneut in den Abgrund zu
ziehen.

Schon der erste gemeinsame Fall verlangt Damian
und Breuer einiges ab: Beim Staatstheater wird ein
älterer Mann ermordet. Seine Leiche liegt in einem
aufgemalten Fragezeichen und seine Augen sind mit
Münzen bedeckt. Die eingeritzte römische Eins auf der
Brust des Opfers lässt das schlimmste befürchten. Sie
ermitteln gegen die Zeit, denn der Fährmann hat mit
dem Morden erst angefangen.

Umschlaggestaltung: Isabell Valentin, verwendete Fotos: © EVGENIY , © Alina G / Fotolia.com

Band 2

„Wer sollte dir denn helfen? Du bist ganz alleine."
„Nein, bin ich nicht", entgegnete Damian schwach.
„Dann sieh dich doch um, Damian. Wer ist denn da, um dir zu helfen?
Du bist allein. Ganz allein."

Der Insolvenzverwalter Richard Roth liegt erschlagen in seinem Haus.
Wurde ihm die Macht über das Schicksal seiner Mandanten zum Verhängnis oder wurde er
das Opfer der rumänischen Einbrecherbande, die in dieser Gegend gerade agiert?

Damian Johannsson, Aaron Breuer und sein Team begeben sich auf die Suche nach dem
Mörder. Doch schon bald stellt sich die Frage, wer hier wen jagd.

Ab März 2018 erhältlich:
Die Zeit des Erwachens | Isabell Valentin | UB-Verlag | ISBN: 978-3-943378-41-2